한국현대시와 한시의 상관성

윤 동 재 지음

지식산업사

한국현대시와 한시의 상관성

초판 1쇄 인쇄 2002. 1. 10
초판 1쇄 발행 2002. 1. 15

지은이   윤동재
펴낸이   김경희
펴낸곳   (주)지식산업사
         서울시 종로구 통의동 35-18
         전화 (02)734-1978(대) 팩스 (02)720-7900
         홈페이지 www.jisik.co.kr
         e-mail   jsp@jisik.co.kr
                   jisikco@chollian.net
         등록번호 1-363
         등록날짜 1969. 5. 8

책 값   12,000원

ISBN 89-423-4027-X   93800

이 책을 읽고 지은이에게 문의하고자 하는 이는
지식산업사 e-mail로 연락 바랍니다.

머 리 말

한시는 잘 알려진 대로 두 차례에 걸쳐 규범화가 이루어졌다. 중국 남
북조시대에 고시(古詩)로, 당나라 때 근체시(近體詩)로 규범화가 이루어
졌다. 고시에서 근체시로 바뀐 것은 더욱 철저한 규범화를 뜻한다. 근체
시는 줄 수와 운을 정비하고 대구도 규칙화했다. 철저한 규범화가 이루
어진 공동문어문학인 한시가 시기마다 달라진 민족어시가에 작시원리와
시형을 제시함으로써 민족어시가를 생성할 수 있도록 해주었다. 그러나
한시와 민족어시가의 관계가 생성의 관계로만 작용해 왔던 것은 아니다.
상호 끊임없는 생성과 극복의 대상으로 작용해 왔다. 이러한 관계는 한
국현대시에서도 지속되고 있다. 이처럼 한시는 우리 시가사(詩歌史) 전
시기에 걸쳐 민족어시가인 구비시와 국문시에 대응되면서 끊임없이 생
성과 극복의 관계를 지속해 오고 있다는 데 소중한 의의가 있다.

이 책은 필자의 학위논문으로 한국현대시 연구에서 가장 미진한 분야
로 남아 있는 한국현대시와 한시의 상관관계를 비교 연구한 것이다. 이
를 위해서 이 책에서는 한국현대시와 한시를 함께 쓴 오일도·조지훈·김
종길의 현대시와 한시의 상관성을 비교 연구했다. 이들 세 시인은 모두
이육사와 함께 경상좌도 영남학파의 후예로서 정통 한문교육과 근대교
육을 동시에 받은 사람들이다. 경상좌도는 퇴계 성리학의 본고장으로

한문학 전통이 어느 지역보다 잘 계승되고 보수성을 강하게 띠고 있다. 세 시인은 이러한 지역적 특성을 바탕으로 어려서부터 정통 한문을 익히고 한시를 자연스럽게 습작할 수 있었다. 이들 세 시인을 통해서 한문학 전통의 계승과 보수성이 나쁜 뜻으로만 작용하는 것이 아님을 알 수 있다.

전라도 출신 시인들 가령 서정주나 김지하 등이 그 지방의 전통문화유산인 판소리를 창조적으로 계승하여 한국현대시의 활로를 개척한 점과 견주어 볼 때, 정통 한문학을 착실히 익히고, 공동문어문학인 한시의 자산을 적극 활용하여 한국현대시에 한시의 기법과 정신적 자산을 접맥시킨 이들 세 시인은 한국현대시의 발전에 매우 중요한 역할을 했다. 한국현대시에 나타난 판소리 전통의 창조적 계승을 더욱 적극적으로 평가해야 하듯이, 경상좌도 영남학파 후예들의 한문학 전통 계승 노력과 한시 자산 활용도 더욱 적극적으로 평가해야 할 것으로 본다.

이 책에서는 다루지 못했지만 한용운, 김억, 김소월, 정지용, 이육사, 김관식 등도 한시의 전통과 자산을 많이 활용한 시인들이다. 이들의 시 세계가 한시와 맺고 있는 연관성을 더욱 철저하게 조명할 필요가 있다고 생각한다. 한국현대시사를 돌아볼 때 서구시를 수용하고 서구시에 크게 기울어졌던 김억이나 정지용조차도 한시에 매우 큰 관심을 보여주고 있다는 점은, 공동문어문학인 한시의 전통과 자산을 많이 활용하는 일이 매우 의미 있는 일임을 한국현대시를 대표하는 시인들 스스로가 누구보다도 적극 인식하고 있음을 보여준다.

앞으로 공동문어문학인 한시의 전통과 자산을 활용한 시인들에 대한 의미 부여가 더욱 적극적으로 이루어져 한다고 생각한다. 나아가 중국·일본·월남의 경우도 공동문어문학인 한시와 민족어시가의 상관관계가 어떻게 나타나고 있는지 비교 연구해 보는 일도 뒤따라야 할 것으로 생각한다. 이는 세계문학사 이해의 디딤돌이 될 수 있다는 점에서 필수적이고 매우 긴요한 과제라 할 수 있다. 이러한 후속 과제를 온전히 감당해 내기에는 필자의 한문 해독 능력과 학문적 식견이 너무 모자란다.

이 점은 시간을 두고 키워 나갈 셈이다. 이를 바탕으로 이 방면의 연구를 더욱 지속적으로 추진해 나갈 것을 다짐한다.

이 책을 내기까지 많은 분들의 은혜를 입었다. 먼저 한국현대시와 한시의 상관성 비교 연구를 처음으로 다룬 필자의 논문에 지도와 격려를 아끼지 않으신 이기서·조동일·김명인·최동호·이숭원 선생님께 감사드린다. 특히 이기서 선생님은 대학원 시절 지도교수와 학생으로 만나 지금까지 생업과 학업을 끊임없이 돌봐주시면서 격려해 주셨으며 한문을 배울 수 있도록 해주셨다. 조동일 선생님은 학부 때부터 창작과 학문에 대한 지속적인 가르침을 주셨다. 고영근 선생님과 오양호 선생님, 김헌선 선생님은 학문의 길을 걸을 수 있도록 용기를 북돋워 주셨다. 또 오랫동안 필자에게 한문을 가르쳐 주신 장재한 선생님의 고마움도 잊을 수 없다. 이 분들에게 깊이 감사드린다.

끝으로 이 책을 맡아서 출판해 주신 지식산업사 김경희 사장님과 편집부 직원의 후의와 노고에도 깊이 감사드린다.

2001년 가을
윤 동 재

차 례

8

I. 서 론

1. 문제제기

한국현대시와 한시의 상관성에 대한 연구는 한국현대시 연구의 긴요한 과제이면서도 지금까지 가장 미진한 분야로 남아 있다. 이에 대한 연구가 폭넓고 깊이 있게 이루어져야 공동문어문학과 민족어문학, 한시와 민족어시가의 오랜 상관관계를 파악할 수 있고, 한국문학사를 통괄적으로 이해할 수 있다. 또한 오늘날 무분별한 서구문학이론의 도입으로 정통적인 시 창작방법이 무너져가고 있는 데다 극도의 혼미 양상을 보이고 있는 한국현대시에 창작 원리를 제공해 줄 수 있다. 그런데 이와 같이 매우 긴요한 과제의 연구가 그동안 거의 이루어지지 않았던 까닭은 두 가지 요인이 크게 작용했기 때문이 아닌가 한다.

첫째, 한문학은 국문학의 영역으로 편입시킬 수 없다는 주장이 한동안 지배해 왔기 때문이다. 《大韓每日新報》에 연재된 〈天喜堂詩話〉(1909)를 통하여 구체적인 방향을 드러내기 시작한 한문배격풍조는 이광수, 최남선의 신문학운동을 거쳐, 조윤제, 김태준, 김사엽, 이병기 등에 의해 거듭 주장되었다.[1] 한문학이 국문학이 아니라면 한문학에 속하는 한시는 국문학 연구에서 당연히 제외될 수밖에 없다. 그러나 한문학은 중

국·한국·일본·월남의 공동문어문학이면서 동시에 각국 문학이라는 특
수성을 갖고 있다. 한국한문학은 한문학권에 속해 다른 문학과 공동 영
역을 가지면서, 동시에 한국문학사 내부에서 구어문학과 밀접한 관련을
가지고 서로 자극하고 발전을 촉구하는 구실을 해왔다.[2] 따라서 당연히
한시는 국문학의 영역에 편입되어야 하며 국문학 연구에서 다루어야
한다. 한국 현대시인이 쓴 한시라 해도 마찬가지라 할 수 있다.

　둘째, 현대문학은 고전문학과 단절되었다는 전통단절론의 영향 때문
이다. 국문학을 고전문학과 현대문학이라는 이원적 단위로 나누어서 생
각하면서, 현대문학이 고전문학과 접맥되지 않고 단절되었다는 주장의
영향이다.[3] 급격하게 밀어닥친 근대화 과정에서 새로운 것에 대한 호기
심이 작용한 결과, 한국현대시는 우리 시가사의 전통과 자산은 거부하
고 서구시의 자산과 전통을 단순 모방하거나, 창조적으로 수용하여 앞
시대와는 전혀 다른 새로운 형태의 한국현대시를 창조해 왔다는 것이
다. 비록 이들이 받아들인 서구시는 직접 받아들인 것이 아니라, 일본을
통해 간접적으로 받아들인 것이긴 하나 한국현대시 형성과 전개에 결
정적 영향을 끼쳤다는 것이다.[4]

---

　1) 주승택, 〈전통문화의 지속과 단절이 갖는 문학사적 의미〉,《한문학논집》제12
　　집(서울 : 단국한문학회, 1994), 216면.
　2) 조동일, 〈한문학과 라틴어문학의 문학사 서술 비교〉,《한국문학과 세계문학》
　　(서울 : 지식산업사, 1992), 262~263면.
　3) 이광수는 〈문학의 가치〉(1910), 〈금일 아한 청년의 경우〉(1910), 〈문학이란 하
　　오〉(1916) 등의 글에서 전통단절론을 주장하였고, 백철의《조선신문학사조사》
　　(1948, 1949), 이병기·백철의《국문학전사》(1957), 유종호, 이어령의 〈단절이냐
　　접합이냐〉 토론,《사상계》1962년 5월호 등은 대표적으로 전통단절론을 주장하
　　고 있다. 지금까지 전통단절론이 어떻게 전개되었나에 대해서는 조동일, 〈한문학
　　전통의 계승에 관한 논란〉, 조동일, 위의 책 ; 김재홍,《현대시와 역사의식》(인
　　천 : 인하대학교출판부, 1988) ; 김창원, 〈전통논의의 전개와 의의〉, 김용직 외,
　　《한국 현대시사의 쟁점》(서울 : 시와시학사, 1991) ; 한강희, 〈1950년대~60년대
　　전통론의 이월 및 정체성 모색의 세 국면〉,《한국 현대비평의 인식과 논리》(서
　　울 : 태학사, 1998) 등에 잘 정리되어 있다.
　4) 김윤식, 〈한국신문학에 있어서의 타골의 영향에 대하여〉,《진단학보》제32호,

한문학을 국문학에 편입시킨다 하더라도 이와 같이 현대문학과 고전
문학은 연속성이 전혀 없으며 별개 문학이라고 보는 관점에 서는 한 현
대시와 한시의 상관성은 비교 검토될 수 없다. 한국현대시 형성에 서구
시의 영향을 전적으로 배제하는 태도는 올바른 것이 아니며, 실상과도
부합되지 않는다. 그렇다고 해서 서구시의 이식 또는 서구시의 영향만
이 한국현대시 형성의 자양이 되었다고 주장하는 것도 전혀 실상에 부
합되지 않는다. 앞 시대의 문인들은 詩 하면 한시를 주로 지칭했고, 한
시와 국문시를 가리지 않고 써 왔다. 그들은 한시의 창작을 위한 學詩
과정을 통하여 습득한 한시 창작 방법론을 한시는 물론 국문시인 시조
나 가사의 창작에까지 원용했다. 그리고 그러한 양상은 시작품을 평가
하는 데도 마찬가지였다.[5]

　근대화가 갑작스럽게 밀어닥쳤지만 한시에 대한 학습과 창작이 일시
에 중단되었던 것은 아니다. 한시의 작시 원리는 한국현대시가 형성되
고 전개되던 시기에도 지식층뿐만 아니라 일반 민중들에게도 깊숙이
스며들어 있었다.[6] 한국현대시 창작에 구비시나 국문시의 전통이 이어

1969 ; 신동욱, 〈근대시의 서구적 근원 연구〉, 《한국현대문학론》(서울 : 박영사,
1972) ; 김용직, 〈Rabindranath Tagore의 수용〉, 《한국현대시연구》(서울 : 일지
사, 1974), 김병철, 《한국근대문학번역사연구》(서울 : 을유문화사, 1975) ; 이창배,
〈현대영미시가 한국의 현대시에 미친 영향〉, 《한국문학연구》 제3집(서울 : 동국
대학교 한국학연구소, 1980) ; 김학동, 《한국근대시의 비교문학적 연구》(서울 :
일조각, 1981) ; 김병철, 《한국근대서양문학이입사연구》(서울 : 을유문화사, 198
2) ; 강남주, 〈한국근대시의 형성과정 연구〉, 부산대학교 대학원 박사논문, 1983 ;
Kevin O'Rouke, 《한국근대시의 영시영향 연구》(서울 : 새문사, 1984) ; 김은전,
《한국상징주의시 연구》(서울 : 한샘출판, 1991).
5) 정대림, 〈한국 고전문학에 있어서의 효용론의 전개 양상 연구〉, 《한국 고전문
학 비평의 이해》(서울 : 태학사, 1991), 120～121면.
6) 한시가 일상 생활에 얼마나 깊숙이 스며들어 있었는가는 우리 구전설화에서 잘
살펴볼 수 있다. "넷날에 선배허구 호반허구 쇠경허구 서이서 길을 가다가 어늬
산골을 지나게 됐넌데 적적해서 시나 지어서 홍이나 도꾸와 보자 해개지구 시를
지키루 하구 운자는 通재루 했다. 그리고 못짓는 사람은 매 맞기루 했다. 선배는
늬어 '山高不知通'하구 지었다. 쇠경도 '無眼不知通' 하구 지었는데 호반은 아무리

졌던 것과 마찬가지로 한시의 전통도 꾸준히 이어졌으며 한시를 실제
짓는 사람도 하루아침에 사라지지 않았다. 1920년대 중반까지만 해도
한시는 부지런히 쓰여졌으며, 일부이긴 하나 1980년대 들어서도 한시
창작을 계속하던 사람들이 문집을 출간하였다.[7] 그리고 최근에 출간한
한시집도 있다.[8]

해두 시를 짓디 못했다. 그리서 매를 맞게 됐드랬는데 매 맞일라 하넌데 시가 나
왔다. 그래서 '돼지오줌통'했다. 그래서 매 맞는 거를 멘하게 됐다."《임석재전
집》1(서울 : 평민사, 1987), 258면.

7) 한문학의 시기가 완전 종료된 것은 아니라는 사실을 보여주는 구체적인 실례로
서 국립도서관에 납본된 한문문집가운데서 개인문집을 제외하고, 어느 정도 문단
적 성격을 지닌 詩社·詩契集·唱酬集 등을 시기별로 정리해 보면 다음과 같다.

연 도	1945 ~'50	1951 ~'55	1956 ~'60	1961 ~'65	1966 ~'70	1971 ~'75	1976 ~'80	1981 ~'84	계
권 수	2	7	8	15	18	35	25	14	124

위의 통계는 합동시집이나 문집(문집은 극히 소수임)만을 대상으로 한 것인 만
큼 여기에 참여한 인원이 결코 적지 않은 숫자라는 사실을 짐작할 수 있을 것이
다. 또한 공식적으로 출판 납본된 경우만을 대상으로 한 통계인 바 여기에서 빠진
문집도 상당수 있으리라는 것을 예상할 수 있다. 또한 해방 이후 한문학의 현황을
짐작해 볼 수 있는 자료로는, 서울특별시 종로구 운니동 98번지에 사무실을 두고
전국적으로 한시를 모집·간행하였던 大東文友社의 활동상을 들 수 있다.《제9회
한시 당선집》(3·1절 기념, 1960년 3월 간행)에는 모두 136명의 칠언율시가 1등부
터 가작까지 6등급으로 분류되어 수록되어 있다. 권두에 수록되어 있는 '제10회
募詩 要領'에는 〈春雨〉라는 제목으로 1960년 5월 10일까지 마감하여 1960년 5월
20일 당선작을 발표한다고 공고된 것으로 미루어 2개월 간격으로 한시를 考選·發
表하고 있음을 알 수 있다(考選委員-金凡父·吳養·洪贊裕). 더욱 주목할 만한 사
실은 권말에 수록되어 있는 '동인 시선 원고 모집 연기 공고'와 '동인 시선 편집
요령'인데 투고는 1인 5수로 제한하면서 약 1만 수의 한시를 4·6배판 상·하 2권으
로 간행할 계획을 공고하고 있는데, 이 공고에 의하면 전국적으로 최소한 2천 명
이상의 한시 창작인구가 존재하였다는 사실을 추정해 볼 수 있다. 주승택, 〈개화
기 한문학의 변이양상〉,《관악어문연구》제10집(서울 : 서울대학교 국어국문학
과, 1985), 370~371면.

8) 1990년대 들어서 출판된 한시집을 들어보면 다음과 같다. 善友詩會,《善友詩會
詩集》(서울 : 을지출판공사, 1991) ; 오광익,《无低囊》(이리 : 원광사, 1993) ; 허
범도,《자연을 느끼며 삶을 생각하며》(서울 : 이문사, 1998) ; 정병희 외,《晉陽風

한문문명권의 공동문어문학인 한시는 처음 수용한 이래로 기본양상을 그대로 유지한 채 각 시기마다 달라진 민족어시가를 위해 계속 새롭게 기여해 왔다. 이 책은 공동문어문학인 한시가 우리 시대 민족어시가인 한국현대시에는 어떤 기여를 하고 있는지 밝혀내고자 한다. 나아가 공동문어문학과 민족어문학, 한시와 민족어시가의 오랜 상관관계를 파악하여, 한시의 의의를 재평가하고 궁극적으로는 한국문학사를 통괄적으로 이해하는 데 이르고자 한다. 이 책에서는 이를 위해서 현대시인 가운데 한시와 현대시를 함께 쓴 吳一島·趙芝薰·金宗吉의 한시 세계, 현대시와 한시의 기법 및 주제 상관관계를 비교 고찰하기로 한다.

2. 기존 연구 검토

공동문어문학과 민족어문학의 상관관계에 대해 주목하고, 이를 파악하는 일이 문학사 이해의 긴요한 과제임을 언급한 이는 조동일이다. 그는 《공동문어문학과 민족어문학》이라는 획기적인 저술을 통하여 문학사를 민족문학사·문명권문학사·세계문학사의 세 층위로 갈라 이해하면서 문명권문학의 동질성이 중세시기의 공동문어문학에 의해 형성되었다는 사실을 구체적으로 해명했다. 그에 따르면 일반적으로 중세문학은 공동문어문학과 민족어문학이 공존하면서 서로 관련을 가진다는 것이다. 그리고 중세전기문학에서는 공동문어문학이 민족어문학보다 우세했고, 중세후기문학에서는 공동문어문학과 민족어문학이 경쟁관계를 보여주었고, 중세에서 근대로의 이행기문학에서는 민족어문학이 공동문어문학에 비해 우세함을 보여주고 있다고 했다. 그리고 이는 여러 문명권에 걸쳐 공통된 현상이라는 사실을 해명해 냈다.[9]

月集》(진주, 이화문화출판사, 1999) ; 김용직, 《碧天集》(서울 : 토우, 1999) ; 蘭社同人, 《蘭社詩集》(서울 : 토우, 1999) 등을 들 수 있다.

우리 詩歌史는 공동문어문학인 한시와 시기마다 달라진 민족어시가인 구비시와 국문시가 상호교섭하면서 전개되어 왔다고 할 수 있다. 그리고 상호교섭의 양상은 우리 시가사 전 시기에 걸쳐, 늘 서로 생성과 극복의 관계를 보여주고 있다. 그런데 그동안 이루어진 한시와 민족어 시가의 상관관계에 대한 구체적인 검토는 주로 한시와 시조의 상관관계를 검토하는 일에 집중되었다. 시조의 한시 기원설에서부터 시조가 한시를 수용하는 방법적인 측면과 양식적인 차이를 해명해 내는 데까지 다양하게 전개되었다. 또 정철, 윤선도, 황진이, 신흠처럼 한시와 시조를 함께 남기고 있는 경우를 비교 고찰하여, 시조와 한시가 각각 어떻게 기능하고 있는가를 살펴, 그 양식적 특징을 탐색해 보려는 시도도 있었다.[10]

한국현대시와 한시의 상관관계에 대한 연구는 한시와 시조의 상관관계를 연구하는 경우와는 달리 활발하게 이루어지지는 않았지만, 의미 있는 시도가 전혀 없었던 것은 아니다. 첫째, 한시를 직접 쓴 적이 없지만 한시 번역을 통해 한시의 표현기법과 정신 세계를 파악하여, 자신의 현대시 창작에 원용하고 있는 경우를 연구한 것을 들 수 있다.[11] 이규호는 김안서와 김소월의 한시 번역과정을 검토하여 그들의 한시 번역 체험이 현대시 창작에도 많은 영향을 끼치고 있음을 지적하고 있다. 그는 김안서와 김소월은 똑같이 한시를 직접 쓰지는 않았지만, 한시 번역을 통해서 한시의 외재적 특질과 내재적 특질을 잘 파악하여, 현대시 창작에 원용하고 있음을 밝히고 있다.[12]

---

9) 조동일, 《공동문어문학과 민족어문학》(서울 : 지식산업사, 1999).

10) 이에 대한 자세한 연구사 검토는 정운채, 〈윤선도의 시조와 한시의 대비적 연구〉, 서울대학교 대학원 박사논문, 1993, 3~7면에 잘 정리되어 있다.

11) 이규호, 〈안서의 한시 번역과정〉, 김영철·박진태·이규호, 《한국시가의 재조명》(서울 : 형설출판사, 1984) ; 〈소월의 한시 번역과정〉, 김영철·박진태·이규호, 같은 책 ; 최순열, 〈김억은 왜 한시를 번역했나〉, 《국어국문학논집》 제16집(서울 : 동국대학교 국어국문학과, 1993. 12) ; 강재철, 〈안서시에 나타난 한시 영향 관계 고찰〉, 《국문학논집》(서울 : 단국대학교 국어국문학과, 1994).

둘째, 한시 창작이나 번역은 남기고 있지 않지만 특정 시인의 작품에 한시 전통이 계승되고 있음을 밝히고 있는 경우를 들 수 있다.[13] 김혜숙은 정지용의 현대시에 나타나고 있는 한시적 전통의 면모와 그것이 후배 시인들에게 미친 영향이 만만치 않다고 했다.[14]

셋째, 한국현대시 전반에 걸쳐 나타나고 있는 한시의 영향, 한시와의 상관성을 검토한 연구를 들 수 있다.[15] 홍홍구는 한시 전통에 관심을 가졌던 시인들로 김억, 김소월, 한용운, 이육사 등이 있는데 김억은 한시의 작시 원리를 직접 시로 수용했고, 김소월은 唐詩를 번역하며 애상적 정서를 받아들였다고 했다. 그리고 한용운은 한시의 정서와 전통을 간파, 건강한 남성화자를 내세워 일제 강점의 비분과 우국적 현실을 한시로 직설했으며, 이육사는 한시의 구성원리를 차원 높게 변용하여 현대시의 구조를 탄탄하게 했다고 했다.[16] 김종길은 한국현대시 전반에 나타난 한시의 영향, 한시와의 상관성에 대해서 검토하고 있다. 그는 우리 현대시에서 볼 수 있는 한시의 영향은 한문이나 한시에 소양이 있었던 시인들의 시에 국한된 것이 아니라, 한문이나 한시에 이렇다할 소양이 없는 시인들에게도 '시적인 것'에 대한 관념이나 언어의 절제와 함축에 대한 관념, 그리고 風格에 대한 관념 등 한시의 잔영이 널리 잠재해 있는 것으로 볼 수 있다는 매우 주목할 만한 언급을 하고 있다.[17]

이 밖에 현대시인의 한시만을 다루거나[18], 한시를 다루면서 현대시를

12) 이규호, 〈안서의 한시 번역과정〉, 김영철·박진태·이규호, 위의 책 ; 〈소월의 한시 번역과정〉, 김영철·박진태·이규호, 같은 책.
13) 김종철, 〈30년대의 시인들〉, 《시와 역사적 상상력》(서울 : 문학과지성사, 1978) ; 오탁번, 〈지용시의 환경〉, 《식민지시대의 문학 연구》(서울 : 깊은샘, 1980) ; 김혜숙, 〈한국 현대시의 한시적 전통계승에 대한 고찰(其一)〉, 《국어국문학》 제92호(서울 : 국어국문학회, 1984. 12).
14) 김혜숙, 위의 논문.
15) 홍홍구, 〈1920년대 문학비평에 나타난 시가전통계승론 연구〉, 계명대학교 대학원 박사논문, 1993 ; 김종길, 〈현대시와 한시〉, 《시와 시인들》(서울 : 민음사, 1997).
16) 홍홍구, 위의 논문.
17) 김종길, 앞의 논문, 앞의 책.

보조 자료로 이용하거나[19], 현대시를 다루면서 한시를 보조 자료로 이용하고 있는 경우[20]도 있었다.

그러나 이 논문에서 다루고자 하는 오일도·조지훈·김종길의 현대시와 한시의 상관성에 대한 본격적인 비교 연구는 전무한 형편이다. 조지훈의 경우는 오일도, 김종길과는 달리 한시도 번역되었고, 현대시와 한시의 상관성에 대한 부분적이거나 단편적인 지적이 김종길,[21] 김종균,[22] 김명인,[23] 최태호,[24] 김용직,[25] 최병준[26] 등에 의해 있었다. 그러나 오일도

18) 이병주, 〈만해선사의 한시와 그 특성〉, 《한국문학학술회의》(서울 : 동국대학교, 1980) ; 박원길, 〈한용운 한시 연구〉, 전북대학교 대학원 석사논문, 1988 ; 김미선, 〈한용운 한시 연구〉, 청주대학교 대학원 석사논문, 1989 ; 최경환, 〈한용운 한시의 시적 변모〉, 자산 이상비 박사 화갑기념간행위원회, 《국문학의 사적 조명》(서울 : 계명문화사, 1994).

19) 송명희, 〈한용운 한시론〉, 김열규·신동욱 편, 《한용운연구》(서울 : 새문사, 1982) ; 김종균, 〈한용운의 한시와 시조 — 그 옥중작을 중심으로〉, 《어문연구》 제7권 1호, 1979 ; 〈조지훈한시연구 — 《유수집》을 중심으로〉, 《한국외국어대학교 논문집》 제17집, 1984 ; 한창엽, 〈만해 한용운 연구 — 만해의 한시와 《님의 침묵》의 대비적 고찰〉, 한양대학교 대학원 석사논문, 1988 ; 박정환, 〈만해 한용운 한시 연구〉, 충남대학교 대학원 박사논문, 1990 ; 최태호, 《현대시와 한시 — 만해·지훈의 한시를 중심으로》(서울 : 은하출판사, 1994).

20) 최동호, 〈만해 한용운 연구 — 시적 변모를 중심으로〉, 고려대학교 대학원 석사논문, 1974 ; 이명재, 〈한용운 문학의 연구〉, 《인문·사회과학논문집》 제20집(서울 : 중앙대학교, 1976) ; 홍신선, 〈이육사론〉, 《동악어문논집》 제9집(서울 : 동악어문학회, 1976) ; 이동환, 〈지훈시에 있어서의 한시전통〉, 김종길 외, 《조지훈연구》(서울 : 고려대학교출판부, 1978) ; 김종균, 〈한국근대 시인의식연구〉, 고려대학교 대학원 박사논문, 1980) ; 김재홍, 《한용운문학연구》(서울 : 일지사, 1982) ; 김용직, 《한국근대시사》 제1부(서울 : 새문사, 1983) ; 김우창, 《지상의 척도》(서울 : 민음사, 1981) ; 최병우, 〈이육사 시 연구 — 한시 전통 계승 문제를 중심으로〉, 《선청어문》 제14·15합집(서울 : 서울대학교 사범대학 국어교육학과, 1986) ; 김광원, 〈만해 한용운 연구〉, 원광대학교 대학원 박사논문, 1995.

21) 김종길, 〈지훈시의 계보〉, 김종길 외, 《조지훈연구》(서울 : 고려대학교출판부, 1978).

22) 김종균, 〈한국 근대 시인의식 연구〉, 고려대학교 대학원 박사논문, 1980 ; 《매천·만해·지훈의 시인의식》(서울 : 박영사, 1982) ; 〈조지훈한시연구 — 《유수집》을 중심으로〉, 한국외국어대학교논문집 제17집, 1984.

23) 김명인, 〈심미의식의 시적 전개 — 조지훈의 시와 시론을 중심으로〉, 경기대논

의 경우는 그의 한시가 전혀 번역 소개되지 않았고, 그의 현대시와 한
시의 상관성에 대한 비교 연구도 전혀 이루어지지 않았다. 다만 김용
직[27]과 서준섭[28]이 오일도 한시의 특징에 대해 단편적인 언급을 하고 있
는데 그나마도 소중한 지적이라 할 수 있다. 김종길의 경우는 그의 현
대시가 한시 전통과 긴밀한 상관성을 보여주고 있다는 지적이 몇몇 논
자들에 의해 있었지만, 구체적인 검토는 없었다. 그리고 그의 한시에 대
해서는 최근 윤동재에 의해 일부 번역 소개되고 현대시와의 상관성이
언급되었다.[29]

　이상의 기존 연구를 볼 때, 오일도·조지훈·김종길 세 시인의 한시를
번역 소개하고, 이들의 현대시와 한시의 상관관계를 비교 연구해 보는
일은 앞으로의 연구 과제라 할 수 있다.

3. 연구대상 및 방법

　이 논문에서 연구대상으로 삼고자 하는 시인은 吳一島·趙芝薰·金宗
吉이다. 이들 세 시인은 이육사와 함께 경상좌도 영남학파의 후예로서
정통 한문교육과 근대교육을 동시에 받은 사람들이다. 경상좌도는 퇴계
성리학의 본고장으로 한문학 전통이 어느 지역보다 잘 계승되고 있고,

문집 제27집, 1990.
24) 최태호,《현대시와 한시 — 만해·지훈의 한시를 중심으로》(서울 : 은하출판사,
　　1994).
25) 김용직,〈전통미학의 세계 — 조지훈론〉,《한국현대시사》 2(서울 : 한국문연, 1996).
26) 최병준,《조지훈 시 연구 — 시와 삶의 미학》(서울 : 한국문화사, 1997).
27) 김용직,《한국현대시사》 2(서울 : 한국문연, 1996).
28) 서준섭,〈오일도와 윤곤강의 시〉, 김용직 외,《한국현대시사연구》(서울 : 일지
　　사, 1983).
29) 윤동재,〈김종길론 — 한시 전통 계승과 주체적 시쓰기〉,《시문학》 1999년 12월
　　호.

보수성을 강하게 띠고 있다. 세 시인은 이러한 지역적 특성을 바탕으로
어려서부터 정통 한문을 익히고 한시를 자연스럽게 습작할 수 있었다.
따라서 이들은 현대시와 한시 작품을 두루 남기고 있다.

전라도 출신 시인들 가령 서정주나 김지하 등은 그 지방 전통문화 유
산인 판소리를 창조적으로 계승하여 현대시의 활로를 개척하고 있다.
이 점은 매우 소중하다. 그러나 이에 못지않게 오일도·조지훈·김종길
이 정통 한문학을 착실히 익히고, 공동문어문학인 한시의 자산을 적극
활용하여 현대시에 한시의 기법과 한시의 정신적 자산을 접맥시키고
있는 점은 매우 주목된다고 하겠다.

오일도의 한시는 시집 《저녁놀》에 모두 74제 98수의 한시가 수록되
어 있다. 이 책에서는 《저녁놀》에 수록된 한시를 이용하기로 한다. 조
지훈의 한시는 《流水集》이라는 육필 원고가 유고 시집 형태로 있었으
나 분실되었다. 그러나 최태호가 비교적 원본에 가깝게 복원하여 34제
35수의 한시를 《萬海·芝薰 漢詩》에다 수록하였다. 이 책에서는 《萬海·
芝薰 漢詩》에 수록된 작품을 이용하기로 한다. 그리고 필요에 따라 《조
지훈 전집》에 수록된 한시와 대조하여 이용하기로 한다.[30] 김종길의 한
시가 일반에 처음 공개된 것은 1993년 그 자신이 고려대학교 문과대학
영문학과 교수직을 정년퇴임하고 나서, 서예가 如初 金膺顯의 글씨로
詩書展을 연 적이 있는데 그때 25수의 한시 작품을 공개했다. 그리고
1999년 蘭社 100회를 기념하여 蘭社同人들이 펴낸 《蘭社詩集》에 김종
길의 한시 작품이 108제 121수가 수록되어 있다. 이 책에서는 '詩書展
팸플릿'과 《蘭社詩集》에 수록된 한시를 이용하기로 한다.

오일도와 김종길의 한시 작품은 극히 일부를 제외하고는 전혀 번역
된 적이 없다. 이 책에서 처음으로 번역한다. 그리고 조지훈의 경우도
비록 전편이 번역되어 있다고는 하나 기존의 번역을 그대로 이용하지
않고 다시 번역한다. 현대시 작품은 특히 기법이나 주제면에서 한시와

---

30) 《조지훈 전집》 1(서울 : 나남, 1996)에는 19편의 한시가 수록되어 있다.

긴밀한 상관관계를 보여주고 있다고 판단되는 작품들을 주된 검토 대상으로 삼는다.

제2장에서는 세 시인의 한시 세계를 집중적으로 살펴볼 것이다. 오일도의 한시는 체제모순과 현실비판이 뛰어난 서사 한시를 중심으로 살펴볼 것이다. 조지훈의 한시는 은일의 정신과 여성정감을 보여주고 있는 한시를 중심으로 살펴볼 것이다. 김종길의 한시는 여행을 하면서 접하게 된 역사적 소재의 형상화와 경물 묘사를 보여주고 있는 기행 한시를 중심으로 살펴볼 것이다.

제3장에서는 세 시인의 현대시가 한시의 형식과 표현기법면에서 자신의 한시 및 앞 시대 다른 사람의 한시와 어떤 상관성을 보여주고 있는가를 살펴볼 것이다. 세 시인의 현대시에 나타나고 있는 한시 형식의 수용과 변형의 양상을 구체적으로 살펴볼 것이며, 기법의 수용이라는 측면에서는 세 시인이 공통적으로 수용하고 있는 기법과 각기 달리 수용하고 있는 기법이 무엇인지 밝혀볼 것이다. 이어서 세 시인의 현대시에 나타난 기법의 공통점과 차이점에서 대해서 비교 고찰해 볼 것이다.

제4장에서는 세 시인의 현대시에 나타나고 있는 주제가 자신의 한시 및 앞 시대 다른 사람들이 쓴 한시와 정신 세계, 주제 의식의 측면에서 어떤 상관관계를 보여주고 있는가를 살펴볼 것이다. 여기서도 세 시인의 현대시에 나타난 한시 주제와의 상관관계에 대한 공통점과 차이점에 대해 살펴볼 것이다.

Ⅱ. 세 시인의 한시 세계

1. 오일도

1) 한시 소양의 배경

오일도(本名 熙秉, 1901~1946)는 1901년 2월 24일(음력) 경북 영양군 영양읍 감천동 780번지에서 천석 거부였던 아버지 吳益休와 어머니 義興 朴氏 사이에 태어났다.[1] 그가 현대시인 가운데 흔하지 않게 한문에 대한 소양과 한시 창작 능력을 두루 갖출 수 있었던 것은 그의 성장과 정과 무관하지 않다. 그는 1908년부터 향리의 사숙에 보내어져, 1915년 영양공립보통학교에 입학할 때까지, 만 6년 동안이나 한문 공부를 착실하게 했다.[2] 보통학교를 마치고 서울로 올라온 그는 경성사범학교를 다녔으며 졸업 후, 일본으로 건너가 1923년 일본의 립교(立敎)대학 철학과에 입학하여 동양철학을 전공한 것으로 알려져 있다. 동양철학은 한문 원전에 대한 해독 능력이 필수적으로 요청되는 바, 그가 동양철학을 전공했다는 것은 한문 원전 해독에 스스로 큰 어려움을 느끼지 않았다고

---

1) 영양군, 《영양군지》(대구 : 정각당, 1998), 677면.
2) 김용성, 《한국문학사탐방》(서울 : 현암사, 1984), 323면.

볼 수 있다.

그의 한문 한시에 대한 학습이 어느 정도였는지 정확히 알 길은 없지만 異河潤은 〈'爐邊哀歌'의 詩人 吳一島 兄〉이란 글에서 오일도가 白樂天(766~846)의 장편 서사 한시 〈長恨歌〉와 〈琵琶行〉을 번연했다고 했다.[3] 백낙천은 신라시대부터 사랑받아 왔던 中唐의 시인으로, 신라의 상인들은 당나라에 가면 백낙천의 시를 구하여 왔고, 고려 조정에서 수입한 책에도 백낙천의 시집이 들어 있었다. 조선시대에 들어서는 백낙천의 문집을 간행하기도 했다. 이와 같이 옛 사람들은 백낙천을 매우 좋아했다.[4]

백낙천은 "爲君爲臣爲民爲物爲事而作", "文章合爲時而著, 歌詩合爲事而作"의 문학관을 보여주고 있는데, 그는 풍간과 풍유의 뜻이 내포된 사회시를 많이 썼다. 그는 일반 백성들의 고통을 자기 자신의 고통으로 여겼고, 그들에게 연민과 동정을 베풀며 현실의 모순과 부조리를 과감하게 고발하기도 했다.[5] 오일도가 백낙천의 〈長恨歌〉와 〈琵琶行〉을 번역한 것은 그가 옛 사람들과 마찬가지로 백낙천의 시를 매우 좋아했으며, 백낙천의 문학관에 공감했다는 것을 보여준다. 동시에 그의 한시 소양의 배경이 만만치 않음을 보여준다 하겠다. 그런데 오일도의 〈長恨歌〉 번역은 지금 남아 있지 않고, 〈琵琶行〉 번역은 김삿갓의 한시 〈入金剛〉의 번역과 함께 그의 유고 시집 《저녁놀》에 수록되어 있다.

오일도는 자신의 이러한 한문 학습과 한시 창작 능력에 대한 자부가 대단했던 것으로 보인다. 오일도는 생전에 시집을 내게 되면 현대시는 홍명희의 서문을 받고, 한시는 정인보의 서문을 받으려고 했다.[6] 이는

---

3) 이하윤, 〈'노변애가'의 시인 오일도 형〉, 《자유문학》 1959년 3월호, 131면.
4) 김재승, 《백낙천시연구》(서울 : 명문당, 1991).
5) 김재승, 위의 책.
6) 오일도가 한시는 정인보 선생께, 현대시는 홍명희 선생께 서문을 청해 달라고 했으나 이루어지지 않았다. 두 분이 모두 피랍중이었기 때문이다. 그래서 할 수 없이 친구였던 김광섭이 〈서문〉을 쓰게 되었다. 김광섭, 〈서문〉, 오일도, 《저녁놀》(서울 : 근역서재, 1976).

자신의 한시를 정인보에게 보여 그의 인정을 받고 싶다는 뜻으로 헤아려지며, 자신의 한시에 대해 굉장한 긍지와 자부를 갖고 있었던 것으로 받아들일 수 있다. 정인보는 한말, 일제 강점기를 거치면서 당대 한문학의 대가로 잘 알려져 오일도의 한시 작품 수준이 어느 정도인가를 입증해 줄 수 있는 인물이었기 때문이다.[7]

이상으로 미루어 볼 때 오일도의 한문 학습과 한시 창작은 상당한 수준 이상이었음이 자명하다 하겠다. 오일도의 한시는 절구나 율시 등 근체시로부터 고시나 樂府風의 한시 등 詩體도 다양하다. 이는 그가 다양한 한시 시체에 두루 능통했다는 사실을 보여준다.

2) 현실모순 비판

모든 문학은 현실을 떠나서는 존재할 수 없다. 문학은 현실을 반영한다. 현실로 눈을 돌리고 현실의 생동하는 모습을 바로 표현하는 데 문학의 의의가 있다. 오일도는 한시에서 일제 강점 체제의 모순 아래 신음하는 사람들의 모습을 생생하게 그려내고 있다. 또 세상과의 대결을 회피하지 않고 적극적으로 맞섰으며, 꾸미고 다듬는 일보다 삶의 긴장과 진실을 온몸으로 드러내는 데 힘썼다. 이는 고려 후기에 발생하여 내재적인 발전을 계속하다 조선후기에 이르러서는 상당한 수준에 이른 비판적 현실인식의 전통을 훌륭히 이어받고 있다는 점에서 매우 주목된다.[8]

---

7) 이가원은 "정인보는 이건창계의 문인으로서 시에 있어서 아결·청경한 운치를 지녔다"며, 정인보를 한말 일제 강점기의 한시 한문학의 대가로 꼽고 있다. 이가원, 《한국한문학사》(서울 : 보성문화사, 1979), 340면.
8) 진재교는 조선후기 한시가 거둔 성과를 네 가지로 들고 있다. 첫째, 시 창작에서 현실주의 관점을 취하고 있는 점 둘째, 현실주의 표현미학 셋째, 현실모순의 다양한 양상을 소재로 포착하여 민족정서를 강화한 점 넷째, 서사 한시의 집중적인 창작 등이다. 진재교, 〈조선 후기 현실주의 시문학의 다양한 발전〉, 민족문학사연구소, 《민족문학사 강좌》 상(서울 : 창작과비평사, 1995), 215~245면. 오일도의 한시는 조선후기 한시의 이러한 성과에 힘입은 바 크다고 할 수 있다.

그러나 오일도의 한시에 대한 연구는 지금까지 단 한 편도 없다. 그것
은 오일도의 한시가 세상에 소개된 지 24년이란 세월을 넘기고 있지만,
그의 한시 전편이 아직까지도 번역 소개된 적이 없다는 사실만 보아도
알 수 있는 일이다.[9] 다만 김용직이 오일도가 냈던 시 전문지 《詩苑》을
다루면서 오일도의 한시 몇 편을 번역 소개하면서, "오일도의 한시는 물
리적 차원을 벗어나 인간과 생활이 지니는 바 의미나 의의를 말하려 든
경향을 가졌다"고 언급한 정도가 유일하다.[10] 오일도의 한시에 대한 번
역, 면밀한 분석과 검토는 이 논문에서 처음 이루어진다.

오일도의 한시는 다양한 삶의 진폭을 보여주고 있으나, 그 가운데서
도 철저히 현실주의적 관점을 취하면서 일제 강점 체제의 현실 모순에
대한 비판과 北滿 체험을 시화하고 있는 작품들이 단연 주목된다. 여기
서는 이에 초점을 맞추어 집중적으로 검토해 보기로 한다. 한 시인이
아무리 험난한 시대를 살았다 하더라도, 그 시인의 삶과 신념의 표현이
곧바로 시의 진실이기만 한 것은 아니다. 어떤 작품을 앞에 두고 참으
로 진지하게 물어보아야 할 것은 시인의 삶과 신념의 위대함이 아니라
그 작품이 당대를 온몸으로 살아갔던 사람들의 삶과 현실을 얼마나 깊
이 있게 파헤쳤고, 그것을 얼마나 생동감 있게 형상화하고 있는가이다.
오일도의 한시를 검토하고자 할 때도 이러한 물음을 진지하게 던져보
아야 할 것이다.

城西木棉田　성 서쪽에 있는 목화밭에서
郎君在時耕　낭군께서 밭 갈고 계실 때
面吏急供出　면서기 찾아와서 공출 재촉하니
時時混家驚　그때마다 놀라 온 집안이 어수선하네요

---

9) 오일도의 시집 《저녁놀》(서울 : 근역서재, 1976)은 그가 세상을 떠난 뒤 30년이
지난 1976년 그의 현대시와 한시 번역, 한시 작품, 수필 등을 모두 모아 간행되었
다. 여기에는 시 38편, 한시 번역 2편, 수필 2편, 한시 74제 98편이 수록되어 있다.
10) 김용직, 《한국현대시사》 2(서울 : 한국문연, 1996), 222면.

郎君重生計 낭군께선 생계를 중히 여기시어
遠別泣無聲 먼 길 이별에 소리 없이 눈물만 흘렸지요
夜久始登機 밤이 오래 되어 비로소 베틀에 오르니
經經遠人情 아래 위 인정과 멀어졌지요
秋來陽曝處 가을되자 양지 바른 곳
花發雪如明 꽃이 피어 눈같이 밝고
敎子未及人 어린 자식은 아직 다 크지 못해
養親難盡誠 부모님께 정성 다하기 어렵지요
盡日不盈筐 진종일 광주리 채우지도 못하고
歸忙稺子迎 집으로 바삐 돌아가니 어린 아들만 맞이하네요
何日理歸裝 그 언제나 돌아가 옷차림 제대로 갖추고
與人好平生 님과 함께 평생을 잘 보낼 수 있을는지요

〈木棉田〉 윤동재 譯, 《저녁놀》, 126면.

〈木棉田〉이란 제목의 이 시는 모두 16구로 이루어진 5언 고시이다. 5언 고시는 거의 5자구만으로 이루어지는 것이 보통이고 불규칙적인 句形은 전혀 없다.[11] 이 시는 인물이 나오고 일정한 줄거리를 가진 이야기가 전개된다는 점에서 서사 한시라 할 수 있다.[12] 이 시에서는 서술방식을 작중 주인공의 시점으로 서술하고 있다. 이 시의 화자[13]는 마치 소

---

11) 오가와 타마끼, 심경호 옮김, 《당시개설》(서울 : 이회, 1998), 92면.
12) 조동일은 "서사는 작품 외적 자아의 개입에 의해 이루어지는 자아와 세계의 대결"을 의미하는데, (1) 일정한 성격을 지닌 인물과 (2) 일정한 질서를 지닌 사건을 갖춘 (3) 있을 수 있는 이야기의 특징을 지닌다고 하였다. 조동일, 《서사민요연구》(대구 : 계명대학교출판부, 1971), 43면 ; 《한국소설의 이론》(서울 : 지식산업사, 1977), 102면 ; 《동아시아 구비서사시의 양상과 변천》(서울 : 문학과지성사, 1997), 8~9면.
13) '시의 화자'와 비슷한 용어로, '시적 화자', '시적 자아', '시적 주체', '서정적 주인공', '서정적 주체' 등이 있다. 시인이 '시의 화자'를 어떻게 설정하느냐 하는 것은 '시의 화자'의 기능을 어떻게 활용하느냐 하는 문제이다. 이 책에서는 '서사 한시'도 다룬다. '서사'라는 말에는 '인물·사건·이야기'라는 요소가 들어 있다. 이 점을 두루 포괄하려면, '시적 주체', '시적 자아', '서정적 자아'나 '서정적 주인공' 등은 어려움이 따르는 용어이다. '시의 화자'라는 용어만이 '서사 한시'나 '현대시'를 다

설의 1인칭 주인공 시점처럼 자기 자신이 주인공이 되어 직접 보고 들었던 사연을 이야기하고 있다. 이 시의 화자는 농촌에서 일하는 여성이다. 일하는 여성의 힘겨운 삶이 그녀의 독백을 통해 나타나고 있다. 그런데 이 여성의 삶의 고단함과 힘겨움은 한두 가지의 이유 때문이 아니다.

우선 앞의 4구는 낭군이 성 서쪽에 있는 목화밭에서 평화롭게 밭을 갈 때 면서기가 돌연 찾아와 공출을 재촉하여 남자도 없고, 아녀자와 어린애만 있는 집안이 공포감에 휩싸였음을 말하고 있다. '耕'과 '驚'은 운자이면서 묘한 대비를 이루고 있다. 남편은 바깥에 나가, 성 서쪽 목화밭에서 평화롭게 열심히 밭 갈고[耕] 있는데, 집안에 있는 젊은 아내와 아이들은 면서기[面吏]의 공출 재촉 성화에 놀라[驚] 얼이 빠져 있다.

5구에서 8구까지는 이곳에서 도저히 살 수 없게 된 남편이 가족들과 생이별하고 있는 모습을 그렸다. 남편을 멀리 보내고 시의 화자는 혼자 살림살이를 꾸려 나가느라 밤늦도록 일을 하고 나서야 겨우 베틀에 오른다. 제9구에서 제12구까지는 자연사와 인간사를 대비하여 그리고 있다. 자연사는 변함없이 가을이 되자 눈처럼 환하게 꽃을 피우지만, 어린 자식들은 제대로 자라지를 못해 자기 일을 돕기에는 역부족이라 했다.

제13구에서 제16구까지는 남편과의 이별을 다시 확인해 주는 정황이 이어진다. 하루종일 뼈 빠지게 일하나 아녀자의 몸이라 일을 다하지 못하고 집으로 바삐 돌아가지만 집에서 맞아주는 것은 어린 아들뿐이다. 시의 화자는 남편이 들일을 하고, 자기는 남편을 기다리면서 저녁 준비를 하고 몸단장하면서 살 수 있기를 꿈꾸고 있다. 이 시는 '이별의 예고 — 생이별 — 생이별의 재확인'으로 짜여져 있다.

老父路邊坐 늙은이 길가에 앉았다가

룰 때 두루 유용하게 쓸 수 있는 용어이다. '시적 화자'라는 용어도 '시의 화자'라는 용어와 거의 차이가 없지만, 이 책에서는 일관되게 '시의 화자'라는 말을 쓰기로 한다.

抱孫起無力　손자를 안고 일어날 힘이 없네
餓死亦不能　굶어죽으려 해도 죽지 못하는데
田麥那刈得　보리는 또 어떻게 벨까

又

供出高山草　공출이 산의 풀처럼 많아
奪徵世傳名　징탈의 악명 대대로 전해지네
杲杲夏日曝　높이 솟은 여름 해는 뜨겁게 내리쬐는데
與汝奚得亡　너와 함께 어떻게 하면 망할 수 있을까

〈老父嘆〉 윤동재 譯,《저녁놀》, 126면.

　시의 화자가 농민인지 분명하지는 않지만, 농민의 삶의 현장에서 그들의 고난에 찬 현실을 직시하면서 농민의 정서를 표출하고 있다. 일종의 농민의 정서를 대변하는 시라고 할 수 있다. 이 시는 연작으로 되어 있다. 이 시가 절구 연작임은 첫째 수와 둘째 수 사이에 '又'라고 표기하고 있는 데서 알 수 있다. 오일도의 이 절구 연작은 당대 현실의 절박한 문제를 표현해 내기 위해 시도한 것이라고 믿어진다.

　첫째 수에서는 무엇보다 인간의 삶에서 가장 절박한 문제인 '먹는 것'에 대해서 다루고 있다. 먹거리가 없어서 굶주린 끝에 굶어죽을 힘마저 빼앗겨 버린 노인의 주린 모습을 그려내고 있다. '손자를 안고' 일어날 힘도 없고, 심지어는 '굶어죽으려 해도 죽을 힘도 없는'데 보리가 익은들 무슨 힘으로 보리를 벨 것인가 반문하고 있는 노부의 탄식을 있는 그대로 전하고 있다.

　둘째 수에서는 먹을 것이 없어서 굶어죽을 힘조차 없는 노인에게도 어김없이 '공출'과 '징탈'이 닥치고 있는 상황을 보여주고 있다. 산의 풀을 우리가 셀 수 없듯이 공출의 횟수도 셀 수 없을 만큼 많으니, 인간 세상에 징탈의 악명은 대대로 이어지는 것인가 하고 시의 화자는 강한 물음을 던지고 있다. 공출로 인해 살기는 어렵기만 한데 여름 해마저 내리쬐니 그저 망했으면 하는 생각뿐이라는 것이다. 둘째 수의 제4구는 《맹자》의 구절을 用事한 것이다. 하나라 걸왕이 자기를 태양에다 비유하자, 백성들이 그의 폭정을 견디다 못하여 그를 태양에다 견주어 우리도 함께 망해도 좋으니 제발 왕이 빨리 망했으면 좋겠다고 한 바로 그 대목을 용사한 것이다.[14] 〈老父嘆〉의 늙은이도 차라리 철저히 망해 죽는 것이 낫지 일제 강점 지배 체제의 가혹한 수탈은 견딜 수 없다는 것을 고발하고 있다.

이 시의 화자는 농촌 늙은이의 고단한 삶을 보고 들은 대로 옮겨 적었다. 늙은이는 일제 강점 지배 체제의 모순을 인식하고 그런 체제가 빨리 망해 버렸으면 좋겠다는 바람을 《맹자》에서 用事하여 말하고 있는 것이다. 일제 강점 지배 체제에 대한 극도의 반감 표출이 둘째 수의 마지막 구라 할 수 있다. 오일도는 처참한 모습을 한 촌로가 바로 우리 앞에 있는 듯이 묘사하고 있다. 그리고 촌로의 저주 섞인 원망을 마치 바로 우리 앞에서 뱉는 말인 듯 묘사하고 있다. 이런 점이 오일도 한시의 돋보이는 점이라 하겠다. 이 시의 촌로는 다름 아닌 당대 민중이라할 수 있다.

그런데 樂府風의 한시는 제목에 歌, 行, 曲, 吟, 謠, 篇, 引, 怨, 嘆 등이 들어 있다. 이 시의 제목에도 '嘆'이 들어 있으므로 역시 악부풍의 한시라고 할 수 있다. 악부풍의 한시는 서사 한시의 발전에 많은 기여를 했다.[15] 이 시는 길이가 짧지만 인물과 사건이 있다는 점에서 서사 한시의 성격을 지니고 있다고 할 수 있다.

> 隣家喪老母　이웃집 사람 노모 상을 당했는데
> 冬日天末墜　겨울 해는 하늘 끝에서 지네
> 冽風摧枯木　찬바람은 고목을 꺾고

---

14) "湯誓曰時日害喪 予及女 偕亡", 《孟子》, 〈梁惠王章句〉上, "〈湯誓〉에 이르기를, '이 해는 언제 없어질까? 내 너와 더불어 망하련다.'"
15) 이성호, 〈이조후기 한시의 서사적 경향과 형상화방법〉, 《성균한문학연구》제41집(서울 : 성균관대학교 한국한문학실, 1992), 18~27면.

夜黑聞鐵騎　칠흑 같은 밤에 철갑기병 소리 들리네
喪主不能哭　상주는 곡도 하지 못하는데
座中論葬地　좌중에서는 장지를 의논하네
爆機時時至　폭격기가 때때로 이르니
那料明日事　내일 일을 어찌 헤아리랴
　　　　〈隣家喪 — 見隣家平壤人喪孝母有感〉 윤동재 譯,《저녁놀》, 134면.

　이 시는 당대 현실의 구체적인 모습을 현장의 언어로 생생하고도 구체적으로 그려내고 있다. '鐵騎', '爆機' 같은 말들은 일제 강점기 삶의 현장을 실감 있게 표현하고 있는 어휘들이다. 이런 당대 현장의 언어가 그대로 이 한시의 구절에 나오고 있다. 이런 모습은 조선시대 사대부의 한시에서는 거의 볼 수 없었고, 조선후기 현실주의 한시에서나 주로 볼 수 있던 것이다.

　삶의 현장에서 쓰는 생생한 말을 사용해 전쟁이라는 당대의 절박한 상황을 우리나라 전통 사회에서 가장 중요시 여기던, 상례도 제대로 치르지 못하고 있는 장면으로 그려내고 있다. 번역은 시구의 차례를 따라가도록 되어 있다. 이 시는 비록 한시지만, 말하듯이 자연스럽게 쓰여졌다. 그렇다고는 하나 우리는 마냥 편안하게 이 시를 읽어내려 갈 수 없다. 시적 상황과 장면이 주고 있는 긴장감 때문이다.

　이 시의 주인공은 이웃집 사람이고, 시인은 시의 화자가 되어 주인공인 이웃집 사람의 불행을 말하고 있다. 이웃집 사람은 '겨울 해가 하늘 끝에서 지고', '찬바람이 고목을 꺾'는데 노모 상을 당했다. 그렇지만 지금은 한창 전쟁중이라 곡도 예를 갖추어 제대로 할 수가 없다. '철갑기병 소리'가 들리고, 때때로 '폭격기'가 이르기 때문이다. 하루하루의 삶의 온전함을 기약할 수 없다. 그래서 일가친척과 이웃들이 모여 장지를 의논하나, 초상을 제대로 치를 수 있을까 걱정이라는 것이다.[16] 이웃집

────────────
16) "曾子曰 愼終追遠 民德歸厚矣",《논어》,〈학이편〉, "증자가 말하기를, '상례를 신중히 하고 멀리 있는 조상을 정성을 다해 제사 지내면 백성들이 후덕한 데로

사람의 고통이 당대인 모두의 고통으로 자연스럽게 읽힐 수 있도록 표현했다. 과장하지 않고 꾸미지 않은 언어로 보이는 그대로를 표현하고 있어 더욱 감동적이다.

吾家大路邊　우리 집은 큰길가에 있는데
朝暮車連綿　아침저녁 차가 연달아 지나가니
送送淚何盡　보내며 흘리는 눈물 어느 때나 마를까
歸期問杳然　돌아올 기약을 물어보나 아득한 것을

又

村巷無人空　시골 거리 사람이 없어 텅 비었는데
晝靜聞鷄犬　고요한 대낮 닭 울음 개 짖는 소리만 들리네
皇天豈無意　하늘이 어찌 아무 뜻이 없어서
桑海自深淺　상전벽해가 스스로 깊고 얕을 것인가

〈送徵用車〉 윤동재 譯,《저녁놀》, 126면.

징용으로 끌려가는 사람들을 보면서 눈물 흘리고 있는 현실을 한시로 읊었다. 오일도의 우국적 면모와 지사적 면모를 함께 볼 수 있다. 검열 때문에 〈送徵用車〉와 같은 이런 내용의 시들은 이 당시 현대시에서는 거의 볼 수 없다.[17]

돌아갈 것이다"'라고 했다. 전통 유가 사회에서는 상례를 신중히 하는 것을 매우 중요시했다.

17) 일제의 검열은 1910년의 한일합방 이후로만 생각하기 쉽지만, 사실은 광무신문 지법이 제정·공포된 1907년 이전인 신문학이 움틀 초기로부터 이미 시행되어 왔다. 물론 그들이 원고에 대한 사전검열과 납본 검열의 이중검열을 법제화해서 실시하기는 통감부 때의 광무신문지법(1907)과 출판법(1909) 등에 의해서이다. 그런데 중일전쟁 무렵부터는 잇달아 공포 시행된 불온문서미시취체법(1936), 국가동원령(1938), 국방보안법(1941), 언론·출판·집회·결사 등 게재제한령(1941), 신문사업령(1942), 조선임시보안령(1941), 출판사업령(1943) 등에 의해 그 규제와 억압을 강화해 갔다. 이명재,《식민지시대의 한국문학》(서울 : 중앙대학교출판부, 1991), 40~42면.

첫째 수에서 시의 화자는 제1구와 제2구에서 '우리 집은 큰길가에 있기 때문'에 '징용차가 아침저녁으로 끊이지 않고 지나감을 볼 수 있다'고 하여, 시의 화자가 바로 현장에 있음을 말하면서 동시에 일제 강점하 강제 징용이 매우 많이 이루어졌다는 것을 말해 주고 있다. 그리고 강제 징용으로 인한 슬픔의 눈물이 마를 날이 없고, 강제 징용을 떠난 사람들은 돌아올 기약도 없다고 했다.

둘째 수에서 강제 징용으로 사람들이 많이 떠나고 보니 거리는 텅 비고, 사람 소리보다는 닭 울음, 개 짖는 소리만 들린다고 했다. 그러면서도 시의 화자는 하늘이 어찌 아무 뜻이 없겠느냐, 상전이 벽해가 될 날이 있을 것이라고 했다. 일제 강점 체제가 무너질 날이, 우리나라가 독립하게 될 날이 있을 것을 말해 주고 있다.

> 落葉風蕭蕭　바람불어 우수수 나뭇잎 지는 소리
> 渾村犬吠聲　마을의 개 짖는 소리와 서로 섞이네
> 隣家終日鎖　이웃집은 종일토록 문이 잠겨 있고
> 夜入小燈明　밤이 들자 작은 등불만 켜지네
> 〈徵用忌避家〉 윤동재 譯, 《저녁놀》, 127면.

이 시에서는 징용을 기피한 이웃집을 다루고 있다. 그 집에서 들리는 소리라고는 '바람이 불어 나뭇잎 지는 소리'가 '마을의 개 짖는 소리와 섞이고 있는 것'뿐이다. 이웃집은 식구들이 숨어 지내느라 낮에는 종일토록 문이 굳게 잠겨 있고, 밤이 되면 아무도 몰래 집으로 들어와 조심스럽게 등불을 켠다.

시의 화자가 마침 그때 그 장면을 보게 된 것이다. 강제 징용을 피하여 숨어 살고 있는 모습을 그리고 있는 이 시도 〈送徵用車〉와 마찬가지로 일제 강점기하에서는 발표가 절대 불가능했을 것이다. 더욱이 이 시는 제목을 〈徵用忌避家〉라 했다. 이는 제목만으로도 용인될 수 없는 작품이다. 발표가 불가능한데도 굳이 이런 시를 문자행위로 남겨두었다는 것은 오일도의 지사적·우국적 측면을 유감없이 보여준다. 또한 당대

민중의 답답함과 억울함을 외면하지 않는, 진실한 시정신의 발로라 할
수 있다.

　다음 시는 사대부 한시에서는 볼 수 없던 비정상적인 인물인 도박꾼
을 다루고 있어 주목된다.

主言善賭博	주인은 노름을 잘하여
無人敵相侵	서로 대적할 만한 사람 없다 하네
料亭半醉面	요정에서 늘 반쯤 취해 있는데
炭坑蔽衣衿	해어진 옷깃은 갱 속을 드나든 것 같네
忽聞佩釰聲	문득 칼을 차고 걷는 소리 들리더니
警官當門臨	경관이 문에 당도했네
老母扶不得	노모는 부축받지 못하고
妻子吐哀音	처자는 슬픈 울음을 토하고 있네
一夜獲千金	하룻밤에 천금을 얻고
二夜獲千金	또 하룻밤에 천금을 얻네
一場風雲合	노름꾼이 한자리에 모여드니
座上皆賊心	자리 위에 있는 이들 다 도적 심보
一夫踰墻走	한 사람은 담 넘어 달아나고
一夫竄穴陰	한 사람은 쥐구멍으로 숨어드네
嗟嗟無賴輩	아아 무뢰배들이로세
無暴於獸禽	금수보다 포악하지 않은가
終日空房坐	하루종일 빈방에 앉아
窺待夜色深	엿보며 밤이 깊어지기를 기다리네
百圓拾圓紙	백 원짜리 십 원짜리 지폐
房中散如林	방 가운데 흩어져 수풀 같네
惟有主人坐	오직 주인만이 앉아 있으니
匵中鼠如擒	독 안에 든 쥐와 같네
夜深隣寂寂	밤이 깊어 이웃도 고요한데
果有幾人尋	과연 몇 사람이나 찾아낼까
雜談辱說交	잡담과 욕설이 오가고
時時喚酒斟	때로 술 가져오라 하여 마시네

警官繩捕去 경관이 포승줄로 묶어 가니
路黑夜沉沉 칠흑 같은 밤길은 더욱 침침하네

〈賭博軍〉윤동재 譯,《저녁놀》, 133면.

이 시는 생활 현장의 언어로 쓰여 있다는 점뿐만 아니라 거칠고 투박한 삶의 모습을 다루고 있으며, 사대부 한시에서는 거의 볼 수 없었던 詩境을 보여주고 있다는 점에서 주목된다. 나오는 인물도 전통 한시에서는 거의 다루지 않는 인물유형이다. 그 인물은 제목 그대로 '노름꾼'이다. 노름꾼은 크게 내세울 만한 인물이 못 된다. 노름꾼 한 사람의 행위로 말미암아 고통을 겪게 되는 가족들의 모습을 그리고 있으며, 노름꾼이 잡혀가는 모습이 생동감 있게 나타나 있다.

이와 같은 시는 한시의 본령과 멀다고 여겼던 사람들은 조선조 사대부들, 특히 성리학자들이었다. 그들은 한시로 성정을 표현하는 데 주력했고, 한시를 심성 수양의 한 도구로 여겼다. 그러나 조선후기 위항 시인들이나 현실주의 관점에 선 시인들은 삶의 현실을 사실적으로 그려내는 데 주력하고 있다. 이 시는 조선후기에 새로운 경향으로 나타난 현실주의 한시의 전통을 잇고 있다는 점에서 주목된다.

한시에서는 같은 글자의 반복을 피한다. 첩어는 더러 사용하지만 같은 글자의 사용은 피한다. 제한된 글자 수로 시상을 함축적으로 표현하기 때문에 같은 글자는 되도록 피한다고 할 수 있다. 그러나 이 시에서는 같은 글자의 반복이 사실을 그대로 묘사할 수 있세 해 주고, 참으로 하고 싶은 말을 할 수 있게 하는 데 오히려 효과적으로 작용하고 있다.

3) 北滿 체험의 시화

오일도의 한시는 일제 강점기 국내의 민중들이 겪는 처참한 삶에만 눈을 돌리지 않고, 만주에서 우리 민족이 겪고 있는 삶의 현실도 적극적으로 다루고 있다. 일제 식민지배자들의 '국책이민' 정책이 조직적이고도 광범하게 실시된 만주사변(1931년) 이후 발표된 상당수의 현대시

작품들이, 그 시기 수많은 이농민의 역사적 삶을 그 주요한 시적 현실로 수용하여 형상화하고 있다.[18] 오일도의 한시에도 이 점이 잘 나타나고 있다. 오일도가 유치환, 이용악, 백석처럼 만주에 장기간 체류했는지는 확인할 길이 없지만, 그는 만주 여행을 하면서 직접 본 처참한 현실을 한시로 형상화하고 있다.

冬日下寒樓　겨울 해가 싸늘한 청루에 지니
滿街暗暗愁　거리는 어둑어둑하고 수심이 가득하네
帳屏鳥不飛　휘장병풍 속의 새는 날지 못하고
衣帶解難收　옷의 띠가 풀려도 수습하기 어렵네
旅枕今年暮　나그네 베갯머리 올해도 저무는데
家書何日郵　집에서 보낸 편지는 어느 날에나 닿을는지
紅燈豈儂意　홍등에 있는 것이 어찌 너의 뜻이랴
冶郞莫請留　건달에게 놀다가라 청하지 않네

---

18) 이에 대한 예로 오일도와 동향의 시인 조세림의 작품을 들 수 있다. "불미꼴 골 안에 뻐꾸기 애끓게 울어 / 앞개울 버들가지 無聊한 하로해도 깊었다. // 盧氣진 어린애들 陽地쪽에 누워 하늘만 보거니 / 휘늘어진 버들가지 물오름도 부질없어라. // 땅에 붙은 보리싹 자리기도 전 단지 밑긁는 살림살이 / 풀뿌리 나무껍질을 젖줄삼아 부황난 얼골들이며 // 옆집 福順이는 七百兩에 몸을 팔아 分넘친 自動車를 타드니 / 아랫마을 長孫네는 머너먼 北쪽길 서글픈 쪽백이를 차고 // 어제는 수동할머니 굶어죽은 송장이 사람을 울리드니 / 오늘은 마름집 고깐에 도적이 들었다는 소문이 돈다 // " 조세림, 〈失春譜〉, 영양문화원, 《영양시선집》(서울 : 경인문화사, 1988), 66면. 이 시에는 당시의 민중이 겪어야 했던 삶의 질곡이 있는 그대로 잘 형상화되어 있다. 일제 강점기 국내에서의 삶은 '보리가 익기도 전에 단지만 긁고', '풀뿌리 나무껍질을 젖줄 삼아' 살아가다 부황이 들었다. 이는 당대 민중의 일반적 삶이라 할 수 있다. 이런 상황을 견딜 수 없어 복순이네 집에서는 복을 많이 받으라며 '복순이'라고 이름까지 지어주었던 딸애 '복순이'를 '칠백냥'에 팔아버린 것이다. '복순이'는 뜻하지 않게 몸이 팔려 자동차를 타고 마을을 떠났다. '복순이'만이 아니다. '長孫네'는 '서글픈 쪽박을 차고', '북쪽길'을 떠났다는 것이다. 북쪽은 만주를 가리킨다. '복순이'가 팔려가고 장손네가 만주로 떠나 간 뒤에도 마을의 형편은 나아진 게 없이 더욱 어려워졌다. 어제는 '개똥 할머니'가 '굶어죽었고', '오늘은 마름집 곳간에도 도적이 들었다'는 것이다. 목숨을 부지하기도 어려웠던 시절, 민중의 처절한 궁핍상이 사실적으로 묘사되어 있다.

〈靑樓怨 ― 過間島靑樓街見朝鮮女人有感〉
윤동재 譯,《저녁놀》, 134면.

　　1930년대 이른바 '국책이민' 시대의 '만주 유이민 시'에는 수많은 조선 이농민의 딸들이 '이민열차'에 짐짝처럼 실려 만주 등지로 팔려 가는 이야기가 일정하게 반영되고 있는데, 이는 일제하 조선농민이 급속히 분해되면서, 1930년대에 들어서는 자기의 어린 딸을 몇 푼 안 되는 돈을 받고 청루로 팔아먹는 사례가 흔한 일이 되었다는 의미이다.[19]

　　〈靑樓怨〉은 오일도가 간도 청루 거리를 지나다가 조선 여인을 본 느낌을 쓴 것이다. 오일도의 한시에 나오는 간도 청루 거리의 '조선 여인'도 팔려온 여인임에 틀림없을 것이다. 조세림의 시에서 '복순이'는 '칠백 냥'에 팔려 자동차에 몸을 실었지만, 이 조선 여인도 팔려온 여인임에는 틀림없다.

　　尾聯의 첫 구를 보면 '홍등에 있는 것이 어찌 너의 뜻이랴'라고 했다. 이는 시의 화자가 홍등에 있는 조선 여인이 자신의 뜻과는 전혀 무관하게 만주까지 팔려왔을 것이라고 짐작하고 있다. '휘장병풍 속의 새'는 홍등에 있는 조선 여인의 객관적 상관물이라 할 수 있다. 휘장병풍 속의 새가 병풍에 갇혀 있을 뿐이듯이 조선 여인도 고향을 떠나 낯선 간도 땅에 팔려와 어쩌지 못하고 청루 거리에 갇혀 있는 현실을 나타낸다. 이와 같이 민족 구성원이 느끼는 삶의 질곡에 대한 구체적인 형상화는 오일도의 한시가 보여주고 있는 당대 삶의 진실한 표현이요, 시사적 의의라 할 수 있다.

　　　鴨江今日渡　오늘 압록강을 건너노라니
　　　長鐵掛雲端　긴 철교 끝에 구름 걸렸네
　　　橋上風勢急　철교 위 바람 형세 급하고
　　　橋下水聲寒　철교 아래 물소리 차가워라

---

19) 윤영천,《한국의 유민시》(서울 : 실천문학사, 1987), 25면.

大戰誰得失　큰 싸움은 누가 이기고 질 것인지
丈夫宜甘酸　대장부는 달고 신 것을 마땅히 여기리
平野連萬里　평야는 만리에 잇닿아 있는데
莫嘆行路難　가는 길의 어려움을 한탄하지 마라

〈鴨綠江〉윤동재 譯,《저녁놀》, 128면.

이 시에서는 일제의 식민지가 된 조국 땅 어디에도 안주하지 못하고
마침내는 만주로 떠나는 화자의 처지를 알 수 있다. 압록강은 이제 조
국과 만주를 갈라놓는 강이다. 이 강을 건너기만 하면 만주 땅이고 이
국이다. '철교 끝에 걸린 구름'이나 '철교 위의 형세 급한 바람', '철교 아
래의 차가운 물소리'는 모두 시의 화자가 절감하는 예사롭지 않은 시대
상황이다.

압록강 건너 만주 땅은 평야가 끝없이 펼쳐져 있지만 화자의 앞날도
평야처럼 아무런 장애물도 없이 확 트여 있을지 자신할 수 없다. 그래
도 그는 '가는 길의 어려움을 한탄하지 마라'고 스스로에게 당부하고 있
다. 대장부는 달고 신 것을 가리지 않기 때문에 어떤 상황이든 능히 극
복할 수 있다는 것이다.

天地無涯角　세상에는 궁벽스러운 곳 없다는데
君我忽南北　그대와 나 홀연 남북으로 갈리었네
塞鴈幾度秋　변방의 기러기 가을을 몇 번이나 지냈는가
征馬歸未得　싸움터의 말은 돌아가지 못 했다네
山骨木脫黃　산의 바위와 나무는 누름을 벗었는데
氷心水胎碧　얼음 같고 물 같은 마음은 푸름을 잉태했네
荒城寥落夜　황량한 성 쓸쓸한 밤에
往往鬼神哭　이따금 귀신이 울부짖네
北風萬里吹　북풍은 만리나 불어대는데
悲歌托一曲　슬픈 노래 한 곡조를 의탁하네
鴨江渡無期　압록강 건널 기약 없는데
江流豈終極　흐르는 강물은 어찌 끝이 있겠나

在地枝連理　땅에서는 연리지 같고
在天鳥比翼　하늘에서는 비익조 같았네
寒枕一夢成　싸늘한 베갯머리 한바탕 꿈을 꾸니
忽然在君側　홀연 그대 내 곁에 있었네
如何百年身　어찌 백년 해로 해야 할 몸이
一別空相憶　한 번 이별하고서 헛되이 그리워만 하나
魂隨見月白　내 마음이 밝은 달을 따라가 보니
腸斷採蘋綠　그대도 애간장을 끊으며 푸른 마름풀을 뜯고 있구려

〈寄少婦〉 윤동재 譯,《저녁놀》, 131~132면.

이 시는 신혼의 달콤한 꿈을 미처 다 꾸기도 전에 징병으로 끌려나가 北滿의 한 변방에 배치되어 근무중인 병사가 들려주는 이야기로 되어 있다. 시의 주인공이 직접 화자가 되어 자신이 겪고 있는 불행과 고통을 들려주는 방식을 택하고 있다. '기러기들도 여러 번 고향으로 돌아가는데' '나는 왜 고향을 떠나 온 다음 한번도 고향에 돌아가지 못하는가' 하는 자탄에서부터 시작되고 있다. 그리고 시의 화자는 지금 '쓸쓸하고', '황량한 곳'인 데다, '이따금 귀신이 울부짖고', '북풍이 만리나 부는 곳'에 있다. 그러면서도 '압록강'을 건너갈 기약이 없다.

화자는 자기와 아내 사이는 애초에 '連理枝' 같고, '比翼鳥'와 같았다고 말했다. '連理枝'는 한 나무의 가지가 다른 나무의 가지와 닿아서 서로 이어져 있는 것을 나타낸다. 이는 부부 사이가 매우 좋았다는 뜻이다. '比翼鳥'는 암컷, 수컷이 모두 눈이 하나고, 날개도 하나로 언제나 깃을 나란히 하여 하늘을 난다는 상상의 새이다. 역시 부부의 정이 두터워서 서로 떨어지지 않음을 나타낸다.

그런데 시의 화자와 아내는 어쩌다 이렇게 이별하고 그리워하느냐는 것이다. 시의 화자는 자기만 아내를 그리는 줄 알았는데 알고 보니 아내도 '애간장을 끊으며 마름풀을 뜯고 있더라'고 했다. 달을 따라가 보았더니 알 수 있었다는 것이다. 대부분의 한시에서 남녀가 이별하면 여성이 남성을 그리워하는 것으로 형상화하는데, 여기서는 남성화자가 오

히려 여성인 젊은 아내를 그리워하며, 젊은 아내 또한 자기와 마찬가지로 그리워하고 있다는 사실을 알게 되었다고 말하고 있다. 이 점에서 볼 때 일종의 征婦怨 계열의 여성 정감시라 할 수 있지 않을까 한다.[20]

그런데 이 시에서 누구를 위한 싸움인 줄도 모르고 북만 벌판에 병사로 뽑혀 나간 시의 주인공이 겪는 고통은 바로 당대 민중이 처절하게 겪었던 고통이다. 또한 의미 없는 전쟁에 이끌려 나가게 되어 신혼의 부부가 이별하게 된 상황을 다루고 있어서 읽는 이들의 마음을 더욱 아리게 한다. 이와 같이 당대 민중의 처절한 삶에 대한 철저한 형상화는 오일도의 한시 창작 능력이 매우 뛰어남을 보여준다고 하겠다.

> 胡人善馳馬　만주 사람들은 누구나 말을 잘 몰지
> 揮鞭走紅塵　채찍 휘두르며 홍진 속을 달리니
> 揚揚車上客　마차 위의 손님은 양양해 하는데
> 太半海外人　손님들 반도 넘게 해외인이라네
>
> 〈胡馬〉 윤동재 譯, 《저녁놀》, 129면.

이 시는 일본인을 마차에 태우고 홍진 속을 달리는 만주인에게서 같은 피압박 민족으로서 느낀 동병상련을 토로하고 있다. 이 시에서 '胡人'은 만주인을 일컫는다고 보여진다. 이 '호인'과 맞선 자리에 '海外人'이 있다. '호인'은 '채찍을 휘두르며 홍진 속 마차를 몰고' 있다. 그는 힘

---

20) 征婦怨 계열의 한시에서 흔히 볼 수 있는 것은 죽음을 무릅쓰고 남편을 기다리는 아내와 지순한 헌신을 바치는 아내의 정감이다. 남편이 死地의 수자리로 떠나거나 종군하여 떠났을 때, 남편을 기다리는 비장함을 보여준다. 또 만리 먼 곳의 수자리로 떠난 남편을 위해 한땀한땀마다 맑은 눈물을 섞어 바느질을 해서 옷을 지어 보내는 아내의 지극한 정성과 그리움이다. 박영민, 〈사대부 한시에 나타난 여성 정감의 사적 전개와 미적 특질〉, 고려대학교 대학원 박사논문, 1998, 28~30면. 이 시에서는 시의 화자가 남편의 입을 빌어 표현하고 있으나, 젊은 아내가 '마름풀을 뜯고 있다'는 마지막 구의 내용은 남편의 부재로 인한 젊은 아내의 허전함과 애달픔을 달래기 위한 행위를 묘사하고 있는 것이라고 볼 때, 이 시는 정부원 계열의 한시로 보아도 무리가 없지 않을까 한다.

들여 마차를 몰고 있는데, 그의 마차 위에서 오히려 '손님은 양양해' 한다. 그리고 그 손님의 대부분은 '해외인'이다. 여기서 '해외인'은 주로 일본 사람을 가리키는 것으로 보인다.

일제는 1932년 3월 1일부터 1945년 8월 15일까지 만주국이라는 괴뢰정부를 세우고 1924년부터 자금성에서 쫓겨나 떠돌아다니던 청나라 마지막 황제 溥儀를 명목상의 황제로 내세우고 뒤에서 조종하였다. 만주국은 '民族協和'를 건국이념으로 내세웠는데, 이를 일명 '五族協和'라고도 한다. 이의 내용은 만주 일대에 거주하던 주요한 민족을 일본인, 조선인, 몽고인, 한인, 만주인으로 보면서 이들 5개 민족의 '평등·화목·협조'를 강조한 것이다.[21] 여기서 말하고 있는 오족 가운데 '海外人'이라고 볼 수 있는 것은 일본인밖에 없다.

일제가 내세운 '五族協和'는 실제로는 일본인의 우월한 지위 확보와 안전을 위해 내건 술책에 불과한 것이었다. 오일도는 만주 여행을 통해서, '오족협화'라는 허울 좋은 명분을 내세우며 대륙침략과 강탈에 온힘을 쏟고 있는 일본 제국주의의 실체를 확인한다. 그러면서도 마차를 몰고 있는 '만주인'이 같은 피압박 민족으로서 겪는 고통과 아픔에 연민의 눈길을 보내고 있다. 이 시는 그것을 잘 보여주고 있다.

> 言語忽難親 말로 갑자기 친해지기 어려워
> 學得胡酒危 독한 만주 술을 배우네
> 醉來强一笑 취기 올라 억지로 한 번 웃으며
> 寒榻坐如痴 차가운 걸상에 바보처럼 앉아 있네
>
> 〈胡酒〉 윤동재 譯, 《저녁놀》, 129면.

제1구에서는 시의 화자가 만주인과 '말로 갑자기 친해지기 어려움'을 말하고 있다. 만주를 여행하면서 만주인의 말을 금세 익힐 수는 없다. 그래서 그들에게 말을 제대로 붙여 볼 수도 없다. 그러나 〈胡馬〉에서

---

21) 김호웅, 《재만조선인문학연구》(서울 : 국학자료원, 1998), 22~25면.

보았듯이 오일도는 만주인에게 끝없는 연민과 동병상련을 느끼고 있다. 그래서 어떻게 하든지 그들과 친해보고자 한다. 제2구에서는 만주인과 친해 보는 방법의 하나로 '독한 만주 술을 배우네'라고 했다. '독한 술'이나마 배워서 그들과 친해보고자 한 오일도의 따뜻한 마음 씀씀이가 잘 드러나고 있다.

제3구와 제4구에서는 '독한 술'을 배우면서 만주인과 친해보고자 하나 쉬운 일이 아니라는 것을 보여주고 있다. 제3구에서 '억지로 한 번 웃으며'라고 했다. 이는 정서적 교감이 쉽게 이루어지지 않고 있는 것을 을 보여주고 있다. 그래서 제4구에서는 '차가운 걸상에 바보처럼 앉아 있네'라고 했다. 피압박 민족으로서 서로 마음을 나누고자 하나 쉽지 않음이 잘 드러나 있다.

오일도는 한문문명권의 공동문어문학인 한시로 자신이 정말 하고 싶었던 말을 하고 있다. 일제 강점기에 현대시를 발표하는 일은 검열을 통과해야 하기 때문에 여러 제약이 따른다. 그러나 한시는 검열을 염두에 두지 않아도 되기 때문에 한시를 통해서 그가 나타내고자 했던 바를 과감히 나타낼 수 있었다고 볼 수 있다. 그러나 이는 오일도가 서사 한시를 통하여 체제 모순과 삶의 갈등을 첨예하게 드러낼 수 있었다는 점을 충분히 설명해 주지는 못한다. 일제 강점기는 문자행위로 남기는 일 자체가 벌써 위험을 무릅써야만 했던 시기였다. 오일도에게 지사적이요 우국적인 면이 없었다면 현실 모순을 과감히 비판하는 한시를 쓸 수 없었을 것이다.

오일도가 보기에 일제 강점기 모순의 근원은 일제의 강제 침탈에 있다. 이것은 국내에서건 만주에서건 마찬가지이다. 오일도는 이러한 자신의 인식을 시로 형상화하기 위해서 서사 한시와 악부풍의 한시를 택했다. 그의 한시는 사대부 한시에서 쉽게 볼 수 없던 구체적 현실을 삶의 현장의 언어로 그려놓고 있다. 다시 말하면 당대 민중의 삶을 한시로 옮겨놓고 있다. 그의 서사 한시는 일제 강점기라는 특수한 시대를 살아가면서 겪은 일들을 기록한 것이다. 험난한 시대, 민중이 뜻하지 않게 겪어야 했던 아픔을 절절히 적고 있다. 따라서 그가 택하고 있는 서사 한시와 악부풍의 한시는 일제 강점 체제의 모순과 수탈당하는 민중의 처절한 삶의 갈등을 담아내기에는 아주 적절하고 유효한 한시 형식이라고 할 수 있다.

오일도의 한시가 보여주고 있는 이러한 점은 조선후기 현실주의 한시의 맥을 잇고 있는 것이라고 하겠다. 조선후기 현실주의 한시는 서사 한시의 창작을 통하여 체제 모순과 삶의 갈등을 드러내고 있는데 오일도의 한시는 이 점을 잘 계승하고 있다. 이와 같이 오일도가 공동문어 문학인 한시에서 이룩한 성과는 대단하다고 할 수 있다. 오일도의 한시는 한국한문학사에서 반드시 중요하게 거론해야 할 것이다. 오일도가 공동문어문학인 한시에서 거둔 성과를 볼 때, 한국한문학사 서술의 하한점을 姜瑋, 李建昌, 黃玹, 金澤榮 등 四大家가 활약했던 조선 말엽까지로 잡는 것은 재고해야 한다.[22] 적어도 오일도가 한시를 썼던 1940년대까지로 내려 잡아야 할 것이다.[23]

---

22) 김태준, 《조선한문학사》(서울 : 조선어문학회, 1931) ; 문선규, 《한문학사》(서울 : 정음사, 1961).

23) 조동일의 《한국문학통사》 5 제3판, 李家源의 《朝鮮文學史》 下冊에서는 한국한문학사 서술의 하한점을 1940년대까지로 내려 잡고 있다. 조동일은 이 시기 呂圭亨, 卞榮晚, 鄭萬朝, 趙兢燮, 金昌淑, 李克魯 등을 주요 인물로 들고 있으며, 李家源은 그 자신과 李佑成을 들고 있다. 그러나 두 사람 모두 한국한문학사 서술의 하한점을 1940년대까지로 내려잡고 있으면서도 오일도가 한시에서 거둔 성과를 다루지 않고 있다.

2. 조지훈

1) 한시 소양의 배경

조지훈(本名 東卓, 1920~1968)은 경북 영양군 일월면 주곡동 201번지
에서 태어났다. 주곡동은 '주실'이라고 불리기도 하는 마을로서 조지훈
의 14대조 趙佺이 자리잡은 漢陽 趙氏 씨족 마을이다. 조지훈의 성장과
정에서 가장 많은 영향을 끼친 인물은 그의 조부였던 趙寅錫으로 알려
져 있다. 그는 의병대장을 지낸 南州 趙承基의 맏아들로 1879년 주곡동
에서 태어났다. 자는 建初이며 호는 乃隱 또는 三何라고도 하였다. 그는
朝鮮朝末에 司憲府 臺諫을 지낸 학문과 문장, 덕망과 지조가 높은 成均
館 儒生으로 '三不借', 즉 자식과 돈과 글을 빌리지 않는다는 것을 가훈
으로 삼았다.[24]

그는 일찍이 민족이 살아남을 길은 문화교육이라고 깊이 명심하고
주곡에 있는 月麓書堂에 英進義塾을 설치하여 신학문의 서적을 구입하
고 강사를 초빙하여 개화운동에 힘썼다. 또한 矯風會를 조직하여 허례
와 폐속을 교정하고 폐단스러운 옛 것을 새롭게 쇄신하는 데 앞장섰
다.[25] 조지훈은 이러한 조부 조인석으로부터 열일곱 살까지 유학 경전
과 그 밖에 한문을 직접 배웠다. 조지훈의 연보에 따르면 1925년부터
1928년 사이에는 영양보통학교를 다녔으며, 서당식 교육을 하던 향리의
月麓書堂에도 다녔다고 되어 있다. 당시 월록서당의 선생으로는 주곡
조씨 문중의 사람으로 趙定基, 趙橲錫, 趙儀泳이 있었고, 거기서 가르치
던 학과목은 漢學, 朝鮮語, 修身, 歷史, 圖書 등이었다.[26] 조지훈의 유소

---

24) 서익환, 《조지훈 시 연구》(서울 : 우리문학사, 1991), 47면.
25) 영양군, 《영양군지》(대구 : 정각당, 1998), 931면.
26) 서익환, 앞의 책, 48~49면.

년기 수학은 전통 한학이 중심이 되었다는 사실을 알 수 있다.

조지훈은 이렇게 어릴 때부터 익힌 漢學 실력을 바탕으로 고전 국역 및 역경 사업에 깊이 관여하기도 했으며 한시 창작에 뛰어난 자질을 보이기도 했다. 또 정재각의 회고에 따르면 그는 화제가 한시에 미치면 열변을 토하는 것이 상례였다고 한다.[27] 많은 현대 시인 가운데서 조지훈이 한시와 현대시 양쪽에서 일정 수준 이상의 작품을 쓸 수 있었던 점과 한시 번역[28]을 여러 편 남길 수 있었던 것은 바로 이러한 성장 배경과 수학 과정에 힘입었다고 할 수 있다.

2) 은일의 정신

조지훈은 현대 시인 가운데 드물게 한시집을 남기고 있다. 《流水集》이라는 이름의 한시집이 바로 그것이다. 이 한시집은 유고 시집의 형태로 발견되었다. 습작이란 단서가 붙어 있으나, 조지훈의 한시 소양을 살피기에 부족함이 없는 좋은 자료이다.[29] 《流水集》에는 모두 34제

---

27) 정재각, 〈지훈의 인품과 사상〉, 《민족문화연구》 제22호(서울 : 고려대학교 민족문화연구소, 1989), 12면.
28) 조지훈, 《조지훈 전집》1(서울 : 나남출판, 1996)에는 陶潛, 王維, 李白, 杜甫 등 중국 시인의 작품과 崔致遠, 張延祐, 金富軾, 高兆基, 崔讜, 任奎, 崔鴻賓, 鄭敍, 全坦夫, 李仁老, 李奎報, 釋丹鑑, 吳漢卿, 洪奎, 崔瀣, 金元發, 林悌, 失名氏, 金春東 등 신라, 고려, 조선, 현대인의 작품 등이 망라되어 있다.
29) 조지훈이 《유수집》이라는 한시집을 엮었다는 사실은 이동환에 의해 처음 밝혀졌으며 아울러, 이에 대한 개괄적인 연구도 최초로 이루어졌다. 이동환, 〈지훈시에 있어서의 한시전통〉, 김종길 외, 《조지훈연구》(서울 : 고려대학교출판부, 1978), 232~244면 ; 김종균, 〈한국근대시인의식연구〉, 고려대학교 대학원 박사논문, 1980, 172~181면 ; 《매천·만해·지훈의 시인의식》(서울 : 박영사, 1982), 196~250면 ; 〈조지훈한시연구 — 《유수집》을 중심으로〉, 한국외국어대학교 논문집 제17집, 1984, 101~119면에서 연구가 이루어졌다. 또한 최태호, 《현대시와 한시 — 만해·지훈의 한시를 중심으로》(서울 : 은하출판사, 1994)에 의해 후속 연구가 이루어졌다. 《유수집》 수록 한시에 대한 번역은 김종균에 의해 이루어졌다. 그러나 지금은 《유수집》 원본이 분실되어 연구에 이용할 수 없는 형편이다. 아쉬운 대로 김종균과 최태호의 노력으로 비교적 원전에 가까운 형태로 보완이 되어 번역 출간

44

35수의 한시가 실려 있다. 적지 않은 작품량이지만 시체별로는 절구와 율시, 즉 근체시뿐이다. 고시는 한 편도 없다. 오일도가 근체시와 고시를 함께 썼고, 특히 고시라는 비교적 자유로운 시체를 통해서 자신의 진실한 마음을 표현하고, 일제 강점 체제라는 모순된 시대 현실에 대한 적극적인 대결의식을 보여주고 있는 것과 좋은 비교가 된다.

중국 남송의 嚴羽는 《滄浪詩話》,〈詩法〉에서 '古詩 — 五律 — 七律 — 七絶 — 五絶' 차례로 짓기가 어렵다고 했다.[30] 이 말은 고시보다 근체시가 짓기 어렵다는 뜻이다. 근체시, 특히 오언절구의 경우는 20자로써 자신의 시상을 드러내어야 하기 때문에 시상이 압축되어야 하고 시상을 압축시키기 위해서는 고도의 기교가 따르지 않을 수 없다. 그런데도 불구하고 우리나라 시인들은 고시보다 근체시를 즐겨 지었다.[31] 물

된 최태호, 《만해·지훈의 한시》(서울 : 은하출판사, 1992)에서 이용할 수밖에 없다. 이 책에서는 《만해·지훈의 한시》에 수록된 조지훈의 한시 자료를 이용하기로 하고 한시 번역은 윤동재 譯에 의함을 밝혀 둔다.

30) 엄우, 《창랑시화》,〈시법〉, "律詩難於古詩 絶句難於八句 七言律詩難於五言律詩 五言絶句難於七言絶句", 율시는 고시보다 어렵고, 절구는 율시보다 어렵고, 칠언 율시는 오언율시보다 어렵고, 오언절구는 칠언절구보다 어렵다.

31) 15세기까지 한시를 실은 《東文選》의 1,770수의 한시를 詩體別로 살펴보면 다음과 같다. ① 七言絶句 552수(31.2%) ② 七言律詩 548수(31.0%) ③ 五言律詩 219수 (12.4%) ④ 七言古詩 181수(10.2%) ⑤ 五言古詩 117수(6.6%) ⑥ 五言絶句 68수 (3.8%) ⑦ 五言排律 44수(2.5%) ⑧ 七言排律 38수(2.2%) ⑨ 기타 3수(0.2%)의 순이다. 여기서 보면 근체시인 절구·율시·배율이 전체의 83퍼센트에 이르고 있음을 알 수 있다. 이러한 경향은 16세기에 들어서도 달라진 게 거의 없다.

許筠의 《國朝詩刪》(宣祖 40년 : 1607년) 수록 941수(許門世藁 64수 포함)에서는, ① 七絶 349수(37.1%) ② 七律 233수(24.8%) ③ 五律 158수(16.8%) ④ 五古 59수(6.3%) ⑤ 五絶 57수(6.1%) ⑥ 七古 43수(4.6%) ⑦ 雜體詩 42수(4.5%)의 순서로 되어 있다. 여기서도 근체시인 절구·율시·배율의 비율이 84퍼센트에 이르고 있음을 알 수 있다.

그런데 《東文選》이나 《國朝詩刪》은 선시를 한 것이기 때문에 실상과 달리 선자들의 주관이 개입되어 왜곡될 수 있다고도 볼 수 있다. 그런 측면을 고려해서 다시 16세기에 활동한 李賢輔의 《聾巖集》·金絿의 《自菴集》·宋純의 《俛仰集》· 李浚慶의 《東皐遺稿》 등의 문집을 무작위로 선정하여 시체별로 나누어 본 결과 전체 600수에서 ① 七絶 230수(38.3%) ② 七律 199수(33.2%) ③ 五律 84수(14.0%)

론 조선후기로 내려오면 근체시보다 고시를 짓는 일이 중요하다는 것을 재인식하기에 이르기도 했지만[32] 사대부 한시에서 근체시 선호는 쉽게 바뀌지 않았다.

우리 앞 시대 시인들이 근체시를 이렇게 선호했던 데는 나름대로 이유가 있다. 첫째, 함축적인 표현의 妙를 살릴 수 있고, 둘째, 심상을 역동적으로 표현할 수 있으며, 셋째, 시의 형식미를 한껏 추구할 수 있다는 점에서 근체시를 선호했다.[33] 조지훈이 근체시만 썼다는 것은 이런 점을 스스로 충분히 인식하고 있었기 때문이 아닌가 한다. 또한 사대부 한시의 전통을 이어받는다는 생각이 다른 무엇보다 앞섰기 때문에 나타난 결과가 아닌가 한다.

《流水集》에 수록된 조지훈의 한시 작품들은 내용상으로 보면 네 가지로 나눌 수 있다. 첫째, 산수자연을 은거의 공간으로 삼아 은일의 생활, 은일의 정신을 보여주고 있다. 둘째, 여성정감을 드러내고 있다. 셋째, 신라의 고적을 둘러보고 감회를 읊고 있다. 넷째, 불교 의식을 다루고 있다. 이 가운데서도 은일의 정신과 여성정감이 조지훈 한시의 가장 두드러진 특징이라 할 수 있다. 여기서는 이를 중심으로 살펴보고자 한다. 조지훈의 한시는 은일의 정신으로 산수자연에 은둔하고자 하는 마음을 표출하고, 또 산수자연에 은둔하여 사는 삶이 소중하고 값지다고 노래한 것이 많다.

---

④ 五絶 42수(7.0%) ⑤ 五排 19수(3.2%) ⑥ 七排 15수(2.5%) ⑦ 雜體詩 11수(1.8%) ⑧ 五古 1수(0.2%)의 순서로 되어 있음을 볼 수 있다. 문집을 무작위로 추출하여 살펴본 결과는 근체시가 98퍼센트에 이르고 있다. 오히려 선시한 것에 견주어 볼 때 근체시의 비율이 훨씬 상회하고 있다. 成昊慶, 〈16世紀 國語詩歌의 硏究〉, 서울대학교 대학원 박사논문, 1986, 42면. 이는 모두 우리나라 시인들이 근체시 짓기를 좋아했음을 보여주는 것이다. 조지훈의 경우 근체시만 썼다는 점은 이런 한시 전통에 비추어 볼 때 당연한 결과이기도 하다.

32) 19세기 고문가들인 홍석주·홍길주는 율시의 폐단을 지적하고, 고시 쓰기를 권면하고 있다. 김철범, 〈19세기 고문가의 문학론에 대한 연구 — 홍석주·김매순·홍길주를 중심으로〉, 성균관대학교 대학원 박사논문, 1990, 120~131면.

33) 성호경, 앞의 논문, 43~45면.

秋水蘆花白　가을 강 갈대꽃 하얗게 나부끼고
月明野菊寒　밝은 달빛 아래 들국화 쓸쓸히 피어 있네
靑春不得志　청춘에 품은 뜻 펼쳐 보지 못하고
歸臥夢關山　고향으로 돌아갈 꿈만 꾼다네
　　　　　　〈傷心〉 윤동재 譯, 《만해·지훈의 한시》, 193면.

　제1구와 제2구는 지금 이곳의 가을 강에 하얗게 나부끼는 '갈대꽃'과 밝은 달빛 아래 쓸쓸히 피어 있는 '들국화'라는 가을의 경물을 통해서 화자의 쓸쓸한 감회를 드러내고 있다. 이러한 가을의 경물들은 화자의 심회를 상하게까지 한다. 그래서 제3구와 제4구에서 시의 화자는 '청춘에 품은 뜻 펼쳐 보지 못하고', '고향으로 돌아갈 꿈만 꾼다네'라고 했다. '청춘에 품은 뜻'이 구체적으로 무엇인지는 알 수 없지만, 지금 이곳에서는 그 꿈을 실현시키지 못했다는 것을 알 수 있다.

　시의 화자는 '청춘에 품은 뜻'을 펼쳐 보지 못하게 하는 현실과 대결하지 않고, 소극적인 방법으로 제4구에서 볼 수 있는 것처럼 '고향으로 돌아갈 꿈만 꾼다.' 제3구와 제4구에서 말하고자 하는 내용은 조지훈의 현대시에서는 볼 수 없는 내용이다. 조지훈이 돌아가 은거하길 꿈꾸던 고향은 '산수자연'이었다. 그래서 그는 '산수자연' 속으로 귀향한다.

塵世意難合　티끌 세상에 영합할 수 없어
歸來便一旬　귀거래한지 문득 십여 일
心閒山色遠　한가로운 마음 먼 산빛이여
夜靜水聲隣　고요한 밤 가까이 들리는 물소리
功名正蝸角　공을 세워 이름 떨침은 쓸데없는 일
富貴貪魚鱗　부귀를 탐냄도 마찬가지라네
眞味菜香淡　나물 향기 담백한 참 맛을
恐知權勢人　권세 있는 사람이 알까 두렵다네
　　　　　　〈歸鄕〉 윤동재 譯, 《만해·지훈의 한시》, 198면.

　이 시에서는 '티끌 세상에 영합할 수 없어' 귀거래했다고 분명하게 말하고 있다. 귀거래하여 산수자연의 품으로 은둔하고 보니 한가로운 마음은 먼 산빛에 가서 머물고, 고요한 밤에는 물소리가 가깝게 들리는 것을 깨닫는다. 이는 산수자연이 더욱 친하게 느껴진다는 것이다. '공을 세워 이름을 떨침'이나 '부귀를 탐냄'은 모두 쓸데없는 일이라는 사실을 알았고, '나물 향기 담백한 참 맛'을 사랑한다고 했다. 그리고 권세 있는 사람이 화자의 은일 생활을 알까 두렵다고 했다. 이는 자연과 친화, 자연과 합일하여 세속의 때를 벗어나거나 숨어 지내고 싶어하는 욕망의 표출이다.

　세속의 때를 벗어나 산수자연의 품으로 은둔하여, 전원생활의 자유로움을 구가하기 위해 귀거래하는 意境을 보여주고 있는 시는 일찍이 도연명의 시에서 볼 수 있었다. 도연명은 삼국시대부터 우리나라 사대부 시인들에게 영향을 끼쳐 왔다.[34] 우리나라의 시인들은 벼슬을 그만두고 물러날 때나 '泉石膏肓'을 어쩌지 못해 강호 자연에 은둔할 때 거의 언제나 자기 자신의 소신과 명분을 위해 세속의 영달과 부를 한꺼번에 과감히 내던진 도연명을 떠올리며 그의 처사적 삶을 본받고자 했다. 이 시에서도 이러한 점을 볼 수 있다.

---

34) 중국의 경우 정치적으로 어지럽고 불안했던 東晉 말기와 劉宋 초기에 이르면 현실을 떠나 전원이나 산림으로 은둔하는 풍조가 유행하여 翟矯, 翟法賜, 劉遺民 등의 '尋陽三隱'이 나오는 등 많은 사람들이 은둔했는데, 유독 도연명의 귀거래만이 달리 평가될 수 있었던 이유는 무엇인가. 이는 당시 '尋陽三隱'이 보였던 것처럼 忘世的 避隱에 빠져 시대를 조롱한 것과는 달리 도연명은 스스로 조용히 물러나 선비로서의 절의와 安貧의 도를 지켰다는 데 있다. 조기영, 〈귀거래의 수용과 문학적 전개〉, 《연민학지》 제2집(서울 : 연민학회, 1994), 198면.
　이러한 도연명이 우리나라에 소개된 시기는 삼국시대까지로 소급되는데, 이것은 그의 시와 〈歸去來辭〉가 실려 있는 《文選》이 신라 元聖王 4년(788년)에 설치된 讀書三品科의 上品 고시과목 가운데 하나로 채택되었던 점에서 확인할 수 있다. 《三國史記》 卷十, 〈新羅本紀 第十 元聖王〉, "四年春 始定讀書三品以出身 讀春秋左氏傳 若禮記若文選而能通其義 兼明論語孝經者爲上 讀曲禮論語孝經者爲中 讀曲禮孝經者爲下", 이형대, 〈조선조 국문시가의 도연명 수용양상과 그 역사적 성격〉, 고려대학교 대학원 석사논문, 1991, 18면 재인용.

來時故國路　고향으로 돌아올 땐
白雪正紛繽　흰 눈이 펄펄 날렸네
茅屋三更雨　띠집에 삼경의 비 내리더니
今朝一朶春　이 아침은 나뭇가지에 자리한 봄을 보겠네
〈東都行〉 윤동재 譯,《만해·지훈의 한시》, 191면.

제1구와 제2구는 '고향으로 돌아올 땐', '흰 눈이 펄펄 날렸네'라고 하여, 고향으로 돌아올 때가 겨울이었다는 것을 말해 주고 있다. 그리고 제3구는 '띠집'에 '삼경의 비'가 내렸다고 했다. '삼경의 비'는 한밤중에 내린 비이다. 제4구는 한밤중에 비가 내리고 나서, 아침 나뭇가지에 새 눈이 제 얼굴을 내밀고 있는 것을 시의 화자가 보게 되었다. 그것을 시의 화자는 '나뭇가지에 자리한 봄'이라고 표현했다. 이 시는 고향으로 돌아올 때의 정경과 고향으로 돌아와서 맞게 된 이른 봄의 정경을 묘사하고 있다.

平生睡不足　평생토록 낮잠이 늘 부족한 것은
愛此白雲幽　흰 구름 그윽함을 사랑하기 때문이라오
懶臥白雲裡　구름 속에 게으르게 누워 있으니
靑山笑我愚　청산이 나의 어리석음을 비웃는구나
靑山休笑我　청산이여 제발 나를 비웃지 말게나
浮世萬端愁　덧없는 세상엔 온통 걱정거리뿐이거늘
兩忘榮辱苦　영욕과 괴로움을 함께 잊으니
茅屋忽高樓　초가집이 홀연히 궁궐이라네
〈叙懷〉 윤동재 譯,《만해·지훈의 한시》, 199면.

이 시는 은거하여 살아가면서 자연에 몰입해 있는 상태를 보여주고 있다. '청산'과 '흰 구름'은 똑같이 자연 대상물이긴 하나 '청산'은 시의 화자와 서로 대립되는 대상으로 존재하고, '흰 구름'은 시의 화자인 '나'에게 몰입의 대상으로 존재한다. '청산'은 '흰 구름'에 몰입하는 '나'를 비웃는다. 몰입의 경지를 이해하지 못하기 때문이다. 그러나 '흰 구름'

과 '나'는 일심의 세계를 보여주고 있다. '나'는 '흰 구름'을 사랑하기 때문에 구름 속에서 구태여 일어날 필요가 없는 것이다. '청산'이 보기에는 그것이 게으르게 누워 있는 것으로 보일 수밖에 없다.

그렇지만 구름이 곧 나요, 내가 구름이다. 구름과 나는 완전히 하나가 되어 버렸다. 이것은 '내가' '흰 구름'에 몰입해 버렸기 때문에 가능할 수 있다. 몰입은 자아의 존재가 소멸되고 대상만이 존재하는 양식이다. 자아가 대상으로부터 영향받는 일도 없고, 대상이 자아에 의해 영향받는 일도 없이 대상만이 존재한다. 이것을 자아의 無化 내지는 망각이라고 할 수 있으며, 다른 시각으로는 자아가 없어진 것이 아니라 대상에 완전히 동화되었다고 할 수 있다. '忘我'는 전자의 관점에서 한 말이며 '物化'는 후자의 관점에서 한 말이다.[35]

그런데 시의 화자인 '내가' 유독 '흰 구름'에 몰입할 수 있는 것은 흰 구름이 '無心無事'를 나타내며, 아울러 '희고 깨끗하게 조금도 더러움에 물들지 않은' 대상물이기 때문이다.[36] '무심무사'라고 했을 때, '無心'은 아무런 마음이 없는 것이 아니라, 헛된 욕망과 집착이 없는 것을 두고 하는 말이다. 이런 '흰 구름'에 몰입하고 보니, '덧없는 세상'엔 '온갖 걱정거리뿐'임을 깨칠 수 있고, '영욕과 괴로움을 함께 잊으니' 귀하고 소중하지 않은 것이 없다는 뜻이다. 아니, 頭頭物物이 모두 귀하게 되어 '茅屋', 즉 '띠로 지붕을 인 보잘것없는 초가'도 궁궐일 수가 있다는 것이다.

> 松扉人跡少　솔 사립문 사람 자취 드문데
> 石逕落花多　돌길엔 떨어진 꽃잎이 즐비하네
> 巖下泉聲細　바위 아래 샘물은 졸졸졸 흐르고

---

35) 이진오, 《한국불교문학의 연구》(서울 : 민족사, 1997), 54면.
36) 인권환은 "白雲이 희고 깨끗하게 조금도 더러움에 물들지 않은 본성을 지니고 있다는 점에서 투명하게 淨化된 無心無事의 禪心과 虛靈湛寂한 본래의 心體를 상징하는 자연물"이라고 했다. 인권환, 《고려시대 불교시의 연구》(서울 : 고려대학교 민족문화연구소, 1983), 175면.

時聞採藥歌　때때로 약초 캐는 노랫소리 들려오네
〈訪禪僧不遇〉윤동재 譯,《만해·지훈의 한시》, 190면.

　　화자는 스님을 만나기 위해 산길을 간다. 스님을 찾아가 보았더니 스
님은 집에 없고 솔 사립문은 닫혀 있다. 사람들의 자취 또한 드물다. 이
로 보아 집이 산속 아주 깊숙한 곳에 있는 것을 알 수 있다. 돌길엔 꽃
잎이 즐비하다는 데서 계절은 봄이고, 바위 아래 샘물이 흐르는 소리를
들을 수 있다는 것은 주위가 매우 고요함을 나타낸다. 스님이 집에 있
지는 않지만 산속에 있는 것만은 틀림없다. 때때로 스님이 약초를 캐면
서 부르는 노랫소리를 들을 수 있기 때문이다. 그런데 이 시 속의 스님
은 은자라고 할 수 있다. 스님이 있는 집 대문을 '솔 사립문'으로 묘사하
고 있는 데서 알 수 있다. '소나무'는 겨울에도 푸름이 변하지 않는 까닭
에 세상의 변화에 초연하게 절조를 지키는 은자의 상징으로 쓰이고 있
고, '솔 사립문'은 소나무로 만든 것이기 때문이다.[37]
　　주목되는 점은 대구의 중층 구조를 통한 의미의 강조이다. 이 시에서
볼 수 있는 1차 대구는 제1구와 제2구의 대구이다. '松扉'와 '石逕', '人
跡'과 '洛花', '少'와 '多'가 그것이다. 이러한 대구를 통해서 깊은 산속에
있는 스님 집의 정경을 잘 묘사하고 있다. 제1구에서는 '솔 사립문 사람
자취 드물다'고 했다. 이는 靜의 묘사이다. 제2구에서는 '돌길엔 떨어진
꽃잎이 즐비하다'고 했다. 역시 靜의 묘사이다. 제1구와 제2구는 靜과
靜의 대구라 할 수 있다. 靜과 靜의 대구를 통해 스님의 집이 깊은 산속
에 있고 찾는 이도 거의 없음이 더욱 잘 드러나고 있다.
　　2차 대구는 제1구, 제2구와 제3구, 제4구 사이의 靜과 動의 대구이다.
제3구의 '졸졸졸 흐르는 샘물 소리'나 제4구의 '때때로 들리는 약초 캐
는 소리'는 動에 대한 묘사이다. 이러한 動의 강조는 제1구, 제2구의 靜
때문에 가능하다. 샘물 소리와 약초 캐는 소리를 들을 수 있는 것은 주

---

37) 안병국 편저,《당시개론》(서울 : 청년사, 1996), 292면.

위가 매우 고요하기 때문이고, 샘물소리와 약초 캐는 소리를 들을 수 있기 때문에 주위가 고요하다는 것을 알 수 있다. 이러한 2차 대구는 靜을 통한 動의 강조와 動을 통한 靜의 강조라 할 수 있다. 靜과 動이 여기서는 相生 작용을 하고 있음을 알 수 있다.

그런데 이 시는 당나라 시인 賈島의 〈尋隱者不遇〉와 발상이 유사하다. 우선 이 시 제목이 〈訪禪僧不遇〉라고 되어 있다. 가도 시의 제목에서 '隱者'가 '禪僧'으로 대치되어 있을 뿐이다. 가도 시의 내용을 살펴보면 발상이 유사하다는 것을 더욱 쉽게 짐작할 수 있다.[38] 물론 가도의 시에는 '동자'에게 묻고, '동자'의 대답을 듣는 과정이 나타나 있지만, 만나려고 했던 사람이 집에 있지 않고, 산속에 약초를 캐러 갔다는 것은 같은 발상이다. 그리고 산속에서 약초를 캐고 있는 것을 알면서도 은자의 생활을 깨뜨리고 싶지 않아 굳이 더 이상 찾아 나서지 않는 것도 같은 발상이라 할 수 있다.

東籬種晚菊	동쪽 울타리에 느지막이 국화 심고
釀酒置其間	술 빚어 그 틈에 두네
花開酒亦熟	꽃필 때 술 또한 익으리니
客到月初圓	달이 처음 둥글 때 친구가 오리라
落葉山影寂	나뭇잎 지고 산 그림자 적막한데
琴鳴水更潺	거문고 소리에 물결은 더욱 잔잔하네
但得壺中趣	다만 술병 속 홍취를 얻게 되면
不知夜轉寒	밤이 점점 추워짐도 알지 못하네

〈秋夜興〉윤동재 譯,《만해·지훈의 한시》, 203면.

---

38) "松下問童子 / 言師採藥去 / 只在此山中 / 雲深不知處 // 소나무 밑에서 아이에게 물으니 / '스승은 약을 캐러 갔다'고, / 이 산속에 있기는 한데, / 구름이 깊어서 있는 곳을 알 수가 없네 // " 임창순,《당시정해》(서울 : 소나무, 1999), 98면. 이 시는 賈島의 〈尋隱者不遇〉이다. 시의 화자는 은자를 만나기 위해 산길을 따라 가다가 소나무 밑에 있는 은자의 집을 찾았다. 문 앞에서 동자에게 은자가 계신가 물었더니 동자는 스승은 약을 캐러 가셨다고만 답한다. 시의 화자는 더 이상 물어보지 않고, 혼자 생각으로 약을 캐러 가셨다면, 이 산속에 있을 것이 틀림없겠다 한다. 그러나 구름이 깊어서 알 수가 없다고 독백을 한다.

앞의 시와 달리 시의 화자 자신이 '은자'라고 말하고 있다. 시의 화자가 은자라고 자처하고 있음은 시의 표면적 문맥에서는 드러나지 않지만, 자기 집 울타리를 '東籬'로 부르고 있는 점으로 미루어 알 수 있다. 도연명의 시구[39]에서 '菊花' 함께 쓰인 '동리'라는 말은 일종의 상징적인 의미를 갖고 있다. 이 말은 곧 사람들에게 한결같이 속세와 멀리 떨어진, 몸을 깨끗이하는 것을 즐기는 그러한 품격을 상기시킨다. '동리'는 이러한 상징적인 의미가 있기 때문에 뒷사람들이 시를 지을 때, 울타리를 '동리'라 했다.[40] 울타리가 북쪽에 있건 서쪽에 있건 남쪽에 있건 상관하지 않고 스스로를 은자로 자처하는 경우에는 자기 집 울타리를 '동리'라고 불렀다.

〈秋夜興〉에서 시의 화자가 자기 집 울타리를 '동리'라고 스스로 부르고 있는 것도 바로 이런 까닭이다. 시의 화자는 자기 집 울타리 아래로 국화꽃을 심고, 술을 빚어서 그 틈에 둔다고 했다. 그리고 꽃이 피면 술도 익을 것이라고 했다. 그렇게 되면 틀림없이 친구가 오리라는 것이

---

39) "結廬在人境 / 而無車馬喧 / 問君何能爾 / 心遠地自偏 / 採菊東籬下 / 悠然見南山 / 山氣日夕佳 / 飛鳥相與還 / 此間有眞意 / 欲辯已忘言 // 사람 사는 고장에 움막을 엮었으나 / 수레나 말의 시끄러움이 없네 / 그대에게 묻노니 어찌 그럴 수가 있소? / 마음이 먼 데 있으면 땅이 스스로 편벽된다오 / 동쪽 울타리 아래에서 국화를 따다 / 유연히 남산을 바라본다 / 산기는 날이 저물자 더 좋아져 / 나는 새들도 어울려 돌아온다 / 이런 가운데 참된 뜻이 있으니 / 이를 설명하려다가도 어느덧 말을 잊는다", 陶淵明, 〈飮酒〉, 김학주 역저, 《고문진보 전집》(서울 : 명문당, 1986), 101면. 이 시의 제5구와 제6구 '採菊東籬下, 동쪽 울타리 아래에서 국화를 따다', '悠然見南山, 유연히 남산을 바라본다'는 천고의 명구로 알려져 있다.

그런데 周敦頤는 도연명의 삶을 국화와 관련지어 〈愛蓮說〉에서 다음과 같이 언급한 바 있다. "…… 晉陶淵明獨愛菊 自李唐來 世人甚愛牧丹 …… 予謂菊 花之隱逸者也 …… 噫 菊之愛 陶後鮮有聞 …… 진나라의 도연명은 홀로 국화를 사랑하였다. 당 이래로 세상사람들은 모란을 무척 좋아한다. …… 내가 생각하기에 국화는 꽃 중의 은자이고 …… 아! 국화를 사랑하는 이가 도연명 후에 또 있었다는 것은 들은 일이 거의 없다. ……", 周敦頤, 〈愛蓮說〉, 김학주 역저, 《고문진보 후집》(서울 : 명문당, 1994), 573~574면.

40) 원행패, 강영순 외 역, 《중국시가예술연구》(서울 : 아세아문화사, 1990), 29면.

화자의 기대이다. 마음 맞는 벗과 더불어 속세의 번잡을 잊고 좋아하는
술을 마시면 흥이 난다는 것이다. 그래서 '나뭇잎이 지고 산 그림자 적
막한' 가운데 '거문고 소리에 물결이 잔잔해 지고', '밤이 점점 차가워짐
도 모르리'라는 것이다. 여기에 삶의 참된 뜻이 있음을 말하고 있다. 그
런데 조지훈도 실제 삶에서 도연명 못지않게 국화를 사랑했다.[41]

　　地僻相逢少　궁벽한 곳에 있으니 서로 만나는 일 드물고
　　半生夢裏交　반평생을 꿈속에서만 사귀었네
　　花下醪浮蟻　꽃 아래 막걸리엔 거품이 보글보글 뜨는데
　　無情落日郊　무정하게도, 해는 교외로 지고 있네
　　　　　　　　　〈待人〉 윤동재 譯, 《만해·지훈의 한시》, 194면.

　산수자연 속에 은둔해 살면서 마음에 맞는 벗이 찾아오면 그와 어울
려 술을 마시며 즐기겠다는 뜻을 나타내고 있다. 숨어 살고 있는 화자
의 처지에서 보면, 그를 찾아줄 사람이란 그의 처지를 이해하고 함께
즐길 수 있는 사람이라야 하는 것은 당연하다. 知音이라야만 그와 술을
나누어 마실 수 있다. 특히, 제2구에서 '반평생 꿈속에서만 그리던 이'가
찾아준다면 그를 맞아서 '막걸리'를 함께 마시고 싶다는 뜻을 나타냈다.
'반평생을 꿈속에서만 그리던 이'가 바로 '지음'이라 할 수 있다. '궁벽한
곳 地僻'은 靜을 나타내지만, '막걸리엔 거품이 보글보글 뜨는데(醪浮
蟻)'는 動을 나타낸다.

---

41) "하는 수 없이 낙향해 버리고 만 것이 어느덧 철수가 바뀌었다. 날마다 산을 바
　　라보고, 밤마다 물소리를 이웃하는 것밖에, 나는 책 한 권 바로 읽지 못하고 소란
　　한 세상을 병든 몸으로 숨어서 살아간다. 친한 벗에게서는 편지 한 장 오지 않고,
　　들리는 소문이란 쫓기는 백성의 울부짖음밖에 아무것도 없었다. 어찌지 못할 설
　　움 속에 그래도 울먹이는 마음을 다소 가라앉히기는 노란 국화가 피면서부터
　　였다. …… 아아, 국화가 나에게 한갓 슬픔을 더해 준다기로소니, 영혼과 육신이
　　함께 목마른 지금의 나에게 국화가 없으면 낙엽이 창살을 휘몰아치는 기나긴 가
　　을밤을 어떻게 견디랴." 조지훈, 〈撫菊語〉, 《조지훈전집》 4(서울 : 나남, 1996), 5
　　4~55면.

이 시는 전편이 靜中動이요 動中靜이다. 그러면서도 움직임보다는
고요함이 더욱더 잘 드러나고 있다. 시의 화자가 知音을 위해 준비한
막걸리가 익어서 거품이 보글보글 뜨고 있는데 무정하게도 해가 지고
있다. 이 시에는 산수자연 속에 숨어살면서 지음을 기다리는 마음이 잘
나타나 있다.

尨睡碧山廬　삽살개 낮잠 자는 푸른 산속 오두막집
南風抑卷書　마파람 불어와 책장을 덮어 버리네
尋雲兼採藥　약초 캐러 깊은 구름 속에 들고
帶月或看書　달밤에는 때때로 글 읽곤 했네
鱖肥携兒釣　쏘가리 살찌면 아이들 데리고 낚시하고
麥長共婦鋤　보리가 자라면 아내와 김을 매네
拙計還成樂　서툰 계획이 도리어 즐거움 이루니
遺氓意有餘　천한 사람의 뜻 남음이 있다네
　　　　〈與枕處上人拈韻共賦〉 윤동재 譯,《만해·지훈의 한시》, 201면.

　은거하면서 가족과 함께 평화롭게 지내고 있는 정경을 그린 시이다.
푸른 산속 오두막집에서 삽살개는 한가롭게 낮잠을 자고, 시의 화자는
책을 읽고 있다. '마파람 불어와 책장을 덮는다'는 시원한 바람이 불어
주고 있음을 뜻한다. '깊은 구름 속에 든다'는 것은 산이 깊음을 나타낸
다. 낮에는 약초 캐러 다니기도 하고, 밤이면 때때로 책을 읽는다고 했
다. 그저 시절 인연에 따라 살아갈 뿐 인위 없이 자연에 모든 것을 맡기
고 있다. 이것을 화자는 서툰 계획이라고 했다. 뜻한 바 없어도 모든 것
이 절로 이루어지고 있음을 알 수 있다.
　은일의 세계를 다룬 것은 앞의 작품 외에도 〈山居〉, 〈謾詠〉, 〈沽
酒〉, 〈贈〉, 〈山酒初熟適在秋夕枕處師共韻〉, 〈寄牧雲〉 등이 있다.
　이상에서 살펴본 조지훈의 한시는 산수자연이라는 은일의 공간에 몸
을 숨기고 살아가는 화자의 모습을 보여주고 있다. 시의 화자와 시인은
거의 분리되지 않고 있다. 실제로 조지훈은 두 번에 걸쳐 은거를 했다.

첫 번째는 1941년 3월 16일 혜화전문학교 3년 과정을 졸업하고, 그해 12월까지 강원도 오대산 월정사에 은거했다. 그는 이때 경성제대 종교사회학 연구실의 日人敎授 赤松·秋葉의 추천으로 邁蒙民俗品參考觀에 취직되었으나 그 자리를 사양하고 월정사 불교강원을 택했다. 두 번째는 1943년 가을부터 1945년 3월까지 고향에 은거했다.[42] 이러한 은거 체험이 그의 한시에 은일의 정신으로 잘 나타나고 있다.

은일의 공간에서 살아가는 조지훈 한시의 화자는 자신이 직접 생산 현장에서 일하는 사람은 아니다. 그의 한시는 대부분 귀거래 사상을 토로하거나 목가적 이념을 보여줄 뿐이다. 또한 조지훈 한시에 나타나고 있는 은일의 공간은 '전원'이 아니라 '산수자연'이다. 이 점은 도연명과는 매우 대조적이다. 도연명이 은거했던 '전원'이라는 은일의 공간은 노동을 통한 구체적인 생산의 현장이다.[43] 조지훈의 경우 은거 생활을 통해 그 자신이 직접 노동일을 하거나 가족 생계를 꾸려가는 것을 다루는 한시는 거의 없다. 소재도 국화·술·꽃·달이 주로 등장한다. 이러한 소재는 하나같이 농작물이 아니라 완상물일 뿐이다.

3) 여성 정감

여성 정감을 시적 대상으로 하는 한시는 詩經·楚辭·樂府에 그 뿌리를 두고 漢詩史의 전 시기에 걸쳐 창작되었다. 그런데 조지훈의 여성 정감 한시는 주로 남성 화자가 전지적 작가 시점이나 3인칭 관찰자 시점을 통해 여성의 정감을 나타내고 있다.

汲水歸時聞笛聲　　물 긷고 돌아올 때 피리소리 들리더니
偶逢狹路妾心驚　　우연히 좁은 길에서 만나니 화들짝 놀라네
回頭赤面無他語　　고개 돌리고 얼굴이 빨개져 아무 말도 못하지만

---

42) 서익환, 《조지훈 시 연구》(서울 : 우리문학사, 1991), 101～133면.
43) 이형대, 앞의 논문, 15면.

誰說靑春已入情　누가 말해 주랴, 아가씨 이미 정든 것을
〈汲女〉 윤동재 譯, 《만해·지훈의 한시》, 208면.

　전지적 작가 시점으로 시의 화자가 물 긷는 여인이 지니고 있는 사랑의 감정을 묘사하고 있다. 집안에만 갇혀 있다가 물을 길어야 하는 것이 좋은 구실이 되어 물동이를 이고 골목길에 나왔다. 아가씨는 물을 긷고 돌아오는 길에 피리소리를 듣게 된다. 피리 부는 이는 필경 총각이리라. 어떻게 생겼을까 궁금하다. 얼굴이라도 한번 보았으면 했는데 마음속의 소망이 너무도 쉽게 이루어졌다. 좁은 골목길에서 피리 불던 총각을 만난 것이다.

　그 바람에 아가씨는 화들짝 놀랐다. 소망이 이루어졌지만 총각에게 말 한 마디 걸어보지 못한다. 남녀의 직접적인 접촉과 사랑표현을 제한하는 도덕 규범을 의식했던 것이다. 그래서 사랑하는 마음을 안으로만 갈무리한다. 총각의 얼굴을 보는 순간 첫눈에 반한 아가씨는 바로 쳐다보지 못하고 고개를 돌린다. 제2구의 '妾心驚'이나 제3구의 '回頭赤面無他語'는 다같이 형상이지만 떠올려 볼수록 은은한 맛이 있다. 이는 林悌의 〈閨怨〉이라는 작품과 詩境이 매우 유사하다. 조지훈은 이 작품을 읽었고 매우 좋아했던 것으로 보인다.[44)]

---

44) 조지훈은 林悌의 〈閨怨〉을 매우 좋아해서 우리말로 다음과 같이 옮겨 놓았다. "十五越溪女 / 羞人無語別 / 歸來掩重門 / 泣向梨花別 // 개울 건너 / 저 시악시 / 임 이별할 때 // 남의 눈이 / 부끄러워 / 말 한 마디 못하고 / 돌아가 / 중문 닫고 / 배꽃 그늘에 // 우거진 / 달을 보고 / 서러워 운다 //", 《조지훈전집》 1(서울 : 나남, 1996), 445면.
　이 시는 전지적 작가 시점으로 여성의 사랑 심리를 잘 묘사하고 있다. 이 시에 나오고 있는 '越溪'는 浣紗溪 또는 耶溪라고도 하는데, 월나라의 유명한 미녀 西施가 빨래를 하던 곳이다. 따라서 '월계녀' 하면 곱디고운 아가씨를 뜻하게 되었다. 곱디고운 아가씨는 꿈에도 그리던 사랑하는 님을 만나 마음속에 품은 정을 세세히 말하고 싶었지만 생각과는 달리 말하지 못하고 돌아섰다. 부끄러움 때문이었다. 너무 부끄러워 돌아와서도 중문까지 닫아걸었다. 그런데 하늘에 님의 얼굴이 걸려 있다. 배꽃같이 환하게 걸려 있다. 볼 수는 있으나 가까이 할 수 없는 님의

　　遊子無情折柳枝　떠돌이는 무정하게 버들가지를 꺾어 건네지만
　　佳人多淚濕羅衣　아리따운 아가씨 눈물 주체 못해 비단 옷 적시네
　　洛花征馬蕭蕭雨　꽃은 지고 남은 떠나려는데 부슬비 내리고
　　千里長程日暮時　천리라 먼길을 노을 속에 길 떠나네
　　　　　　　　　　　〈妓女〉 윤동재 譯,《만해·지훈의 한시》, 207면.

　　이 시는 전지적 작가 시점으로 이별의 상황에 놓이게 된 기녀의 딱한
사정을 읊고 있다. 사랑을 하면서도 버림받게 된 기녀의 고통을 말하고
있다. 그런데 시 속에 나오는 여성은 일하는 여성이 아니라 기녀이다.
기녀와 남성은 대부분 순간적으로 만나 일회적인 관계로 끝나 버리고,
다시 만나 사랑을 이루는 경우는 드물다.

　　제1구에 나오는 '折柳'는 중의적인 뜻을 지니고 있다. 첫째는 시 속의
사내가 기녀를 데리고 놀았다는 사실을 나타낸다. 둘째는 시 속에 나오
는 남성이 기녀를 달래느라 버들가지를 꺾어 주면서 이별의 신표로 삼
고자 하는 뜻을 나타낸다. '버들가지를 꺾어 건네는 것(折柳)'은 한시에
서는 이별의 신표를 나타내는 象徵義로 흔히 쓰이고 있다.[45] '절류'가 이
별의 신표가 된 까닭은 버드나무는 꺾꽂이가 가능하므로 신표로 받은
버들가지를 가져다 심어두면 뿌리를 내려 새 잎을 돋우고 생명을 구가
하는 것처럼 우리의 사랑도 잠시 헤어져 있게 되지만 시들지 말자는 다
짐의 의미 때문이다.

　　그러나 '柳'의 중국음은 머무른다는 의미의 '留'와 발음이 똑같아 가
지 말고 머물러 달라는 雙關義의 의미도 있다.[46] 기녀의 입장에서는 어

　　얼굴이 더욱 안타까움을 자아내게 한다. 그래서 시의 주체인 아가씨는 혼자서 울
　　고 있는 것이다. 제2구의 '羞人'은 '남이 알까 부끄럽다'는 뜻으로 아가씨의 정감을
　　담은 말이다. '無語別'은 그래서 실제 아가씨가 '아무 말도 못하고 있는 모습'을 묘
　　사한 것이다. 제2구 때문에 제4구의 '泣向'이 더욱 절실하게 와 닿는 것이다. 이 점
　　은 조지훈의 〈汲女〉의 시경과 매우 흡사하다 할 수 있다.
45) 김도련·유영희,《한문이란 무엇인가》(서울 : 전통문화연구회, 1996), 182~192
　　면.
46) 정민,《한시 미학 산책》(서울 : 솔, 1996), 91면.

떻게 하든지 상대 남성을 머물게 하고 싶은 것이다. 그래서 '柳'에는 상대 남성이 자기 곁에 머물러 주었으면 하는 뜻도 담겨 있다고 할 수 있다. 기녀는 상대 남성이 '떠돌이'라서, 한 번 헤어지게 되면 다시 돌아오리라 믿을 수가 없다. 신표 따위가 소용이 없는 것이다. 그래서 제2구에서 볼 수 있는 것처럼 이별의 눈물을 주체할 길이 없다. 비단 옷이 다 젖어도 그냥 내버려둔다. 사랑하는 '님' 앞에서 눈물을 보일 수 있는 것도 이것이 마지막이기 때문이다. 그리고 속으로는 자기 곁에 머물러 주기를 바란다.

제3구에서는 함축된 의미의 그윽한 맛을 볼 수 있다. '落花'는 이별을 하고 있는 바로 이 때가 '꽃지는 시절'이라는 것을 보여주기도 하지만, 기녀가 님에게 버림받아 '낙화', 즉 '떨어진 꽃'의 신세가 된 것도 말해준다. 이런 점은 한시의 함축적 표현이 갖는 묘미라 할 수 있다. 한 가지 뜻만 갖고 있는 게 아니라 표층의 뜻 외에도 심층의 뜻을 지니고 있다. 제4구에서 떠돌이인 님이 가는 길을 '천리라 먼 길'이라고 한 것은 이별하게 되면, 기녀와 떠돌이는 사이가 천리나 멀어지게 된다는 뜻이다. 심정적 거리가 그만큼 멀게 느껴짐을 나타낸다. 이 시는 남녀 사이의 가슴 저미는 사랑의 기쁨과 슬픔을 노래한 情詩라고도 할 수 있다.

> 芳草溪邊楊柳枝　시냇가 풀은 파릇파릇 버들가지는 휘늘어졌는데
> 一聲木笛燕斜飛　한 곡조 피리소리에 제비는 비껴 나네
> 浮雲流水無非恨　뜬구름 흐르는 물 모두가 한스러워
> 獨坐洗紗夕照時[47]　저녁놀 속에 홀로 앉아 빨래만 하네
> 〈洗女〉 윤동재 譯,《만해·지훈의 한시》, 209면.

전지적 작가 시점으로 '빨래하는 여인'을 묘사하고 있다. 시냇가 풀은

---

47) 이 구절은 《만해·지훈의 한시》에는 '獨坐浣紗照○時'로 되어 있으나, 《조지훈 전집》 1권에는 '獨坐洗紗夕照時'로 되어 있다. 조지훈, 《조지훈전집》 1(서울 : 나남, 1996), 460면. 여기서는 《조지훈 전집》 1권을 따랐다.

파릇파릇하고 버들가지는 휘늘어지고 제비도 비껴 난다는 것은 봄날 만물이 생명을 받아 저마다 활기차게 움직이고 있음을 나타낸다. 한 곡조 피리소리의 청각적 이미지와 파릇파릇한 봄풀, 휘늘어진 버들가지, 비껴 나는 제비의 시각적 이미지와 뜬구름, 흐르는 물의 시각적 이미지가 서로 활기차게 어울려 저녁놀 속에 홀로 앉아 빨래만 하는 여인의 서정과 대응되고 있다. '한 곡조 피리'를 부는 사람은 필경 남자이리라. 남자는 이렇게 봄날의 만물과 스스럼없이 어울려 지내고 있건만 빨래하는 여인은 그렇게 하지 못하고 있다.

이 시의 제1구, 제2구, 제3구에서 빨래하는 여인의 앞에 펼쳐져 있는 외부세계는 활기차며 동시에 서로 어우러지고 있다. 그에 비해서 빨래하는 여인은 홀로 앉아 있다. 빨래하는 여인의 꿈의 공간, 그리움의 공간은 봄이 왔건만 그대로 비워져 있는 대조적 상황을 암시하고 있다. 그런데 시간적 배경이 저녁놀이 지는 때로 되어 있다. 저녁놀이 질 때면 물을 길어 밥을 할 때이다. 그러니 빨래터에도 다른 여인은 없고 이 여인 혼자만 나와 앉아 빨래를 하는 것이다. 이 시의 시간적 배경은 외롭고 쓸쓸한 여인의 모습을 더욱 선명히 부각시킨다.

시적 주체인 '빨래하는 여인'은 실은 시인 자신이다. 현실 세계에서 소망을 이루지 못한 채 소외된 시인 자신의 삶을 여성 정감을 통해 표출했다. '빨래하는 여인'을 통해 자기 자신의 개인적인 정감의 세계를 말하고 있다.

杜鵑花發滿山中　온 산에 진달래 피어 있어
茱女衣裳綠映紅　나물 캐는 아가씨 푸른 치마에 붉게 비치네
胸裏多懷歌半淚　가슴속 품은 회포 노래해 보지만 반은 눈물
此心空處此筐空　이 마음 텅 빈 곳에 광주리도 비었다네
　　　　〈茱女〉 윤동재 譯,《만해·지훈의 한시》, 210면.

이 시도 전지적 작가 시점으로 '나물 캐는 아가씨'를 묘사하고 있다. 제1구와 제2구는 봄날의 서경을 묘사하고 있다. 온 산에 진달래가 피어

있는 것을 '나물 캐는 아가씨 푸른 치마에 붉게 비치네'라고 했다. 제3
구는 轉句답게 '나물 캐는 아가씨'의 회포를 그리고 있다. 서경의 묘사
에서 서정의 묘사로 바뀌었다. '가슴속에 품은 회포'를 노래해 보지만
풀리지 않고, '반은 눈물'이라고 했다. 이것은 나물 캐는 아가씨의 회포
가 예사롭지 않음을 말해 준다. 마음속에 님이 자리하고 있어야 하는데,
그 자리를 비워 두었으니 아가씨에게는 나물 캐는 일이 부질없는 짓이
다. 그러니까 광주리도 자연 빈 것이다.

> 舊郎來到夕陽門　옛 낭군이 해질 무렵 문 앞에 이르렀거늘
> 老婦含凝半避門　늙은 아내 의심하며 몸을 반쯤 숨기고 있네
> 可憐紅顏何處遇　안타까워라, 홍안은 그 어디서 만날 수 있을까
> 蕭蕭白髮映柴門　사립문에 백발만 쓸쓸히 비치고 있네
> 　　　　　〈戲吟〉 윤동재 譯,《만해·지훈의 한시》, 213면.

역시 전지적 작가 시점을 보여주고 있다. 제1구에서 오래 헤어졌던
남편이 해질 무렵 찾아왔다고 했다. '해질 무렵'은 늙은 부부가 재회하
는 시간적 배경을 나타내는 말이면서도, 이 부부의 인생도 이제 '해질
무렵'임을 나타낸다. 늙은 아내는 반갑기야 한량없지만 너무도 오랜만
이라 남편인지 아닌지 문을 반쯤 열고는 몸을 숨긴 채 살펴본다. 이는
남편인지 아닌지 먼저 확인해보겠다는 뜻이기도 하지만, 변해 버린 남
편의 모습이 주는 실망감에 대한 마음의 준비가 필요해서이기도 하다.
제3구와 제4구는 찾을 길 없는 '홍안'과 '백발'의 대비가 이루어지고
있다. 제3구에서 '홍안은 그 어디서 만날 수 있을까' 했다. 이로 미루어
보건대 이 부부가 헤어진 것은 '홍안 시절'이었음을 알 수 있다. 홍안 시
절에 헤어졌다가 '백발'이 되어 재회하게 되었으니 헤어져 지낸 지가 매
우 오래 되었음을 알 수 있다. 늙은 아내가 애태우며 기다린 보람도 없
이 남편은 '홍안'의 모습은 간데없고, 백발이 되어 있다.
제4구를 보면 사립문에 비친 것은 남편의 백발만이 아니다. 늙은 아
내의 백발도 함께 비치고 있다. 그래서 시의 화자는 백발만 쓸쓸히 비

친다고 했다. 늙은 아내도 '홍안'을 잃어버리기는 마찬가지이다. 이런 점에서 보면 이 시는 전지적 작가 시점을 택해 늙은 부부의 안타까운 사정을 매우 효과적으로 묘사하고 있다고 할 수 있다.

조지훈의 한시는 詩體면에서 볼 때 매우 균정한 형식의 근체시만 보인다. 근체시는 작시에서 평측·압운·구 수의 정형 등 까다로운 규칙을 갖고 있다. 구성에서도 기승전결이나 전경후회의 장법 등을 쓰고 있다. 근체시에서 평측이나 압운의 규칙이 까다로운 점은 성률을 고려한 것이다. 성률은 곧 시가 음악성을 지닐 수 있게 해준다.

조지훈의 한시 세계를 대표하는 것은 산수자연시와 여성 정감시가 아닌가 한다. 그의 산수자연시에서는 은일의 정신을 나타내고 있다. 조지훈은 실제 두 번에 걸쳐 은거를 했고, 이 체험이 그의 한시에 은일의 정신으로 나타나고 있다고 보여진다. 은일의 정신이 나타난 한시들은 어지러운 세상에서 벗어나 산수자연에 은거하여 자족적 삶을 누리는 화자의 모습을 보여주는 데 힘쓰고 있다. 이는 조선조 사대부 한시에서 흔히 볼 수 있던 은둔적 처세관과 통하는 점이라 할 수 있다. 조지훈의 한시는 여성 정감을 묘사하면서도 여성의 현실에 대한 비판은 없다. 그의 여성 정감 한시는 여성 화자의 입을 빌어서 표현하고 있는 것은 없고, 여성을 대상으로 하여 전지적 작가 시점에서 묘사하고 있는 것이 대부분이다.

조지훈 한시의 대부분은 그가 현대시 습작을 병행하고 있던 20대 초반에 쓰여진 것이고, 특히 한시와 현대시 가운데는 똑같은 소재와 주제를 다루고 있으면서 한시로 먼저 썼던 것을 현대시로 다시 쓴 작품도 있다. 한시 〈送人〉과 현대시 〈送行 1〉, 한시 〈旅懷〉와 현대시 〈玩花衫〉이 그 예이다. 특히 현대시 〈送行 1〉은 한시 〈送人〉을 우리말로 옮겨놓은 데 지나지 않는다.[48] 이러한 점으로 미루어 볼 때, 조지훈은 현대

---

48) "그대를 보내나니 / 푸른 산ㅅ길에 // 자욱히 꽃잎이 / 흩날리노라 // 가고 가면 꽃비 속에 / 백일은 지리 // 날 두고 그대 홀로 / 떨치고 간 소매가 // 섧지 않으랴", 〈送行 1〉과 "送子青山路 / 滿山花政飛 / 行行白日暮 / 應悔振衣非 // 그대 보내노니

시 습작의 전 단계로서 한시라는 문학양식을 받아들이고 있다고 할 수 있다.

3. 김종길

1) 한시 소양의 배경

김종길(本名 致逑, 1926~)은 1926년 음력 4월 5일 경북 안동군 임동면 지례동에서 부친 김문대, 모친 이영희 씨 사이에 장남으로 태어났다. 그는 세 살 때 어머니를 여의고, 증조부, 증조모, 조모 이렇게 세 분의 손에서 키워졌다. 혼자서는 집 밖을 나가는 일이 거의 없이, 주로 사랑방에서 증조부와 함께 나날을 보내면서, 증조부 밑에서 《天字文》을 뗀 다음, 《孝經》, 《史略》, 《小學》 등을 배웠고 글씨 연습도 했다.[49] 김종길이 태어난 지례라는 마을은 하도 산골이어서 그 지방 다른 마을 사람들이 놀려대면 그 마을 사람들은 '지례는 20리 下馬之地'라고 말하면서 맞섰다는 우스개 이야기가 있는 곳이다. 20리 밖에서부터 말에서 내려야만 들어올 수 있을 만큼 산중이지만 그만큼 경의를 표해야 할 선비들의 마을이라는 뜻이다.

김종길이 한시를 습작해 본 것은 아주 이른 시기였다. 김종길은 여섯 살 나던 해 여름, 할아버지에게 한문을 배우던 동네 청소년들이 접(한문을 배우던 청소년들이 시를 짓던 것을 말함)을 붙이러 갈 때 같이 간 적이

푸른 산길로 / 온 산엔 꽃 막 흩날리네 / 가고 가다 백일이 저물게 되면 / 응당 후회하리. 옷자락 떨치고 떠난 게 잘못임을 //", 〈送人〉.

　여기서 볼 수 있는 현대시 〈送行 1〉과 한시 〈送人〉은 소재나 주제는 같고, 구체적인 표현에서는 한두 군데 차이가 있지만 그 차이란 것도 한시 번역에서 직역과 의역 정도의 차이에 지나지 않는다. 한시로 지은 것이 먼저고 현대시로 다시 쓴 것이 나중이 아닌가 한다.

49) 김종길, 《산문 — 사회·문화 그리고 대학》(서울 : 정우사, 1986), 70~71면.

있었다. 큰 아이들 틈에 끼어 시를 쓰고 있는 광경을 정신없이 들여다 보고 있자, 그 모습이 기특하여 할아버지는 농담 삼아 '너도 한 수 지어 볼래' 하시며 의향을 떠보았다는 것이다. 그렇게 해서 김종길은 다음 시 구를 얼른 지어 할아버지께 보여드렸다고 한다.

> 五柳先生宅 선생님 댁은 버드나무가 다섯 그루
> 門前靑天地 문 앞 천지는 온통 푸르기만 하네

할아버지는 여기서 '門前靑天地, 문 앞 천지는 온통 푸르기만 하네'라 는 구(句)에 두 겹 세 겹으로 관주(글을 평가할 때 썩 잘 된 곳에 동그라미 를 치는 것)를 쳐주었다고 한다.[50] 할아버지가 칭찬을 한 것은 '靑天地'라 고 한 데 있었을 것이다. '靑'은 젊음, 희망을 나타낸다. 어린 손자의 긍 정적이고 활달한 기상을 높이 샀던 것이다.

김종길은 학창 시절에 이미 상당한 수준의 한시 창작 능력을 지녔다. 대학 2학년 때인 1948년 초여름 그는 외종매부 댁에서 학교를 다니고 있었는데, 그 댁의 주인 내외분이 마침 삼척으로 다니러 간 동안 집주 인 노릇을 하고 있었다. 그때 강원도 영월에서 늙은 손님이 한 분 오셔 서 주인이 돌아오기를 기다리고 있었다. 때마침 장마철이었는데 그 손 님이 하루는 한시를 지을 줄 아느냐 해서, 안다고 하자, 손님은 운자를 '더딜 지(遲)', '때 시(時)', '알 지(知)'로 내어 주더라는 것이다. 그래서 한 시 한 수를 다음과 같이 시었다.[51]

> 遠客來留午日遲 멀리서 손님 오셔 머무시는데 오후에 해 더디고
> 滿庭新雨草長時 뜰 가득 비가 내려 풀들이 쑥쑥 자라고 있네
> 可惜關東臨太嶺 안타까워라 관동은 큰 고개 가까운 곳이니
> 主人還旆一無知 주인이 돌아올는지는 도무지 알 수 없네
> 　　　　　　〈夏日卽事〉 윤동재 譯, '시서전 팸플릿', 4면.

---

50) 김종길, 〈여름과 나의 한시〉, 《시와 시인들》(서울 : 민음사, 1997), 192면.
51) 김종길, 위의 글, 위의 책, 193면.

여름날 돌아오지 않는 주인을 기다리고 있는 지루함을 여름 '해'의 더 딤에다 견주고, 한편으로 주인이 타관으로 나간 지는 이미 오래되었고, 손님도 여러 날 기다렸음을 비온 뒤 몰라보게 쑥쑥 자라 버린 '풀'을 통해 말하고 있다. 일종의 객관적 상관물인 '해'와 '풀'을 매개로 하여 손님이 주인 없는 집에서 무작정 주인을 기다리는 지루함과 오래도록 기다렸다는 것을 나타내고 있다.

화자는 시인 자신이다. 여기서 시인은 시의 화자로 작품 속에 직접 얼굴을 드러내 자신의 경험을 말하고 있다. 이 때의 화자를 달리 경험적 자아로서의 화자라 부를 수 있다.[52] 시의 화자가 시인과 분리되지 않는 경험적 자아일 때 진솔한 경험의 고백이 가능하여 독자로 하여금 훨씬 친근감을 느끼게 한다. 이 시는 청자가 바로 앞에 있고 청자와 경험을 공유한 부분도 있기 때문에, 시의 화자는 당연히 경험적 자아의 모습을 띤 것이다. 학창 시절에 쓴 한시라고는 하지만, 오랜 시간 기다려서 지루해 하는 마음을 읽고 손님의 마음을 어루만져 준 솜씨가 만만치 않다.

더욱이 이 시에서 우리는 김종길의 한시 창작 태도와 자세를 미리 엿볼 수 있다. 이 시의 제목을 보면 〈夏日卽事〉이다. 여기서 '卽事'란 말에 주목할 필요가 있다. '즉사'란 '눈앞의 일'을 뜻하기도 하고 '대상에 나아간다'는 뜻이기도 하다. 그런데 이 말 속에는 시를 쓰는 사람이 대상에 나아가서 그것을 직접 체험한 뒤에 글을 써야만 대상의 참을 그릴 수 있다는 뜻이 내포되어 있다.[53] 이러한 창작 태도와 자세로 해서 김종길의 한시는 앞 시대의 시어를 차용하는 경우가 거의 없고, 典故나 用事도 쉽게 눈에 띄지 않는다. 김종길의 한시에서 시적 표현 대상의 확인 주체는 언제나 자기 자신이다. 공간적으로는 다른 곳이 아닌 바로 이곳을, 시간적으로도 과거가 아닌 바로 지금을 그리고 있다. 김종길의

---

52) 김준오, 《시론》(서울 : 문장사, 1982), 206면.
53) 송재소, 〈연암의 시에 대하여〉, 송재소·김명호·정대림 외, 《이조후기 한문학의 재조명》(서울 : 창작과비평사, 1983), 13면.

한시는 '지금' '이곳'에 실재하는 사물을 진실하게 그려내고 있다.[54]

2) 역사적 소재의 형상화

  김종길의 한시는 고려대학교 영문과 교수직 정년퇴임을 기념하여, 서예가 如初 金膺顯의 글씨로 詩書展을 열었을 때 출품했던 25수가 일 반에 처음 공개되었고, 책으로 출판된 것은 蘭社詩會 동인들의 한시집 인《蘭社詩集》에 수록된 108제 121수의 한시 작품이 있다. 이에는 시서 전 때 공개한 작품과 겹치는 작품도 있고 시서전 때 공개한 작품이지만 수록되지 않은 작품도 있다.[55] 모두 합하면 129수가 된다. 김종길의 한 시는 김종길이 한국 현대시인 가운데 동아시아 공동문어였던 한시와 그에 대응하는 민족어시인 현대시를 함께 써온 거의 마지막 세대라는 점을 생각해 본다면, 그의 한시가 갖는 의의를 소홀히 할 수 없다.

  김종길의 한시를 검토해 보면 대부분이 자신의 직접 체험에 바탕하 여 쓴 것임을 알 수 있다. 그리고 상당수의 작품이 기행시이거나 인물 교유시이다. 김종길은 국내 여행과 해외 여행을 가리지 않고 기행 한시 를 썼다. 그런데 김종길의 기행 한시 가운데는 시인 자신이 옛날의 역 사적 사실이나 그것에 연관된 유물·유적에서 시적인 계기를 찾아내고

---

54) 이러한 김종길의 한시 창작 태도와 자세는 17세기 후반에 접어들면서 인왕산과 북악산 사이의 산록에 시단을 만들고, 새로운 시를 써야 한다고 다짐한 일군의 시 인들이 벌인 '眞詩 운동'과 일맥상통한다. '진시 운동'은 김창협, 김창흡 형제가 중 심이 되고, 이들의 문하에서 이병연, 이하곤, 김시민, 김시보, 유척기, 홍세태 등이 호응하여 전개한 시운동이다. 화단에서도 겸재 정선, 관아재 조영석과 같은 화가 들이 이들과 교유하면서 진경화의 세계를 개척하여 화단에 새로운 영역을 개척하 였다. 이들은 성정의 발로에 따라 시를 써야 한다는 유가의 상식을 뛰어넘어 주변 에 있는 자연·인물·풍속을 있는 그대로 표현해야 한다고 주장하면서 의도나 꾸밈 같은 것은 고려하지 않았다. 민병수,《한국한시사》(서울 : 태학사, 1996), 366면.
55) 김종길의 한시 작품은 1993년 4월, 如初 金膺顯의 글씨로 東方畵廊에서 1주 동 안 詩書展을 열면서 25수의 작품을 일반에 공개한 것이 처음이었다. 그리고 난사 동인들이 난사 100회를 기념하면서《蘭社詩集》(서울 : 토우, 1999)을 출판했는데 여기에 김종길의 한시가 108제 121수가 수록되어 있다.

이를 형상화하고 있는 것이 가장 먼저 주목된다.[56]

> 積年欽慕牧民心　여러 해 동안 백성을 기른 마음 흠모해
> 千里驅車此地臨　천리 길 차를 몰아 이곳에 다다랐네
> 苔路黃昏猶往昔　황혼 무렵 이끼 낀 길 옛날과 다름없고
> 竹林細雨尙如今　이슬비 내리는 대숲은 지금도 여전하네
> 茶山佳句泉聲老　다산의 아름다운 시구는 샘물같이 노련하고
> 秋史逸豪松影侵　추사의 호일한 필치에 솔그림자 들어오더라
> 感古徘徊歸步緩　옛날의 감회에 젖어 돌아갈 걸음 느릿느릿
> 九江風物入閒吟　구강의 풍물이 한가로운 읊조림 속에 다 들어 있네
> 　　　　　　〈訪茶山草堂〉 윤동재 譯, 《난사시집》, 141면.

여행중에 들른 茶山 丁若鏞(1762~1836)의 유적지인 '茶山草堂'과 그 주변의 경관을 보면서 느낀 감회를 적고 있다. 기행시이면서 일종의 회고시인 셈이다. 다산 정약용이 강진에 머무른 기간은 1801년 겨울부터

---

56) 심경호는 한시에서 역사적 소재를 형상화하는 방법에는 역사사실의 선택방식과 형상화 방법에 따라 네 가지 양태가 있다고 했다. 첫째, 작가가 과거사실이나 그 것에 관련된 유적·유물에서 시적 계기를 발견하고 형상화하면서 과거 사실에 대한 사상·정서적 평가를 운문시로 표출하는 경우, 둘째, 작가가 당대 현실이나 주요 사건을 시화해 내는 경우, 셋째, 작가가 이미 전설이나 신화로 된 역사사건을 내용으로 하여 이야기 구조를 만들어내는 경우, 넷째, 과거의 역사사실을 논증하고 재분석하는 경우 등으로 들었다. 심경호, 〈한국 한시와 역사〉, 한국한시학회, 《한국한시연구》 1(서울 : 새문사, 1993), 22면.
　성범중은 심경호의 이러한 견해를 받아들이면서도 역사적 소재의 수용계기와 형상화의 방법을 분리해서 역사적 소재를 다루고 있는 작품들의 창작 계기를 여섯 가지로 정리해서 보여주고 있다. 첫째, 역사적으로 상당한 의미를 지니는 현장을 지나가게 되는 경우, 둘째, 역사서적을 읽거나 역사에 대한 지식을 바탕으로 역사문제를 거론할 필요가 있을 경우, 셋째, 특정인들과 관계된 유적(古宅, 墓地, 祠堂 등)을 지나거나 접하는 경우, 넷째, 민족사적 환난을 겪거나 시의에 부적합한 사실을 목격하였을 경우, 다섯째, 역사적 사실이나 인물과 관계된 그림을 접하는 경우, 여섯째, 기타 역사적 사실을 연상시킬 수 있는 시적 제재를 접하는 경우로 생각할 수 있다고 했다. 성범중, 〈한국 한시의 역사적 소재 수용양상〉, 진단학회, 《진단학보》 제77호, 1994, 109면.

1818년 9월까지로 알려져 있다. 그의 생애 40세로부터 57세에 이르는 18년이란 세월을 강진에서 머무른 셈이다. 그 가운데 '다산초당'에 머무른 기간은 11년이다.[57] 그는 이곳에 머무르는 동안 백성과 나라에 대한 뜨거운 사랑을 저작과 한시 속에 담았다.

특히 그는 시에 대해서 생각하기를, "무릇 시의 근본은 부자·군신·부부의 도리에 있으며, 더러는 그 즐거운 생각을 선양하기도 하고 더러는 원망과 사모의 정을 알려주기도 한다. 그 다음에는 세상을 근심하고 긍휼히 여기며, 언제나 사람을 도와주고 가난한 사람을 구제하려는 마음을 가지고 방황하며 안타까워 차마 버리지 못하는 뜻을 지닌 뒤에라야 바야흐로 시가 되는 것이다. 자기 자신의 이해에만 매달리면 시라고 할 수 없다"[58]고 했는데, 이는 그의 일상생활에도 고스란히 이어져 백성과 나라를 뜨겁게 사랑하는 정신으로 나타났다.

시의 화자는 다산 정약용의 이런 점을 여러 해를 두고 흠모하다가 '다산초당'을 찾은 것이다. 首聯인 제1구와 제2구에서는 '여러 해 동안 백성을 기른 마음 흠모해', '천리 길 차를 몰아 이곳에 다다랐네'라고 했다. 이는 시의 화자가 '다산초당'을 우연히 지나다가 들른 것이 아님을 보여주고 있다.

頷聯과 頸聯인 제3구와 제4구, 제5구와 제6구는 대구가 되고 있다. 이 시가 근체시 가운데 律詩인 탓으로 이러한 대구는 필연적이다.[59] 먼저 함련인 제3구와 제4구를 보면, '이끼 낀 길[苔路]'과 '대숲[竹林]', '황혼

---

57) 임형택, 〈정약용의 강진 유배시의 교육활동과 그 성과〉, 《한국한문학연구》 제21집(서울 : 한국한문학회, 1998), 113~150면.

58) "凡詩之本 在於父子君臣夫婦之倫 或宣揚其樂意 或導達其怨慕 其次憂世恤民 常有欲拯無力 欲賙無財 彷徨惻傷 不忍遽捨之意 然後方是詩也 若只管自己利害 便不是詩", 丁若鏞, 《與猶堂全書》 Ⅰ - 21. 여기서는 송재소, 《다산시연구》(서울 : 창작사, 1986), 28면에서 재인용.

59) 律詩에서는 두 구에서 같은 위치에 있는 글자가 공통의 의미나 기능을 지니도록 배열하는 데 이를 대구라 한다. 율시는 首聯과 尾聯을 제외한 나머지인 頷聯과 頸聯을 대구로 조립하는 것이 필수 조건이다. 오가와 타마끼, 심경호 옮김, 《당시개설》(서울 : 이회, 1998), 100면.

68

(黃昏)'과 '이슬비[細雨]', '다름없다[猶]'와 '여전하다[尙]', '옛날[往昔]'과 '지금[如今]'이 서로 대구가 되고 있다. 경련인 제5구와 제6구를 보면, '다산(茶山)'과 '추사(秋史)', '아름다운 시구[佳句]'와 '호일한 필치[逸豪]', '샘물소리[泉聲]'와 '솔그림자[松影]', '노련하다[老]'와 '들어오다[侵]'가 서로 대구가 되고 있다. 즉 實字는 실자끼리, 虛字는 허자끼리, 助字는 조자끼리 자연스럽게 대구가 이루어지고 있다.60) 이러한 대구를 통해서 '다산초당' 주변의 경물과 '다산초당'과 연관된 다산 정약용과 추사 김정희의 자취가 더욱 잘 나타나도록 했다. 함련은 '다산초당' 주변 경물에 대한 묘사라면 경련은 다산 정약용과 추사 김정희의 자취를 나타낸 것이다.

尾聯인 제7구와 제8구에서는 '다산초당' 주변의 경물, 다산 정약용, 추사 김정희의 발자취에서 느끼는 화자의 회고와 영탄이 나타나 있다. 정약용의 행적을 긍정하고 정약용의 삶에서 교훈을 찾고 있는 시의 화자는 돌아가길 재촉하지 않는다. '느릿느릿한 걸음'이란 표현에서 머물고 싶은 화자의 심정이 담겨 있다고 할 수 있다.

'다산초당'이라는 다산 정약용의 유적을 찾아서, 이 유적과 관련된 인물인 정약용의 행적을 긍정적으로 받아들이면서 한편으로 稱揚하고, 또 한편으로 유적에서 느끼는 영탄과 감회를 나타내고 있다. 이 점은 전통 한시에서 역사적 소재를 형상화하던 방법 가운데 하나이다.61) 김종길은 이를 잘 이어받아 활용하고 있는 것이다.

湖南冬柏紅　호남에 동백이 붉게 피었는데

---

60) 여기서 實字는 體言, 품사로는 명사에 해당한다. 虛字는 用言, 품사로는 동사·형용사가 이에 해당한다. 助字는 두 부류를 제외한 나머지로, 부사·접속사·조동사·전치사 등이 해당한다. 오가와 타마끼, 심경호 옮김, 위의 책, 119면. 실자는 실자끼리 대구를 이루고, 허자는 허자끼리 대구를 이루고, 조자는 조자끼리 대구를 이루는 방법을 '字性相應法'이라고 부르기도 한다. 김상홍, 《한시의 이론》(서울 : 고려대학교출판부, 1997), 130면.
61) 전통 한국 한시에서 역사적 소재의 형상화 방법에 대해서는 주 56) 참조.

千里御昏風　천리 밖 어둔 바람을 몰아오네
茶老如相面　다산 노인을 마주 대한 듯
黃昏細雨中　저물녘 부슬비 내리는 속에서
　　　　〈茶山草堂〉 윤동재 譯, '시서전 팸플릿', 25면.

　역시 다산 정약용의 유적지인 '다산초당'에서 시적 계기를 발견하고
시로 형상화하고 있다. 시의 화자는 제1구에서 '호남에 동백이 붉게 피
었는데'라고 했다. 이는 '다산초당' 주위에 동백이 붉게 피어 있다는 것
이다. '다산초당' 주위로 '동백'이 붉게 핀 것을 굳이 이렇게 표현한 까
닭은 '다산초당'이 있는 강진이 호남 땅에 있어서이기도 하지만, 제3구
에서 볼 수 있듯이 시인은 붉게 핀 '동백'을 '다산 노인'으로 받아들이
고 있기 때문이다. 이는 또, 다산 정약용의 삶과 정신이 그가 오랜 세월
유배 생활을 했던 호남 일대에 살아 있음을 나타내기 위해서가 아닌가
한다.

　제2구에서는 '천리 밖 어둔 바람을 몰아오네'라고 했다. 날이 저무는
데 바람까지 몰려오고 있으니 날씨와 때가 꽃 피우기에는 알맞지 않다
는 것을 알 수 있다. '동백'은 이렇게 어려운 날씨에도 아랑곳하지 않고
피어 있는 데 초점을 두고 있다. 제3구에서는 '동백' 앞에 서면 '다산 노
인을 대한 듯'하다고 했다. 그러니까 제1구의 '동백'이 예사 동백이 아님
을 알 수 있다. 제3구에서는 '동백'을 직서적이지 않고 관념화된 형상으
로 묘사하고 있다.

　제4구에서는 '부슬비가 내리고 있다'고 했다. 그런데 제2구의 '바람'과
제4구의 '부슬비'는 모두 꽃이 활짝 피는 것을 도와주는 구실을 하는 게
아니라 꽃이 벙그는 데 방해가 될 뿐이다. 그렇지만 '동백'은 자신이 꽃
을 피우는 데 방해가 되는 '바람'과 '비'에 대해서 전혀 개의치 않고 있
다. 그런 어려움은 능히 이겨내고 꽃을 피우고 있는 것이다. 이런 '동백'
의 모습에 영향을 받아 시의 화자는 단순히 '동백'을 객관 사물로만 파
악하지 않고 원래의 모습과는 다른 형태인 다산 노인으로 이해하고 있

다. '동백'을 상징화·주관화해서 파악하고 있는 것이다.

　사실 다산 정약용의 '다산초당'에서의 삶은 안락한 삶이 아니었다. '다산초당'은 유배지였지만, 그곳에서도 학문을 하고 제자를 가르치고 시를 썼다. 이러한 정약용의 모습이 '바람'과 '비'라는 방해물에도 불구하고 꽃을 붉게 피우고 있는 '동백'과 일맥상통한다고 보는 것이다. 그래서 '茶老如相面'이라고 하여 직유법으로 '동백'과 '다산 노인'을 바로 연결시키고 있다. 여기서도 시의 화자가 정약용의 유적지에서 그의 훌륭한 점을 떠올리고 칭양하고 있음을 볼 수 있다.

　〈訪茶山草堂〉이나 〈茶山草堂〉은 시인이 호남의 강진 지방을 여행하면서 정약용의 유적지에서 시적 계기를 발견하고 쓴 시이다. 그런데 시인 자신의 고향인 경북 안동 지방을 여행하면서 유성룡의 유적지나 조상들의 유적지를 둘러보며 쓴 기행 한시도 있다.

十年重訪古河回　십 년 만에 다시 옛 하회를 찾노라니
歷歷山川入眼開　역력한 산천이 눈앞에 들어오네
忠孝古風蕭瑟興　충효당의 고풍은 소슬하게 일어나는데
養眞幽德緜緜來　양진당의 그윽한 덕은 연이어 내려오네
江崖寥廓晩秋色　강가 벼랑은 늦가을 빛이 완연하고
遊子慇懃斜日杯　나그네는 은근히 석양 아래 술잔을 드네
可惜歸程千里遠　애석하구나 돌아갈 길 천 리 먼 길
何時一嘯依蓉臺　어느 때면 부용대 기대고 휘파람 불어볼거나
〈戊辰秋重訪河回〉 윤동재 譯, 《난사시집》, 137면.

　시의 화자는 시인 자신이다. 제목을 보면 〈戊辰秋重訪河回〉라고 했다. 이것은 시인 자신이 무진년 가을 하회를 다시 찾아왔음을 말한다. 하회 마을은 유성룡과 관련된 유적지이다. 시인은 하회 마을을 그냥 지나쳐 들른 것이 아니라, 예전에도 찾아온 적이 있지만 오늘 다시 찾은 것이다. 다시 찾을 만한 뜻깊은 곳이기 때문이다.

　이 시도 율시이다. 그래서 頷聯인 제3구와 제4구는 대구로 되어 있다.

'충효당(忠孝堂)'과 '양진당(養眞堂)', '고풍(古風)'과 '그윽한 덕[幽德]', '소슬하다[蕭瑟]'와 '연이어지다[緜縫]', '일어나다[興]'와 '내려오다[來]' 등은 대구로 되어 있다. 여기서 충효당은 柳成龍(1542~1607)의 堂號이다. 유성룡은 조선중기의 문신으로 퇴계 이황의 문인이다. 그는 道學·德行·文章·글씨로 이름을 떨쳤다. 양진당은 유성룡의 형인 柳雲龍(1539~1601)의 堂號이다. 유운룡도 퇴계 이황의 문하에서 공부하였고, 벼슬에 나아가기도 했으며 理氣說에 밝았다고 한다. '충효당'의 '고풍'이 소슬히 일어남과 '양진당'의 '그윽한 덕'이 끊이지 않고 이어진다는 것을 짝지어 말함으로써, 하회마을로 표상되는 시인의 고향이기도 한 경북 안동지방의 유가적 선비문화의 전통과 역사가 오늘에도 끊이지 않고 이어지고 있으며 다시 살아나고 있음을 보여준다.

頸聯인 제5구와 제6구도 자연스런 대구가 이루어져 있다. 제5구에서는 강가의 벼랑은 늦가을 빛이 완연한데, 시인은 석양의 노을 아래 술잔을 든다고 했다. 尾聯인 제7구, 제8구에서는 〈訪茶山草堂〉에서와 마찬가지로 유성룡과 유운룡의 유적지이자 선비문화의 전통이 이어져 살아 있는 '하회'에서 느낀 감회와 영탄을 토로하고 있다. '돌아갈 길이 천리'라는 것은 시인이 평소 '하회'로 표상되고 있는 선비 문화의 전통과 역사가 되살아나고 있는 곳과는 '천 리'만큼이나 멀리 떨어져 살아가고 있음을 나타낸다. 시인의 입장에서 보면 그것이 너무도 애석하게 여겨지는 것이다.

이 시에서 시인은 전통의 가치를 매우 소중히 여기고 있다. 제8구에서 볼 수 있듯이 시인이 안주하고 싶은 곳이 바로 전통과 역사가 이어지고 되살아나고 있는 '하회'임을 알 수 있다. '어느 때면 부용대 기대고 휘파람 불어볼거나'하는 구절에서 확인하게 된다. 시인은 언젠가는 '하회'로 표상되고 있는 전통과 역사의 고장으로 돌아와 살고 싶은 소망을 읊고 있다. 이 시는 어제와 오늘이 함께 하는 고장, 어제를 알아 오늘을 새롭게 열어갈 수 있는 고장에서 살고 싶은 소망을 드러내고 있다.

臥龍堂下我傷今　와룡당 아래에서 시방 상심에 젖어 있는데
處士碑前落照深　처사의 비석 앞에는 저녁 노을이 깊어라
松韻尙傳當日意　소나무는 지난날의 정신을 아직도 전해 주고
壁顔猶刻古人心　벽에는 옛 사람의 마음이 새겨져 있네
灘聲宛對嚴陵里　여울물 소리는 엄릉리와 마주하고
山氣如聞彭澤吟　산 기운은 도연명의 읊조림을 듣고 있는 듯
遙想隔塵幾十載　티끌 세상 떠날 일은 멀리서 생각한지 몇 십 년인가
歸來佇立仰千尋　돌아와 우두커니 서서 천 길 절벽을 우러러보네
　　　　　　　〈次陶淵板上韻〉 윤동재 譯,《난사시집》, 143면.

　이 시는 제목이 〈次陶淵板上韻〉으로 되어 있다. 여기서 '陶淵'은 瓢隱이라는 호로 불렸던 시인의 12대조가 은거했던 곳이다. '臥龍堂'은 그분의 초당 堂號이다. 이 시는 여행 도중 찾은 선조의 유적지에서 느낀 감회를 적고 있다.

　이 시는 율시로서 頷聯인 제3구와 제4구는 대구가 되고 있다. '소나무의 읊조림[松韻]'과 '절벽[壁顔]', '아직도[尙]'와 '여전히[猶]', '전해 주고[傳]'와 '새겨져[刻]', '지난날의 정신[當日意]'과 '옛 사람의 마음[古人心]'이 대구가 되어 있다. 제3구에서 '소나무'가 지난날의 정신을 전해 준다는 '와룡당' 근처에 소나무들이 둘러서 있다는 뜻도 되고, 그것과 관계없이 소나무가 지절로 상징되어 선조의 고고한 기품과 지절이 전해지고 있다는 것이다. 제4구의 '벽에는 옛 사람의 마음이 새겨져 있네'라는 것도, 마찬가지로 선조의 고고한 삶의 자세가 새겨져서 지워지지 않고 있다는 것이다. 그러니 선조들의 정신이 오늘에도 이어지고 있다는 뜻이다.

　頸聯인 제5구와 제6구에서는 '여울물 소리[灘聲]'와 '산 기운[山氣]', '마주하고[宛對]'와 '듣고 있는 듯[如聞]', '엄릉리[嚴陵里]'와 '도연명의 읊조림[彭澤唫]'이 서로 자연스럽게 대구가 되고 있다. 제5구와 제6구에서는 표은의 와룡당이 있는 이곳이 은거지로서 마땅하다고 말하고 있다. 제5구의 '여울물 소리 엄릉리와 마주하고'는 속된 세상의 시끄러운

소리는 이곳에서는 들을 수 없다는 것이다. 이곳에서 들을 수 있는 것은 맑은 여울물 소리뿐이다. 제6구에서는 도연명이 벼슬을 버리고 고향 마을로 은거한 고사를 빗대어 표은이 이곳에 와서 머문 사실은 티끌 세상에서 몸을 더럽히지 않기 위해서라고 말하고 있다. '산 기운이 도연명의 읊조림을 듣고 있는 듯'하다는 도연명의 말을 따라 귀거래한 것이 잘못된 일이 아님을 말하고 있다.

尾聯인 제7구와 제8구에서는 시의 화자도 세속을 벗어나 은일의 공간으로 귀의하고 싶지만, 몇 십 년을 생각만 간절히 한다고 말하고 있다. 귀거래한 표은 선조에 견주어 그렇게 하지 못한 자신의 처지에 대한 안타까움을 나타내고 있다.

여행을 하면서 들른 유적지와 거기에 연관되는 인물들과의 만남이 계기가 되어 쓴 기행 한시들은 역사적 소재를 시에 수용하면서 주로, 유적지와 연관된 인물들의 삶의 세계와 그들이 주고 있는 교훈을 긍정하면서 칭양하고 있다. 김종길이 칭양하고 있는 세 인물은 모두 엄정한 자세로 대의 명분에 따라 시시비비를 철저하게 가리면서도 나라와 백성을 사랑했던 사람들이다. 역사적 소재를 시에 수용하고 있는 기행 한시는 국내 여행을 하면서 쓴 작품만 있는 것은 아니다. 해외 여행을 하면서도 역사적 사실과 관계된 그림을 접하거나 특정한 사람과 관계되는 곳을 지나게 될 때는 역사적 소재를 시에 수용하여 형상화하고 있다.

六月凡宮金色得　유월 베르사유궁 금빛 내리고
榮枯如幻畫圖間　영고는 환상적인 그림 사이에 있는 듯
遊人萬里自東國　동쪽 나라에서 온 만리 타관 나그네
路易四朝帝佛蘭　루이 네 황제의 불란서를 보네
　　　　　〈凡爾塞宮〉 윤동재 譯, '시서전 팸플릿', 7면.

點點漁燈夜半天　점점이 고기잡이배의 등불 밤하늘을 밝히고
無端思念不成眠　무단히 생각에 잠겨 잠 못 이루었네
風雲四百年前夕　풍운의 사백 년 전의 저녁

鶴祖何心托使船 학봉 할아버지 무슨 마음을 사신의 배에 의탁했던고
　　　　　　〈庚午五月向日本夜渡玄海時卽鶴峰先祖奉使正四百年後〉
　　　　　　　　　　　　　　　　윤동재 譯,《난사시집》, 149면.

〈凡爾塞宮〉에서 '凡宮(凡爾塞宮)'이란 베르사유궁을 말하고, '路易四朝'란 루이 13·14·15·16세를 말한다. 칠언 절구로 되어 있는 이 시는 프랑스 파리의 베르사유궁을 둘러보고 쓴 것이다. 베르사유궁에 무한히 내리고 있는 햇살을 '금빛'으로 시각화하여 선명한 감각으로 살려내고 있다. '동쪽 나라에서 온 만리 타관 나그네'는 시인 자신이다. 시의 화자와 시인은 분리되어 있지 않다. 시의 화자는 루이 왕조의 영고성쇠가 환상적인 그림 사이에 있다고 했다. 베르사유궁에 걸린 그림을 보면서 루이 왕조의 영고성쇠가 헛된 꿈에 지나지 않다고 본 것이다.

〈庚午夏夜渡玄海時卽鶴峰先生奉使正四百年後〉는 현해탄을 배로 건너다가 등불을 밝히고 고기를 잡는 고기잡이배의 모습을 보면서, 사백년 전 통신부사(通信副使)로 일본에 파견되었던 시인의 선조인 학봉 김성일이 현해탄을 건넜을 때 심정을 떠올려 보고 있다.

이 작품들은 인물에 대한 칭양이 나타나 있지 않고 유적이나 유물에서 느낀 단순한 감회를 읊고 있는데 지나지 않는다.

3) 眞景 묘사

김종길이 여행을 하면서 쓴 기행 한시에는 역사적 소재를 시에 수용하여 형상화한 것만 있지는 않다. 김종길은 국내 여행에서든 해외 여행에서든 處事接物하게 되면 역사적 소재가 아니더라도 한시로 썼다. 특히 김종길은 여행지에서 자신이 직접 본 경물을 시적 대상으로 삼고, 대상의 本來面目을 될 수 있는 대로 자연스럽게 그려내기 위해 애쓰면서 자신의 감회를 덧붙이고 있다.

昔年富貴任煤苔 옛날의 부귀는 그을음 속에 맡겨두고

誘客無端昆突舟　무단히 나그네를 유혹하는 곤돌라의 배
公爵宮欄多夕照　공작궁 난간엔 저녁 햇살이 한량 없고
摩高堂下伴玄鳩　성마르코 성당 아래에서 비둘기와 짝하고 노네
〈威尼斯〉 윤동재 譯, '시서전 팸플릿', 21면.

'威尼斯'는 이탈리아 도시 베니스이고, 그곳을 여행했을 때 쓴 시이
다. 제1구에서 제4구까지 모두 景이 위주가 되어 있다. 제1구의 '그을
음', 제2구의 '곤돌라의 배', 제3구의 '저녁 햇살', 제4구의 '비둘기'는 화
자의 눈에 직접 비친 景이다. 눈앞에 펼쳐지고 있는 경을 사실대로 자
세히 묘사하고 있다. 그리고 즉물적 차원에서 주관적 감정을 최대한 억
누르려고 한 흔적이 역력하다. 그러면서도 이 시의 화자는 공작궁 난간
의 한량없는 '저녁 햇살'과 성마르코 성당 아래에서 놀고 있는 '비둘기'
에 대해 묘사하고 있는데, 그것이 그냥 놀고 있는 것이 아니라 '짝하여'
놀고 있다는 데 주목하였다.

이 점은 이 시가 단순히 경만을 묘사하고 있지 않다는 점을 보여주는
것이다. 경이 위주이긴 해도 情이 나타나 있음을 알 수 있다. '짝하고 놀
고 있는' '저녁 햇살'과 '비둘기'를 '짝할 벗도 없이' 홀로 여행하고 있는
시의 화자와 대비하고 있다. 그럼으로써 단순히 경만을 묘사하지 않고
화자의 정을 드러내고 있다. 전통 한시에서 보면 경물시의 경우에도 단
지 묘사에만 그치지 않고, 자연 풍광이나 자연 경물이 결국은 인간과
서로 융합되는 것을 보여주고 있는데, 이는 바로 이러한 정경교융, 정경
합일의 세계를 보여주고 있다고 하겠다.

七月檳城綠水平　칠월의 페낭항 물은 푸르고 고요해
晴沙十里一層明　맑은 모래는 십 리나 뻗어 한결 밝아라
遠宮歸舟寄此港　멀리 가는 배들이 이 항구에 정박해
忽然風致故鄕情　갑자기 고향의 풍경을 보는 듯하네
〈檳城港〉 윤동재 譯, '시서전 팸플릿', 8면.

'檳城港'은 말레이시아의 '페낭항'을 말한다. 김종길이 세계 여행 도중 말레이시아의 페낭항에 배가 잠시 정박했을 때 그 풍광을 보고 읊은 것이다. 이 시의 제1구, 제2구, 제3구는 눈앞에 펼쳐진 경물을 직접 보고 묘사한 것이다. 그리고 제4구는 제1구, 제2구, 제3구의 경물에서 촉발된 감정을 드러내고 있다. 그러다 보니 절구의 제3구에서 흔히 볼 수 있는 시상의 전환이 이루어지지 않고 있다. 제1구, 제2구, 제3구에서 세 가지의 경물을 평면적으로 배치하고 있기 때문이다.

제3구에서 시상의 전환이 이루어지지는 않았지만, 제4구에서는 제1구, 제2구, 제3구의 景에서 촉발된 정이 덧붙여져 한 편의 작품에 경과 정을 함께 제시한다는 한시의 정통적인 수법을 보여주고 있다. 이 시는 눈앞에 펼쳐진 경물을 객관적으로 묘사하면서, 그것으로부터 촉발되는 정을 읊고 있다. 이 작품도 경의 제시를 위주로 하면서 정을 읊고 있어 정경교융, 정경합일을 볼 수 있다.

月屯湖邊旅雁飛　월든 호수 나그네 기러기 날고
率翁遺躅宛依稀　소로 끼친 자취 어슴프레 떠오르네
回思故國秋光暮　생각하면 고국은 늦가을이라
滿眼霜風正酣時　눈에 가득 단풍이 한창 곱겠지
　　　　　　　　〈月屯湖〉 윤동재 譯, '시서전 팸플릿', 11면.

이 시에서 '月屯湖'는 미국 매사추세츠 주의 월든호를 가리키고, '率翁'은 헨리 데이비드 소로를 가리킨다. 이 시는 미국 매사추세츠 주의 월든호를 둘러보고서 느낀 감회를 읊고 있다.

劉勰은 《文心雕龍》, 〈物色〉편에서 "계절은 끝없이 변화하는 것, 가을의 음기에 마음이 슬퍼지고, 봄의 양기에는 생각이 활짝 핀다. 자연의 변화에 따라 마음도 동요를 일으키는 것이다. 대개 봄의 양기가 싹트면 개미도 활동을 개시하고, 가을의 陰律이 응결되면 螳螂도 겨울잠을 위한 먹이를 비축한다. 미충도 이와 같이 외계의 변화를 몸에 느끼거늘 사계의 변화가 만물에 주는 영향이 크지 않을 수 없다. 인간은 美玉과

견줄 만큼 예민한 감각을 가지고 있으며, 名花에 비유되는 맑고 깨끗한 기질을 나타내 보이는 존재다. 자연이 손짓해서 부르는데 누가 안한하여 마음을 움직이지 않겠는가"[62]라고 말하고 있다.

여기서 "物色之動 心亦搖焉, 자연의 변화에 따라 마음도 동요를 일으킨다"는 말에 주목해 본다면, 이 시는 월든 호수에 '기러기' 나는 자연 풍광을 대하고 시의 화자가 자연스레 정회를 일으킨 것으로 볼 수 있다. 다시 말하면 '기러기'라는 사물을 통하여 화자의 존재를 확인하고, 아울러 그 존재 양상을 드러낸 것이라 할 수 있다. 이 시의 제1구에서 시인은 '월든 호수의 기러기'가 날아감을 보았다. '월든 호수'에서 볼 수 있는 경물이 어찌 '기러기'뿐이겠는가. 그러나 화자의 눈길을 끌고 화자로 하여금 마음의 동요를 일으키게 한 것은 '기러기'이다.

고국에서는 기러기가 가을에 난다. 때문에 '기러기'는 고국의 가을에 대한 생각을 촉발시킨다. 고국에도 아마 지금쯤 월든 호수의 기러기처럼 기러기가 날고 있을 것이고, 제3구, 제4구에서처럼 '늦가을인지라 단풍이 한창 고울 거'라는 것이다. 袁行霈는 이를 '情隨境生'이라고 했다. '정이 경을 쫓아 생겨난다'는 말이다. "시인이 먼저 자각하는 어떤 감정이나 생각 없이 생활중에 우연히 어떤 물경을 만나 문득 깨달은 것이 있어, 생각의 실마리가 가슴에 가득하여서 물경에 대한 묘사를 이용하면서 자기의 감정을 표달하여 意와 境이 교융에 이르는 것이다"[63]라고 했다.

그런데 이 시에서 화자는 '기러기'에 '주인' 기러기와 '나그네' 기러기가 따로 있을 수 없는 데도 불구하고, '기러기'를 굳이 '나그네' 기러기라고 했다. 그것은 시의 화자가 지금 나그네 신세로 떠돌고 있기 때문이다. 문득 떠오르는 고국 생각은 붉게 물들었을 단풍에 상상이 미치고

62) "春秋代序 陰陽慘舒 物色之動 心亦搖焉 蓋陽氣萌而玄駒步 陰律凝而丹鳥羞 微蟲 猶或入感 四時之動物深矣 若夫珪璋挺其惠心 英華秀其淸氣 物色相召 人誰獲安", 유협, 최신호 역, 《文心雕龍》(서울 : 현암사, 1975), 187면.
63) 원행패, 7인 공역, 《중국시가예술연구》(서울 : 아세아문화사, 1990), 53면.

있다.

　이상은 해외 여행을 하면서 쓴 기행 한시들이다. 이들은 모두 직접
본 경물을 묘사하는 데 힘쓰고 있다. 그리고 국내 여행을 하면서 쓴 기
행 한시들에서 엄숙하고 경건한 점이 느껴진다면, 해외 여행을 하면서
쓴 기행 한시들은 여행 도중 만난 경물을 가볍게 묘사하고 있다는 특색
이 있다. 경물을 묘사할 때는 주로 시각적 이미지를 중시하고 있다.

　　龍閣溪邊設野營　　용각 계곡에서 야영을 하니
　　山風蕭瑟草屯鳴　　산바람 소슬히 풀잎을 울리네
　　六千尺上三更月　　육천 척 위에는 삼경의 달
　　寥廓耽羅枕水聲　　탐라 성곽에 물소리를 베고 누웠네
　　　　　　　　　　〈漢拏山野營〉 윤동재 譯, '시서전 팸플릿', 14면.

　　早發西歸路入山　　아침 일찍 서귀포를 떠나 산으로 들어서니
　　乍晴乍雨萬林間　　금방 개였다 금방 비 내리는 깊은 숲속이네
　　旅情未盡城板岳　　나그네의 정은 성판악에서 다 풀지 못하여
　　笑看靑蓑却向巒　　푸른 도롱이 우습게 보고 도리어 산골짜기로 향하네
　　　　　　　　　　〈城板岳卽事〉 윤동재 譯, '시서전 팸플릿', 15면.

　이 두 편의 시는 모두 제주도를 여행하면서 쓴 것이다. 〈漢拏山野
營〉은 청각적 이미지와 시각적 이미지가 제시되고 있다. 한라산에 야영
을 하면서 듣는 풀잎을 울리는 바람 소리와 물소리, 그리고 하늘 위에
뜬 달이 하나의 화폭에 담겨 있다. 풀잎을 울리는 '바람'의 동적 이미지
와 육천 척 위, '달'의 정적인 이미지가 교직되어 있다. 한라산의 밤풍경
은 시각적 이미지와 청각적 이미지로 그려지고 있다. 〈城板岳卽事〉에
서도 비오는 날 한라산의 풍광이 묘사되고 있다. 이 두 편은 여행지에
서 접하게 된 物色에 대한 이미지를 제시하는 데 치중하고 있다.

　지금까지 살펴본 시들은 모두 해외 여행이나 국내 여행을 하면서 직
접 본 실제의 경물을 묘사하는 데 주력한 시이다. 이러한 김종길의 작
시 태도는 조선후기 농암 김창흡과 거의 비슷하다. 이것은 김종길의 한

시 작시 태도가 조선후기의 진시 운동과 자연스럽게 이어지고 있는 면
이다.

그러나 다음의 시는 조금 다른 모습을 보여주고 있다.

山出紅塵淨　산은 티끌을 벗어나 깨끗하고
水踰白石淸　물은 흰 돌을 넘으니 맑고 맑아라
自云逃世客　스스로 세상을 도피했다는 나그네
頓覺眼雙明　문득 깨달으니 두 눈이 맑아지도다

〈水踰問舍〉 윤동재 譯, '시서전 팸플릿', 12면.

앞에서 본 시들과는 달리, 이 시는 여행을 하면서 본 경물에 대해서
쓴 것이 아니라 시인 자신이 도달한 특정한 정신 세계, 시인 자신이 이
상으로 삼고 있는 정신 세계의 경지를 표출하고 있는 것이 아닌가 한
다. 이 시의 제1구와 제2구는 자연 경물을 묘사하고 있는 듯하다. 그러
나 여기서 묘사하고 있는 자연 경물은 있는 그대로의 자연 경물이 아니
라 시인 자신이 만들어낸 자연 경물이라고 보여진다.[64]

제1구와 제2구에서 보면, '산'과 '티끌', '물'과 '흰 돌'은 그 자체로는
아무 연관이 없는 개개의 사물들이다. 그러나 '벗어나다(出)'와 '넘다
(踰)'라는 동사로 이어져 새로운 질서가 부여된다. 그래서 '산'은 티끌을

---

64) 이 시에서 보여주고 있는 자연 경물은 寫境이라기보다는 造境이라 할 수 있다.
제1구에서 '山'이 '出'한다, '水'가 '踰'한다는 것은 모두 동적인 이미지이며, 진세의
티끌을 벗어나 맑고 깨끗하게 살고자 하는 화자의 이상이 만들어 낸 경치로 제시
된 것이라 여겨진다. 이런 점에서 이 시의 境은 현실 세계에 펼쳐져 있는 그대로
의 자연 경물을 그린 寫境이기 보다는 이상적 경치인 造境으로 보는 것이 훨씬
자연스럽지 않을까 한다. 王國維에 의하면 意境에는 '所寫之境'과 '所造之境'이 있
는데 '所寫之境'은 다른 말로 '寫境'이라고 할 수 있고, 현실에 펼쳐진 경치를 그대
로 옮긴 것이라 했다. 그리고 '所造之境'은 '造境'이라 할 수 있고, 자신의 이상적
생각에 따라 만들어낸 이상적 경치라고 했다. 그러나 이 둘의 확연한 구분은 불가
능하다. 오히려 이 둘은 서로 긴밀한 연관을 맺고 있다고 볼 수 있다고 했다. 王國
維,《人間詞話》, "有造境 有寫境 此理想與寫實二派之所由分 然二者頗難分別 因大
詩人所造之境必合乎自然 所寫之境亦必隣于理想故也."

‘벗어나’ 깨끗하게 되고, ‘물’은 흰 돌을 ‘넘으니’ 맑게 된다. 즉 ‘깨끗한 산’, ‘맑은 물’이 되는 것이다.

제3구와 제4구는 제1구와 제2구에서 만들어낸 자연 경물에 대한 정서적 반응이다. 제1구, 제2구에 묘사된 자연 경물의 상태로 화자는 두 눈이 맑아지는 것을 느낀다. 시의 화자이면서 ‘스스로 세상을 도피했다는 나그네’는 이런 경물을 대하자, 스스로도 ‘티끌을 벗어난 산’과 ‘흰 돌을 넘어 맑게 된 물’처럼 되어 두 눈이 맑아진 것을 깨닫는다.

그런데 한시에는 詩眼이 되는 글자가 있다. 이 시안이 되는 글자는 동사일 확률이 높다. 주어진 사물이 어떻게 서로 긴밀히 이어져 한 句의 시가 되느냐 하는 것이기 때문에 이 동사는 아무렇게나 놓여진 사물들을 질서화한다. 그러므로 이 동사를 어떻게 활용하느냐에 따라서, 한 편 한 句의 시가 開眼된다.[65] 제1구에서 ‘벗어나다[出]’는 동사와 제2구의 ‘넘다[踰]’라는 동사는 글자 그대로 시의 안목인 眼字이다. 일종의 詩眼인 셈이다.

김종길의 한시 세계는 기행 한시가 대표적이다. 그는 여행중에 특정한 인물과 관련된 유적을 지나게 되면 거기서 시적 계기를 발견하고, 유적과 연관된 인물을 칭양하고 있다. 지난 시기 사람답게 살면서 이웃과 나라를 걱정하고 인간의 威儀를 잃지 않았던 선인들, 즉 다산 정약용, 서애 유성룡, 겸암 유운룡, 시인의 선조인 표은의 삶을 긍정적으로 파악하고 있다. 다시 말해 김종길은 역사적 소재를 형상화하는 데 남다른 힘을 기울이고 있다.

眞景을 묘사하고 있는 김종길의 한시는 한두 편 예외가 있긴 하나, 대체로 시인 자신이 국내에서건 해외에서건 여행을 하면서 현장에서 직접 본 자연 풍광과 경물을 사실적으로 묘사하고 있다. 그러다 보니 시각적 이미지를 매우 중시하고 있다. 더욱이 眞景 묘사의 시들은 앞

---

65) 이종찬, 〈불교문학론의 검정〉, 《국어국문학》 제105호(서울 : 국어국문학회, 1991. 5. 31), 238면.

시대의 시어를 차용하거나 用事나 典故를 쓰고 있는 예가 거의 없다. 이런 점은 詩史的으로 볼 때 조선후기에 활기차게 전개된 진시 운동과 긴밀히 이어진다고 할 수 있다.

眞景 묘사에 힘쓴 김종길 한시의 詩體는 모두가 절구이다. 특히 7언 절구뿐이다. 7언 절구는 7언 율시와 함께 우리나라 시인들이 가장 많이 지었던 시체이다. 5언 율시나 절구는 聲律의 조화가 어려워 좋은 작품을 쓰기가 어려웠다.[66] 김종길이 쓴 진경 묘사의 기행 한시는 여행지의 경물을 통해 받은 단순한 인상을 묘사하고 감회를 적절하게 덧붙이고 있는데 이런 시체의 선택은 매우 적절하다 하겠다.

하지만 김종길의 기행 한시에는 그곳 사람들의 풍속과 생활을 소재로 한 것이 한 편도 없다는 점이 아쉽다. 이는 그곳 사람들과 만나면서 구체적이고 현장감 있는 언어로 그들 삶의 실상을 드러내기에는, 스쳐 지나가는 여행 체험만으로는 부족하다고 여겼기 때문이 아닌가 한다. 무병 신음과 꾸미고 과장하는 일을 극도로 싫어하면서 진실 추구에 몰두했던 김종길의 시적 태도나 자세로 보아 충분히 이해할 수 있는 일이다.

한문은 말이 아니고 글이라는 점에서 공동문어이면서 민족어라는 양면성을 지니고 있다. 한국·일본·월남은 각기 자기들 나름대로의 방식으로 한자를 발음해 왔다. 이 점이 한문이 표기수단으로서의 기능을 거의 상실하고 있는 현재에도 한시가 계속 쓰여지는 점이 아닌가 한다. 한문이 공식 표기 수단의 기능을 상실한 지 오래되었지만 한시를 쓰는 일은 결코 시대에 뒤진 일도, 쓸데없는 일도 아니다. 특히 김종길이 거의 평생에 걸쳐 지속적으로 한시를 쓰고 있는 것은 아마도 그가 동서양 문학에 대한 균형감각을 잃지 않기 위해서라고 생각한다.

---

66) 박수천, 앞의 책, 122면 ; 성호경, 앞의 논문, 41면.

III. 현대시와 한시의 기법 상관관계

1. 오일도

1) 연 구성의 정형성

오일도는 1925년 《조선문단》 1월호에 〈한가람 백사장에서〉[1]를 발표하면서 문단 활동을 시작했다. 그러나 그는 시인으로서보다 1935년 2월 그가 창간하여 5호까지 냈던, 시 전문지 《詩苑》을 주재했던 인물로 더 이름이 알려져 있다. 그의 현대시는 당대에 별다른 주목을 받지 못했고, 오늘에 와서도 거의 연구가 이루어지지 않고 있다. 오일도의 현대시에 관한 연구는 대부분 단평의 수준을 벗어나지 못하고 있고, 그나마도 그의 생애와 그가 냈던 《시원》이란 시 전문지에 관한 것이 중심이 되고 있다.[2] 이렇게 된 까닭은, 그의 현대시는 우선 작품이 그리 많지 않은

---

1) 최초로 활자화된 오일도의 작품인 〈한가람 백사장에서〉(《조선문단》 제4호, 1925. 1)는 이렇게 되어 있다. "한가람 白沙場은 / 흰 갈매기 놀던 處라 / 흰 갈매기 어디 가고 / 갈 가마귀 놀단 말가 / 橋下에 푸른 물은 / 依舊히 흐르건만 / 이처럼 변하였노." 이 시는 '處', '橋下', '依舊' 등의 불필요한 한자말을 사용하고 있어서 시인 오일도의 우리말 구사 능력에 의문을 갖게 한다. 뿐만 아니라 시상도 지극히 단조롭고 피상적이어서 시인 데뷔작으로 보기에는 무리가 따른다.

데다, 시집 발간이 그의 사후 한참이 지나서 이루어진 탓에, 작품들이
여기저기 흩어져 있어서, 연구자들의 눈길을 끌지 못했기 때문이 아닌
가 한다.[3]

　오일도의 현대시 작품은 무엇보다도 한시 전통을 자산으로 활용하고
있다는 점에서 주목된다. 앞에서 살펴본 것처럼 그는 현대 시인 가운데
드물게 한시와 현대시를 함께 썼고 한시의 작품 수준이 매우 뛰어나다.
이러한 오일도의 한시 창작 능력이 현대시 창작에도 여러 모로 영향을
미쳤을 것이라는 점은 쉽게 생각해 볼 수 있는 일이다. 오일도의 현대

---

2) 이하윤은 〈'노변애가'의 시인 오일도 형〉(《자유문학》, 1959년 3월호)을 통하여
오일도와 중학 동기로서 함께 생활하면서 지켜보았던 인간적인 면모와 〈爐邊哀
歌〉를 예로 들어 그의 작품 세계가 동양철학을 전공하고 어려서부터 통효했던 唐
宋詩의 영향에서 거의 벗어나지 못했다고 했다. 김용성은 〈문학사 탐방 ─ 오일
도편〉(《한국일보》 1973. 2. 18)에서 주변 인물들의 증언과 자료 조사를 토대로 오
일도의 생애를 재구하고 오일도의 시는 기교 위주의 시라기보다는 소박하고 자연
스러우며 동양적인 특징을 지니고 있다고 지적했다.
　김해성은 〈오일도의 시 ─ 오월의 정한의 시세계〉(《현대시학》 1973년 8월호)
에서 오일도의 유고 시작품 〈저녁놀〉 외에 30편을 발견하고 소개하기까지의 경
과를 말하고 있다. 이승훈은 〈윤리성의 자로 문학을 잰 오늘〉(《문학사상》 1978
년 8월호)에서 〈五月의 花壇〉이라는 작품을 예로 들어 그동안 오일도의 시는 지
나치게 과소 평가되어 왔다면서 이 작품에서는 날카로운 감수성과 간결한 이미지
가 돋보인다고 했다. 정태영의 〈오일도의 시세계〉, 《한국문학사개설》(서울 : 대
광문화사, 1985)은 오일도를 간략하게 다루고 있다. 서준섭은 〈오일도와 윤곤강
의 시〉, 김용직 외, 《한국현대시사연구》(서울 : 일지사, 1983)에서 오일도의 시를
슬픔과 비애를 주조로 한 시라고 평했다. 김용직은 《한국현대시 연구》(서울 : 일
지사, 1985)에서 《詩苑》의 성격과 참여 시인들의 면모를 소개하고 그 문학사적
의의를 밝혔다. 이어서 《한국현대시사》 2(서울 : 한국문연, 1996)에서는 순수 서
정시의 발표 매체로 발간된 시 전문지 《詩苑》을 통해 작품활동을 한 시인들을 시
원파라 명명하고, 오일도 시에 볼 수 있는 시 경향의 주된 특질을 사변적이라고
했다. 최동호는 《한국 명시》(서울 : 한길사, 1996)에서 오일도 시는 삶의 외로움
과 비애 또는 적막감을 주로 노래하고 있다고 했다. 오일도의 시 세계를 다룬 논
문으로 지금까지 나온 것은 오승강의 〈일도 오희병 시 연구〉(한국교원대학교 대
학원 석사논문, 1997. 2)가 유일하다.
3) Ⅱ부의 주 9) 참조.

시는 한시 표현 기법과의 상관성이란 면에서 살펴볼 때, 한시 시형을 수용하여 연 구성의 정형성을 보여주고 있는 시가 많다. 연 구성의 정형성은 현대시가 한시의 형식이나 작시 원리를 수용하고 있는 대표적인 사례로 지적할 수 있다.

그런데 한시의 작시 원리라 하면 대체로 율시와 절구의 작시 원리를 뜻한다. 한시의 작시원리를 원용하여 국문시를 써 보고자 한 노력이 우리 문학사에는 먼저 언문풍월의 형태로 나타났다. 언문풍월은 국문으로 지은 시이면서 5언이나 7언의 한시에서처럼 구 수(행 수)와 글자 수를 일정하게 맞추고, 운자도 맞추어서 짓는 시 형태이다. 구 수와 글자 수, 운자를 너무 인위적으로 맞추다 보니 자연스러운 맛을 살릴 수 없어 오래 지속되지 못했다.[4]

다음으로 四行詩를 들 수 있다. 사행시는 한시인 절구에만 있지 않다. 우리 전통 시가로 〈龜旨歌〉, 〈黃鳥歌〉, 〈公無渡河歌〉 등이 사행시로 되어 있고, 四句體 鄕歌, 四行別曲, 민요 등에서도 볼 수 있다. 서구시에도 4행시(quatrain)가 있다. 그럼에도 불구하고 사행시는 한시의 작시 원리를 원용하고 있는데 최남선, 이광수, 김안서, 김영랑 등이 쓴 사행시는 起承轉結의 원칙, 押韻 등을 보여주고 있다. 이는 한시 가운데 절구의 작시 원리에서 시사 받은 작시법이라 볼 수 있다. 특히 김안서는 자신의 사행시를 格調詩라 부르고 있다. 김안서의 격조시는 4행 1연을 7·5조의 음수율을 기본으로 하면서 기승전결의 시 구성, 대구 형식, 압운법의 원용 등으로 해서 한시의 작시 원리를 그대로 따르고자 한 점이 뚜렷하다.[5]

그러나 한시의 작시 원리를 그대로 우리 시에 원용할 수는 없다. 언문풍월, 사행시, 격조시 등의 예에서 볼 수 있듯이 기계적인 도입은 곧

---

4) 조동일, 《한국문학통사》 4 제3판(서울 : 지식산업사, 1994), 298~302면 ; 이규호, 《개화기변체한시연구》(서울 : 형설출판사, 1986), 73~98면.
5) 김영철, 〈한국 사행시의 변천과정〉, 김영철·박진태·이규호, 《한국시가의 재조명》(서울 : 형설출판사, 1984), 505~535면.

란하다. 한시의 평측은 우리말의 자질상 실현이 불가능하고 압운은 어
느 정도 가능하나 이를 시 구성 요소의 하나로 법칙화해서 제대로 나타
내기에는 어려움이 많기 때문이다. 현대시에서 압운이 제대로 실현된
작품을 예로 들기는 쉽지 않다.

  그렇다면 한시의 작시 원리 가운데 현대시에서 수용 가능한 것은 무
엇인가. 그것은 시 구성이나 연 구성에서 구 수(행의 수, 또는 줄의 수)의
정형과 구(행, 줄)를 이루고 있는 음보 수의 정형만이 가능하리라 여겨
진다. 한시를 우리말로 옮길 때 보통 5언시는 3음보 형식, 7언시는 4음
보의 형식으로 옮기는 게 좋다.[6] 이에 비추어 현대시를 쓸 때 한시의 작

---

6) 근체시의 번역은 근체시가 정형시이기 때문에 번역에서도 이 점을 세심하게 고
   려해야 한다고 했다. 이병주는 "오언시면 노랫가락조인 3·4·5조가 가장 걸맞고,
   칠언시면 3·4·3·4조가 알맞다"며 자수율적인 접근시각을 보여주고 있다. 이병주,
   《한국 한시의 이해》(서울 : 민음사, 1987), 13면.
     박수천은 "오언이면 3음보, 7언이면 4음보로 번역하는 것이 마땅하다"고 했다.
   박수천, 〈근체시의 율격과 번역〉,《지봉유설 문장부의 비평양상 연구》(서울 : 태
   학사, 1995), 198~205면.
     이에 대해 송준호는 좀더 자세하게 설명해 주고 있다. "우리 선인들의 음감도
   기본적으로는 민족적 정서에 기반한 이른바 3음과 4음 혹은 5음의 음절과 4단위
   중심의 신축적 음보로 체질화되어 있었다. 거의 전형적 지식 계층이었을 시조의
   작가층, 특히 한시와 함께 많은 시조 작품을 남긴 작가들의 그 시조 작품들의 기
   본 음절과 음보가 그 사실을 잘 증명해 주고 있다. 민족적 정서에 기반한 우리 선
   인들의 음감이 3음이나 4음 혹은 5음의 음절과 4단위 중심의 신축적 음보로 되어
   있다는 것은 그것들이 한시의 5언·7언 작품(특히 절구나 율시)의 음보나 음절과
   상관적으로 용이하게 호환될 수 있음을 보여준다. 5언의 한시구는 거의 대부분 그
   의미의 단위가 3개이므로 3개의 음보로 바꿔 놓고, 첫째와 둘째의 의미 단위(첫째
   와 둘째의 음보)는 우리말의 3음절 혹은 4음절 어휘로 자연스럽게 번역될 수 있
   다. 마지막 셋째의 의미 단위(셋째의 음보)는 서술어 중심의 우리말 특성상 다소
   서술적이기 때문에 5음절 어휘로 자연스럽게 번역될 수 있다. 7언의 한시구는 거
   의 대부분 그 의미의 단위가 4개이므로 우리 시가의 그것과 같이 4개의 음보로
   바꿔 놓고, 4개의 의미 단위(4개의 음보)는 3음절 혹은 4음절 어휘로 자연스럽게
   번역될 수 있다. 다시 말해서 우리 선인들이 자신들의 시상을 기본적으로는 우리
   말의 감각과 구조, 그리고 표현의 양식으로 구성하여 한시라는 틀로 전환 형상화
   한 것이라고 한다면, 그렇게 해서 이루어진 작품들의 번역과 풀이는 한시라는 틀

시 원리를 현대시에서 수용해 본다면, 연 구성이나 시 구성을 5언 절구 시형에 맞추어서는 4행 3음보로, 7언 절구 시형에 맞추어서는 4행 4음 보로 할 수 있을 것이라 생각한다. 5언 율시 시형에 맞추어서는 8행 3음 보로, 7언 율시 시행에 맞추어서는 8행 4음보로 할 수 있을 것이라 생각 한다. 연 구성의 정형성을 보여주고 있는 현대시는 이러한 한시의 작시 원리를 수용한 것이라 보아도 크게 무리가 없겠다.

오일도의 현대시에서 한시의 작시 원리를 수용한 연 구성 유형은 두 가지로 나타난다. 첫째, 2행 1연이나 4행 1연으로 된 연 구성의 정형성 이다. 이 유형은 〈가을 하늘〉, 〈코스모스꽃〉, 〈봄비〉, 〈바람이 붑니 다〉, 〈十月의 井頭園〉, 〈松園의 밤〉, 〈도요새〉, 〈내 少女〉, 〈내 연인 이여 가까이 오렴〉(두 군데 예외가 있음), 〈人生의 曠野〉, 〈窓을 남쪽으 로〉, 〈아기의 눈〉(한 군데 예외가 있음), 〈올빼미〉, 〈爐邊哀歌〉, 〈그믐 밤〉, 〈물의 유혹〉, 〈흰 구름〉 등이다.

> 빈 가지에 바구니 걸어 놓고
> 내 소녀는 어디 갔느뇨
>
> ··················
>
> 薄紗의 아지랑이
> 오늘도 가지 앞에 아른거리다.
>
> 〈내 少女〉, 《저녁놀》, 30면.

전체 3연으로 구성되어 있다. 그러나 제2연은 점선만 그어져 있다. 제 1연과 제3연은 2행 1연의 연 구성의 정형성을 보여주고 있다. 이는 한 시의 구 수(행 수)의 정형이라는 작시 원리를 그대로 수용하고 있는 예

로 형상화하기 이전 바로 우리말로서의 시상의 구성 상태로 되돌려 놓는 작업일 뿐이라는 말이다." 송준호 평석, 《한국명가한시선》 1(서울 : 문헌과해석사, 1999), 21~22면.

라 할 수 있다.

제1연의 '빈 가지'와 '바구니'는 소녀의 부재를 더욱 인상깊게 드러내 준다. '빈 가지'이기 때문에 소녀가 걸어둔 '바구니'는 눈에 더욱 잘 띈다. 소녀는 왜 '바구니'를 나뭇가지에다 걸어 두었을까. '바구니'는 소녀에게는 소중한 물건이다. 소녀는 '바구니'에다 나물을 뜯어다 담기도 하고, 소녀가 소중하게 여기는 것을 담아서 옮기기도 한다. '바구니'는 소녀의 삶을 상징한다고 볼 수 있다. 그런데 '바구니'를 '빈 가지'에다 걸어 두었다는 것은 '바구니'가 쓸모없게 되었다는 뜻이다. '바구니'를 쓰던 사람의 부재 탓이다.

제2연은 제1연, 제3연과 같이 2행 1연의 연 구성을 하지 않고, 점선으로 나타내고 있다. 점선으로 그어져 있기는 해도 제1연, 제3연과 같은 비중을 갖는다. 특히 점선으로 되어 있는 제2연은 말수를 극도로 절제하기 위한 노력의 소산이라 할 수 있다. 할 말을 다 하지 않고 오히려 점선으로 그어놓음으로써 言外之義를 풍부하게 해 주고 있다.

嚴羽는 "羚羊掛角 無跡可求"[7]라는 말을 했다. 영양은 뿔이 앞쪽으로 둥글게 굽어 있다 한다. 잠을 잘 때는 뿔을 나뭇가지에 걸고 잔다. 또 위급한 상황이 되면 뿔을 나뭇가지에 걸어 자신의 발자취를 지워버린다. 그래서 영양을 잡으려고 하는 사람들은 영양의 발자국만 따라가면서 영양을 잡으려 하다가는 어느 순간 영양의 발자취를 찾을 수 없게 된다는 것이다. 영양을 잡기 위해서는 땅만 보아서 안 되고 어느 순간에는 공중을 보아야 한다. 이와 마찬가지로 한시에서도 시인들이 글자와 글자 사이, 구와 구 사이에 의미를 숨겨놓기 때문에 숨겨놓은 의미를 잘 파악해야 한다. 제2연은 이러한 한시의 작시 원리를 잘 활용한 것이다. 겉보기에, '…………' 점선으로만 표시되어 있으나, 이 부분은 단

---

7) "所謂不涉理路 不落言筌者 上也 詩者 吟詠情性也 盛唐諸人惟在興趣 羚羊掛角 無跡可求", "이른바 이로를 밟지 않고, 언전에 빠지지 않는 것이 상등이다. 시는 성정을 읊은 것이다. 성당의 시인들은 오직 흥취에서는 영양이 뿔을 나무에 걸어 발자취를 찾을 수 없는 것과 같다." 엄우, 《창랑시화》, 〈시변〉.

순히 말없음을 나타내는 것이 아니라, 소녀의 부재를 나타내고, 소녀가 간 곳을 시의 화자로서는 도무지 알 수 없음을 나타낸다.

제3연에서는 부재한 소녀의 모습이 '오늘도 가지 앞에' '薄紗의 아지 랑이'가 아른거리고 있다고 했다. '오늘도'라는 것은 소녀의 부재가 오래 되었음을 말해 준다. '도'라는 보조사는 계속이라는 뜻을 더해 준다. 과 거로부터 오늘도 소녀는 부재하고 있다는 것이다. '박사'라는 한자어도 여기서는 적절하게 사용되었다. 불필요하게 한자를 노출한 것이 아니 다. '얇은 비단의 실오라기 같은 아지랑이'라는 뜻이 선명히 살아온다. '박사'는 한시에서 볼 수 있는 詩眼과 같은 구실을 하고 있다. 부재한 소 녀의 모습을 아지랑이가 대신하고 있고, 그 아지랑이의 구체적인 이미 지가 '박사'이기 때문이다.

2행 1연의 연 구성의 정형성이라는 응축된 시형과 점선을 활용한 간 결한 표현으로 말을 극도로 아껴 소녀의 부재와 그로 인한 그리움을 더 욱 간절하게 보여주고 있다. 응축된 시형과 간결한 표현은 그리움의 진 폭을 오히려 무한히 넓혀주고 일종의 言外之義를 풍부하게 하고 있다. 이는 오일도가 한시의 작시 원리와 시형에 대한 이해가 깊었기 때문에 가능했다고 보인다. 오일도의 현대시에 대해 사변적이라는 평가[8]도 있 으나 적어도 이 시의 경우는 그러한 평가로부터도 멀리 벗어나 있다. 이 시는 '내 소녀'의 부재를 구체적인 이미지를 통해 표현하고 있다.

  내 戀人이여! 좀더 가까이 오렴!
  지금은 哀愁의 가을, 가을도 이미 길었나니

  陰黑의 밤 무너진 옛 城 너머로
  우수수 北域 바람이 우리를 덮어 온다

  나비 날개처럼 앙상한 네 적삼
  얼마나 차냐? 왜 떠느냐? 오오 애무서워라

---

8) 김용직, 《한국현대시사》 2(서울 : 한국문연, 1996), 225면.

내 戀人이여! 좀더 가까이 오렴!
지금은 凋落의 가을, 때는 우리를 기다리지 않나니

한여름 榮華를 자랑하던 나뭇잎도
어느덧 落葉이 되어 저 城둑 밑에 훌쩍거린다

잎사귀 같은 우리 人生 한번 바람에 흩어 가면
어느 江山 또 언제 만나리오

좀더 가까이 좀더 가까이 오렴!
한 발자취 그대를 옆에 두고도 내 마음 먼 듯해 미치겠노라

全身의 피란 피 熱火같이 가슴에 올라
오오 이 밤 새기 전 나는 타고야 말리니

까 ― 만 네 눈이 무엇을 생각느냐?

좀더 가까이 좀더 가까이 오렴!
오늘 밤엔 이상하게도 마을 개 하나 짖들 않는다

어두운 이 城둑 길을 행여나 누가 걸어오랴
城 위에 한없이 짙어 가는 밤 ― 이 한밤은 오직 우리의 專有이오니

네 팔에 내 목을 안아라. 우리는 두 靑春, 靑春아! 제발 길어 다오
〈내 연인이여 가까이 오렴〉, 《저녁놀》, 37~39면.

연을 구성하고 있는 행의 수를 보면 다음과 같다. 2·2·2·2·2·2·2·2·
1·2·2·1로 되어 있다. 두 군데 예외가 있긴 하나 전체적으로 2행 1연의
연 구성 방식으로 연 구성의 정형성을 보여주고 있다.

이 시는 모두 12연이라는 점, 대상을 간절하게 부르고 있다는 점, 시
간 설정이 밤이라는 점 등으로 말미암아 이상화의 〈나의 침실로〉와 비
슷한 분위기를 보여주고 있으나, 그 시와는 다르다. 이상화의 〈나의 침
실로〉에서 제시되고 있는 '침실'이라는 공간은 죽음의 장소이며 부활의
장소이다.[9] 작품의 표면에 분명히 나타나 있지는 않지만, '마돈나'는 현
실에 존재하지 않는 이상의 여인이다.[10] 〈나의 침실로〉에서 보면 매 연

의 첫째 행에서는 '마돈나'를 부르고 있다. 마돈나를 부르지 않고서는 견딜 수 없는 답답한 심정을 보여주고 있다. 매 연의 둘째 행에서는 여섯 번씩이나 불러도 대답 없는 '마돈나'에 대한 안타까운 심정을 '아'라는 감탄사로 표출하고 있다. '마돈나'는 현실의 어디에서고 존재하지 않는 여인이기 때문에 아무리 불러보아도 대답이 없고, 시의 화자에게 올 수도 없다.

그러나 이 시의 공간으로 제시되고 있는 '무너진 성터'는 남과 더불어 활동하는 개방된 장소가 아니라 사람들의 자취가 없는 폐쇄된 장소라는 점에서 〈나의 침실로〉의 '침실'과 다름이 없지만, '무너진 성터'는 연인들이 서로 사랑을 나눌 수 있는 장소로 제시되고 있다. '오늘 밤엔 이상하게도 마을 개 하나 짖들 않는다'는 것은 사람들이 실제로 다니지 않고 있음을 지적한 말이다. '무너진 성터'까지 누구의 발길도 미치지 않을 테니 마음놓고 사랑을 나누자는 것이다. 그러니 부디 연인이여 남의 눈을 의식하지 말고 내 가까이 와서 서로 사랑을 나누자는 뜻이다.

화자에게 지금 연인이 멀리 있지 않다. '한 발자취 그대를 옆에 두고'라고 한 말로 보아, 연인이 시의 화자 바로 곁에 있다는 사실을 알 수 있다. 그런데도 불구하고 '가까이 좀더 가까이 오라'고 하는 것은, '한 발자취'는 지리적 거리로는 얼마 되지 않지만 심리적 거리로는 엄청나게 느껴진다는 뜻이다. 이 엄청난 심리적 거리감을 메우지 않고는 견딜 수 없는 것이 화자의 심정이다. 그렇다면 심리적 거리는 어떻게 메울 수 있는가. 두 사람의 몸이 하나 되지 않고는 심리적 거리감을 극복할 수 없다. 연인과 시의 화자가 진실로 하나될 때 가능하다. 어떻게 하나가 될 수 있는가. '연인의 팔'로 '화자의 목'을 안으면 된다.

시의 화자는 무턱대고 연인에게 가까이 와서 '내 목을 안아라'라고 하는 것은 아니다. '지금 이곳'이 아니면, 서로 사랑을 나눌 수 있는 때와

---

9) 조동일, 《우리 문학과의 만남》(서울 : 홍성사, 1978), 256면.
10) 김흥규, 《한국현대시를 찾아서》 개정증보판(서울 : 한샘, 1992), 90면.

92

곳이 없음을 연인에게 일깨우고 있다. '지금은 凋落의 가을'이고, '어두운 이 城둑 길'을 아무도 걸어오지 않는다고 했다. 그뿐만이 아니다. '한여름 榮華를 자랑하던 나뭇잎도 / 어느덧 落葉되어 저 城둑 밑에 훌쩍거린다 / 잎사귀 같은 우리 인생 한번 바람에 흩어 가면 / 어느 江山 또 언제 만나리오'라고 했다. 그러니 우리의 사랑을 이 밤에 맘껏 나누자는 것이다.

전체적으로 볼 때 현실적으로는 '님'이 시의 화자 곁에 있으나 심리적으로는 '님의 부재'를 더욱 강하게 느낀다는 것을 말하고 있다. 2행 1연의 연 구성 방식을 통해서 자칫 흘러 넘치기 쉬운 화자의 감정을 적절히 제어하고 있다. 2행 1연이 가진 연 구성의 정형성이 오일도의 현대시에서 성공적으로 작용하고 있음을 알 수 있다.

둘째, 홀수 행의 연 구성과 짝수 행의 연 구성의 교체, 또는 짝수 행의 연 구성과 홀수 행의 연 구성의 교체로 이루어진 경우를 들 수 있다. 이 유형에 속하는 작품은 〈五月 花壇〉, 〈노랑 가랑잎〉, 〈눈이여! 어서 나려 다오〉, 〈검은 구름〉 등이다.

五月의 더딘 해 고요히 나리는 花壇

하루의 情熱도
파김치같이 시들다

바람아 네 이파리 하나 흔들 힘 없니!

어두운 풀 사이로
月桂의 꽃 조각이 幻覺에 가물거리다

〈五月 花壇〉, 《저녁놀》, 29면.

4연으로 이루어진 이 시는 제1연과 제3연은 홀수 행으로 되어 있고, 제2연과 제4연은 짝수 행으로 되어 있다. 홀수 행으로 이루어진 연과 짝수 행으로 이루어진 연의 교체로 구성되고 있다. 전체 4연의 안정된 구조를 바탕으로, 짝수 행과 홀수 행의 교체를 통해서 변화와 탄력을 주고 있다.

오일도는 '하늘'을 '藍碧의 하늘이 동그란 연잎처럼 / 바람에 말려 나날이 높아간다'(〈가을 하늘〉 제1연)라고 하여, 하늘의 '구름이 걷히는 모습'을 마치 종이나 멍석을 마는 동작적 이미지로 시각화하기도 했지만, 이 시에서는 관념을 시각적 이미지로 나타내고 있다. 또 눈에 잘 보이지 않은 사물도 눈에 아주 잘 보이는 시각적 이미지로 나타내고 있다. '오월의 더딘 해 고요히 나리는 화단'이란 오월의 낮 시간이 매우 길다는 것을 나타내고 있다.

시 문맥의 표층에는 나타나 있지 않지만 '오월의 화단'에는 여러 꽃과 풀들이 자라고 있는 것이 틀림없다. 꽃과 풀들은 따사로운 봄 햇살 아래 생명을 키우기 위해서 쉬지 않고 작용하고 있다. 시의 화자는 이것을 꽃과 풀의 정열이라고 했다.

그런데 이 시에서는 시각적 이미지가 매우 효과적으로 쓰이고 있다. 먼저 '情熱'이라는 추상적 관념을 두고, '파김치같이 시들다'라고 하여 시각적 이미지로 나타내고 있다. 날이 저물어 '어두운 풀 사이로' 달빛이 내리는 것을 '月桂의 꽃 조각이 幻覺에 가물거리다'라고 했다. 달빛이라는 잘 볼 수 없는 사물을 월계의 꽃 조각이라는 더 잘 볼 수 있는 시각적 이미지로 나타내어 한층 또렷하게 했다. 오일도가 모더니즘의 영향을 받지 않았으면서도 이런 표현을 할 수 있었던 까닭은, 그가 한시에 익숙해 있었기 때문이다. 한자 자체가 시각적 언어이기도 하지만 한시는 이미지를 아주 중시한다. 이 시는 또 영탄이나 감상에 쉽게 빠지지 않고 감정이 잘 절제되어 있다. 감정을 방임하지 않고 절제하는 것은 한시 미학의 본령 가운데 하나이다.

이 시는 4연으로 이루어져 있지만, 전체 시행의 수는 단 6행에 불과하다. 아주 응축된 시형이라는 것을 알 수 있다. 그리고 행을 이루고 있는 음보의 수를 보더라도 2음보 시행과 4음보 시행으로 이루어져 있다. 음보는 어휘를 기본으로 하여 이루어진다고 할 때 시를 이루고 있는 어휘의 수도 많지 않다. 한시에서처럼 이 시는 말수를 극도로 제한하고 있다.

이러한 응축된 시형은, 한시 형식 가운데 절구가 4구, 율시가 8구로 아주 응축된 시형을 보여주고 있는데 바로 이를 수용했다고 할 수 있다. 또 어휘의 수가 그리 많지 않은 점은, 흔히 한시를 짓는 것은 말을 하는 과정이 아니라 하고 싶은 말을 덜어내는 과정이라고 하는 것과 통한다. 즉 시인이 시를 짓는 것은 무엇을 말하는 과정이 아니라, 하고 싶은 말 가운데 불필요한 것을 덜어내는 과정으로, 시인이 대상에 대해 200자의 할 말이 있다면, 그는 이를 어떻게 20자로 말할 것인가로 고민하는 것이 아니라, 어떻게 180자를 걷어낼 것인가로 고민한다는 것과 통한다.[11]

2) 起承轉結의 구성

기승전결의 구성은 율시와 절구의 시 구성 기본원칙이다. 한편의 뜻을 제기시키고[起], 그 뜻을 받들어 드러내며[承], 다시 그 뜻을 굴리어 드러내고[轉], 결말을 짓는[結] 이 구성 방법은 결말을 짓고 난 뒤에도 여운을 남겨 독자의 상상을 자극하고 유발한다.[12] 그런데 다음과 같은 시에서 기승전결의 시 구성방법을 볼 수 있다.

한강에 살포시 눈뜨는 버들
버들 타고 봄비는 비가 나려요

천실만실 고요히 나리는 정은
끝도 없는 靑春의 눈물이라오

보슬보슬 온종일 울며 나려도
십릿벌 모래밭을 못 적시거든

---

11) 김도련·유영희, 《한문이란 무엇인가》(서울 : 전통문화연구회, 1996), 172면 ; 김
   도련·정민, 《꽃피자 어데선가 바람불어와》(서울 : 교학사, 1993), 16면.
12) 김학주, 《중국문학의 이해》(서울 : 신아사, 1993), 82~88면.

江南千里 먼길 물길 터지어
님 타신 배 순순히 언제 오시랴!

〈봄비〉,《저녁놀》, 19면.

이 시의 화자는 여성으로 보인다. '이별'과 '그리움'의 정서를 시의 화제로 택하고 있으며, 대상과의 관계를 중시하면서 감성적·수동적으로 대응하고 있고, '-요', '-오', '-랴' 등의 여성적 어투를 사용하고 있기 때문이다. 또한 이 시에서는 님과 시의 화자 사이의 공간적 거리를 '강남천리'라 했다. 이는 현실적 거리와는 아무 상관없다. 이 거리는 심리적으로 극대화된 거리일 뿐이다. 님과 화자 사이의 거리가 그만큼 멀다는 것을 보여주고, 그것을 강조하는 정감적 거리이다.

한강 가에는 봄이 되자 버들가지마다 눈뜨고 있다. 봄의 생동감이 눈뜨는 버들을 통해 전해지고 있다. 이 천실만실의 버들가지를 타고 '봄비'가 내리고 있다. 이 '봄비'는 예사 봄비가 아니다. '청춘의 눈물'이다. 청춘의 눈물은, 곧 화자의 눈물이라고 할 수 있다. 화자는 봄의 생동감이 느껴지는 때 왜 눈물을 흘리고 있나. 그것은 '님'과 떨어져 있기 때문이다. 시의 화자는 지금 님과 이별하여 '님'과의 재회·합일을 꿈꾸고 있다.

이 시의 여성 화자가 기다리고 있는 님이 오실 수 있는 길은 '강'을 통해서만 가능하다. 강은 님이 오실 수 있는 통로이다. 그러다 보니 시의 화자는 강물에 배가 뜰 수 있기를 바라는 것이다. 시의 표면에 직접 나타나 있지는 않지만 배가 뜰 수 있기 위해서는 화자의 눈물이 더 많이 보태져야 한다는 것을 알 수 있다. 화자의 눈물이기도 한 봄비가 '보슬보슬 온종일 울며 나려도 / 십릿벌 모래밭을 못 적시거든'이라고 했다. 그러니 십릿벌 모래밭을 다 적시고 배가 뜰 수 있기 위해서는 눈물을 더 흘려야 한다는 것이다.

이 시에서 '눈물'이 보태져야 강물이 불어나고, 강물이 불어나면 배가 뜰 수 있어서, 님이 탄 배가 올 수 있다는 '눈물' 이미지는 고려시대 정지상(鄭知常)의 〈送人〉에서 차용해 온 듯하다.[13] 〈送人〉을 보면 이별의 '눈물'을 대동강 푸른 물결에 해마다 보태지 않으면 대동강 물이 말라서 배를 띄울 수 없다고 했다. 이는 달리 말해서 눈물이 대동강에 보태지기 때문에 강물이 불어나서 배를 띄울 수 있게 된다는 것이다. 〈봄비〉에서도 '눈물'이 보태어져 모랫벌을 적시게 되면 배를 띄울 수 있다고 했다. 意境과 발상에서 〈送人〉과 유사성을 느끼게 해 주는 대목이다.

그러나 〈봄비〉와 〈送人〉에서 '눈물' 이미지는 뚜렷한 차이를 보여준다. 〈봄비〉에서 눈물은 그리움의 눈물이요 기다림의 눈물이지만, 〈送人〉에서 눈물은 이별의 눈물이다. 〈봄비〉에서 '배'는 '님을 싣고 오는 배'이지만 〈送人〉에서의 '배'는 '님을 싣고 가는 배'이다. 그래서 〈봄비〉에서 한강은 만남의 통로가 될 수 있지만, 〈送人〉에서 대동강은 이별의 통로가 된다.

한시 기법과의 상관성에서 볼 때, 이 시는 전체 4연 8행으로 이루어져 있으며, 기승전결의 한시 구성방식을 따르고 있다. 한시의 구성은 율시나 절구 가릴 것 없이 기승전결의 구성방식을 따른다. 이 시의 제1연은 기, 제2연은 승, 제3연은 전, 제4연은 결이라 할 수 있다. 중심 이미지는 제1연은 '봄비', 제2연은 '눈물', 제3연은 '모래밭', 제4연은 '배'이다. 즉 중심 이미지는 '봄비 → 눈물 → 모래밭 → 배'로 전개된다.

제1연의 중심 이미지인 '봄비'는 제2연에서 '눈물'로 치환되어 제1연의 시상이 제2연에 고스란히 이어지고 있다. 그러나 제3연에서는 시상이 바뀌어서 '모래밭'이 제시되고 있다. 모래밭이 드러난 채 그대로 있으면 배가 뜰 수 없다. 그러니 눈물을 흘리기만 해서는 안 되고 모래밭을 적시고 배가 뜰 수 있을 만큼 흘려야 한다는 것이다. 만약에 '십리벌 모래밭'을 적시지 못하면 님의 배가 올 수 있는 물길이 터지지 않기 때

---

13) 鄭知常의 〈送人〉은 다음과 같다. "雨歇長堤草色多 / 送君南浦動悲歌 / 大同江水何時盡 / 別淚年年添綠波 // 비 그친 긴 둑 풀빛도 풍성한데 / 남포로 님 보낼 제 슬픈 노래 일어내네 / 대동강 물은 어느 때 마를 건가 / 해마다 이별의 눈물 푸른 물결에 보태나니."

문이다. 제4연에서 '배'를 제시하고 있는데, 님이 타고 오시는 배이기 때문에 소중하다. 그런데 물길이 터지지 않으면 님이 타신 배가 순순히 올 수 없다. 이 시는 '봄비'로 촉발된 감흥을 나타내는 데는 起承轉結이라는 한시 구성 형식이 매우 적절하고 유효하다는 것을 보여주고 있다.

3) 발상의 단순화

한시 가운데 특히 절구는 발상이 단순하다. 절구는 순간적인 인상이나 감흥을 나타내기에 적합한 시형이기 때문이다. 시상의 전개도 단순하다. 오일도의 현대시는 이 점에서 한시 기법과의 상관성을 보여주고 있는 작품들이 있다. 이는 주목되는 일이라 하겠다.

> 뜰 위에 구우는
> 노랑 가랑잎 한 잎
> 산에서 온 편지
>
> 바람에 불려 왔나
> 참새가 물고 왔나
>
> 뜰 위에 구우는
> 노랑 가랑잎 한 잎
> 어머니의 편지
>
> 산에는 눈이 나렸다오
> 산에는 눈이 나렸다오
>
> 〈노랑 가랑잎〉, 《저녁놀》, 33~34면.

이 시의 공간적 배경은 뜰이다. 뜰은 집안에 있고, 어린이가 놀 수 있는 곳이다. 이 시의 화자인 어린이는 나뭇가지에서 떨어져 나온 '노랑 가랑잎'에 주목한다. 그것은 예사 사람들이라면 눈길을 주지 않을 법한 '뜰 위에 구우는' 것이다. 그런데도 시의 화자는 따뜻한 눈길로 그것을 주목한다. '노랑 가랑잎'은 낙엽 지는 계절이면 흔히 볼 수 있지만 화자에게는 그것이 예사롭지 않다. 시의 화자는 어머니 없이 살아가는 어린 이다. 어머니는 돌아가셔서 '산'에 계신다. 어머니의 부재로 인한 그리 움은 자연스럽게 '노랑 가랑잎'을 어머니가 산에서 보낸 편지로 받아들 이게 한다. 그 편지는 '참새'나 '바람'이 어머니의 부탁을 받고 갖다 주었 다고 받아들인다.

여기서 '노랑 가랑잎'은 어머니와 어린 화자를 이어주는 매개체 구실 을 하고 있다. '노랑 가랑잎'은 단순한 가랑잎이 아니고 '어머니가 보낸 편지'이기 때문이다. 이 가랑잎 편지에는 '어머니 계시는 산에는 눈이 내렸다'고 적혀 있다. 그리고 시의 문맥에는 안 나와 있지만 어린 화자 는 산에 계신 어머니가, '애야, 그곳에도 눈이 내렸느냐? 넌 괜찮니?' 하 며 걱정해 주시는 사연도 읽어내고 있다. 화자의 어머니는 이 세상 사 람이 아니기 때문에 정상적인 방법으로 종이에 편지를 써서 부칠 수 없 다. 그래서 어머니는 아들에게 보내는 편지를 '노랑 가랑잎'에 썼고, 편 지 배달을 우체부에게 부탁할 수 없어서 '바람' 아니면 '참새'에게 부탁 했을 것이다.

이 시에는 자기 곁에 안 계신 어머니를 그리워하는 어린 화자의 마음 이 잘 나타나 있다. 어린 화자는 그리운 어머니의 소식이 너무 듣고 싶 은 것이다. 그래서 '뜰 위에 구우는 노랑 가랑잎'마저 어머니의 안부를 전해 주는, 어머니가 자신을 걱정하는 사연을 적어 보낸 편지로 여기는 것이다.

그런데 이 시가 주목되는 이유는 처음부터 끝까지 어린이의 눈과 목 소리로 어머니에 대한 그리움을 나타내기 때문이다. 아울러 시상 전개 의 단순함과 천진스런 상상력을 볼 수 있다. 화자가 어린이이고, 누구나 읽고 쉽게 이해할 수 있다는 점에서 동시라 할 수 있다. 그리고 시상의 전개나 발상이 단순 소박해서 절구의 특징과도 이어진다고 볼 수 있다.

일반적으로 절구는 편폭이 짧기 때문에 한 가지 주제나 제재가 일관 되게 전개되어, 그 시에 담긴 내용이 비교적 협소하고 단편적인 경향을 지니고 있다. 아울러 절구는 시인의 가슴속을 스치고 지나가는 찰나적인 감흥을 포착하여, 이를 짧은 몇 구절 속에 응축시켜야 하기 때문에 무겁고 심각한 주제보다는 가볍고 참신한 소재가 다루어지기 쉽다. 이로 인해 절구는 내용상에서 다양한 주제를 다루기 어려운 점이 있다.[14] 이 시에는 절구의 이런 특성을 소화하고 있는 점이 잘 나타나고 있다. 이는 오일도가 한시에 대한 소양이 풍부했고, 절구를 창작할 수 있는 능력 또한 갖추고 있었기 때문에 가능했다고 할 수 있다.

전체 4연으로 되어 있는 이 시는 1연과 3연은 3행, 2연과 4연은 2행으로 구성되어 있어서 대칭을 이루고 있다. 연을 이루고 있는 행 구성뿐만 아니라, 행을 이루고 있는 음보 수도 대칭을 이루고 있다. 1연과 3연은 2음보로 되어 있고, 2연과 4연은 3음보로 되어 있다. 1연과 3연은 행의 수와 음보 수에서 짝이 되면서 의미상으로도 반복이 되고 있다. 내용의 단조로움을 극복하기 위한 시의 형식과 율격이라 할 수 있다. 또한 오일도 시에 흔히 나타나고 있는 생경한 한자어나 한자표기가 없다는 점도 이채롭다. 이 시에 나오는 한자어는 '산'이란 말뿐이다.

漢江의 물은 일렁일렁합니다
漢江의 봄은 파랗습니다

나룻가에 자던 버들 바스락 눈을 뜨고
얼음 속에 갇혔던 배도 떠나갑니다

봄에 물은 움직이기 시작합니다
물의 誘惑은 봄에 있습니다

파 — 란 저 물
천 길 만 길 밑도 없는 듯 싶습니다

---

14) 우재호,〈유우석 절구시의 특징〉,《중국문학》제28집(서울 : 한국중국문학회, 1997. 10), 60면 ; 김학주,《중국문학개론》(서울 : 신아사, 1977), 77면 ;《중국문학의 이해》(서울 : 신아사, 1993), 88면.

어린 날 머리 속에 그리던 나라 같아서
내 마음 자꾸 들어가 보고 싶습니다

〈물의 誘惑〉,《저녁놀》, 82~83면.

역시 시상이 단순하고, 천진스런 상상력을 보여주고 있다는 점에서 한시, 특히 절구와의 상관성을 지적할 수 있다. 이 시는 봄이 되어 얼었던 강물이 풀린 한강을 바라보면서 느끼는 천진스런 상상력을 보여주고 있다. '나룻가에 자던 버들 바스락 눈을 뜨고 / 얼음 속에 갇혔던 배가 떠나갑니다'라고 하여 봄의 약동을 나타내고 있다. 그리고 '파 — 란 저 물 / 천 길 만 길 밑도 없는 듯 싶습니다'라고 했다. 그런데 그 물밑은 '어린 날 머리 속에 그리던 나라 같아서 / 내 마음 자꾸 들어가 보고 싶습니다'라 하여, 동화적 상상력과 천진스런 상상력을 보여주고 있다. 단순한 발상을 통하여 오일도의 순수한 마음을 잘 드러내 주고 있다. 이런 면은 한시 가운데 절구의 작시 원리를 활용했다고 할 수 있다.

오일도의 현대시가 한시의 기법이나 표현을 이와 같이 성공적으로 수용하기만 한 것은 아니다. 우리말 구사 능력의 부족으로 그의 현대시는 자신의 정신 세계를 온전히 담아내는 데는 모자람이 있었다. 그는 한문이나 한시에 대한 소양이 풍부했지만 반면에 우리말 구사 능력이 여러 모로 부족하여, 현대시에 우리말을 효과적으로 살리지 못하고 생경한 한자어를 부적절하게 사용한 경우가 더러 있다. 다음과 같은 예들이 그것이다.

마음에 零落의 輓歌가 떠돌고
寒夜의 기러기 엷은 꿈을 깨워 주기 전

〈코스모스꽃〉에서

死骸의 寒枝 위에
까마귀 운다
錦繡의 옷과 靑春의 肉體를 다 빼앗기고
寒威에 쭈구리는 검은 얼굴을

〈눈이여 ! 어서 나려 다오〉에서

五月 濃綠의 여름이 또 와서
古墟의 憂鬱은 한층 더 짙도다

〈올빼미〉에서

時間을 좇아 約束할 수 없는 오- 나의 破鐘아
鬱寂의 夜空을 이대로 墨守할 것가!

〈爐邊哀歌〉에서

이제껏 腫塞하야
最後의 瞬間에 苦悶하는 溪流의 咽喉가

〈解放의 거리〉에서

　위의 시 구절들을 보면 한자어 표기가 불필요하게 노출되어 있고, 잘 쓰이지 않는 어려운 한자어도 있다. 일부는 일본어투의 한자말이 아닌가 하여 눈에 거슬리기도 한다. 한문에 익숙했던 오일도 자신에게는 자연스러운 일이었겠으나, 생경한 한자어와 한자 표기가 오일도의 시에서는 시적인 필연성을 지닌다고 볼 수 없다는 점에서 순기능보다는 역기능으로 작용하고 있다고 믿어진다. 오일도의 현대시 가운데 한자어가 거의 쓰이지 않고, 한자 표기가 노출되지 않은 경우는 〈노랑 가랑잎〉한 편뿐이다. 오일도 자신도 우리말 구사 능력이 크게 모자란다는 점을 잘 의식하고 있었던 것 같다. 오일도는 시 전문지 《詩苑》을 간행할 때 자신의 우리말 구사 능력 부족을 깊이 의식하여 우리말을 세련되게 구사하던 시문학파 시인들에 남다른 관심을 가졌다.[15]
　오일도의 현대시가 보여주고 있는 한시 기법과의 상관관계는 연 구

---

15) "오일도는 우리말의 기능적 구사를 전제로 하는 현대시 발표의 空器를 창간 운용하고자 했다. 그러면서 그가 당연히 손을 뻗칠 수밖에 없었던 것이 시문학파였다. 한문투에 젖어든 오일도가 무엇보다 먼저 신경을 쓰지 않을 수 없었던 것이 세련된 감각으로 우리말 시를 쓰는 일이었을 것이다." 김용직, 《한국현대시사》2 (서울 : 한국문연, 1996), 221면.

성의 정형성, 기승전결의 구성, 단순한 발상 등을 지적할 수 있다. 이는 오일도의 현대시에 한시 기법이 매우 효과적으로 작용하고 있는 것을 알 수 있게 한다. 그런데 오일도의 현대시가 지금까지 별다른 조명을 받지 못한 것은 그의 시가 지니고 있는 이러한 한시 기법과의 상관관계가 제대로 조명받지 못한 데 그 까닭을 찾을 수 있다.

2. 조지훈

1) 연 구성의 정형성

조지훈은 1939년 4월 《文章》誌(제1권 제3호)에 〈古風衣裳〉으로 첫 추천을 받고, 그 해 12월 같은 잡지 제1권 제11호에 〈僧舞〉로 제2회 추천을 받았다. 그리고 이듬해인 1940년 2월, 역시 같은 잡지 제2권 제2호에 〈鳳凰愁〉, 〈香紋〉을 추천받아 작품 활동을 시작했다. 조지훈은 생전에 모두 다섯 권의 시집을 냈다. 《靑鹿集》(1946, 박목월·박두진과의 공동시집), 《풀잎 斷章》(1952), 《趙芝薰詩選》(1956), 《歷史 앞에서》(1959), 《餘韻》(1964)이 그것이다.

조지훈은 〈나의 시의 遍歷〉에서 처음 시를 쓸 때 동서양의 두 줄기 전통에서 시를 썼다는 사실을 밝히고 있다.

나는 처음 시를 쓸 때 우리 근대적 전통이 그러하듯이 가슴속에 동양과 서양이라는 평행하는 두 줄기 전통을 가꾸어 왔다. 와일드, 보오드렐, 키츠, 예이츠, 발레리, 꼭토, 릴케, 헷세 등을 좋아하면서 陶淵明, 李白, 杜甫, 寒山, 白樂天, 蘇東坡, 陸放翁, 王漁洋 등을 탐독하였다. 聖書, 그리이스 신화와 儒, 佛, 老·莊을 함께 읽었고 문학을 공부하면서 국어국문학과 사학, 민속학에의 관심에 더욱 열중하기도 하였다. 그리고 나는 시정신에 있어서만 동서가 교착되었던 것이 아니라, 시의 방법에 있어서도 극단의 기교주의와 극단의 反技巧主義를 동시에 받아들였던 것이다. 이 기교주의는 다분히 西歐詩에서 받은 영향이고 반기교주의는 禪의 미학에서 섭취한 것이다. 이 정신과 기법의 두 가지 상반된 흐름은 실로 오랫동안 나의 안에서 평행되었고 이제 와서야 나는 겨우 그것을 초극하여 융합하는 길을 느낀 것 같다.[16]

　이러한 조지훈의 생각으로 미루어볼 때 그는 다른 현대 시인들과는 달리 동양적 전통, 특히 한시에 대해서도 소양과 식견을 가지고 있었다. 바로 이러한 점이 그의 현대시 창작에 크게 작용하였으리라는 추측은 충분히 가능하다. 그런데 조지훈의 현대시 전체를 개괄해 볼 때, 한시의 표현 기법과의 상관성은 주로 연 구성의 정형성, 前景後懷의 章法, 音律의 강조라는 측면으로 나타나고 있다. 여기서는 먼저 연 구성의 정형성에 대해 살펴보기로 한다.

　조지훈의 현대시에서 볼 수 있는 연 구성의 정형성은 주로 2행 1연의 연 구성 방식이다. 4행 1연의 연 구성 방식을 보여주는 작품도 한두 작품 있으나, 거의 대부분 2행 1연으로 된 연 구성의 정형성을 보여주고 있다. 이 점이 조지훈 현대시에 나타나고 있는 연 구성의 정형성이 보여 주는 특징이다. 초기 시집이라 할 수 있는 《靑鹿集》, 《풀잎 斷章》, 《趙芝薰詩選》 등에서 보면 2행 1연으로 된 연 구성의 정형성을 보여주는 시가 많이 수록되어 있다.

　이러한 연 구성의 정형성은 일찍부터 주목되어 왔다. 논자에 따라서는 조지훈이 시의 행이나 연의 개념을 한시의 구 수 정형과 연관시켜 막연하게 이해했을 가능성을 지적[17]하기도 하고, 선배 시인 정지용의 영향이라고 보기도 했다.[18] 그러나 이는 한시의 형식과 작시 원리에 대한

---

16) 조지훈, 〈나의 시의 편력〉, 《청록집》(서울 : 삼중당, 1975), 157면.
17) 오탁번은 조지훈의 현대시에서 볼 수 있는 이런 2행 1연 방식으로 된 연 구성의 정형성을 두고, "지훈은 시의 행(line), 연(stanza)의 개념을 지금 우리들과 같은 입장에서 생각하지 않고 한시의 율시나 절구와 연관시켜 막연히 이해했을 가능성이 크다"고 지적하고 있다. 오탁번, 《현대문학산고》(서울 : 고려대학교출판부, 1976), 194면.
18) 민병기는 《청록집》 수록시 39편 가운데 23편이 2행 1연을 기본으로 분련된 단

이해가 철저했던 조지훈이 이런 원리를 받아들인 결과라고 볼 수 있다.

사슴이랑 이리함께 산길을 가며
바위 틈에 어리우는 물을 마시면

살아 있는 즐거움의 저 언덕에서
아련히 풀피리도 들려오누나.

해바라기 닮아 가는 내 눈동자는
紫雲 피어나는 靑銅의 香爐

東海 동녘 바다에 해 떠오는 아침에
북 바치는 설움을 하소하리라

돌뿌리 가시밭에 다친 발길이
아물어 꽃잎에 스치는 날은

푸나무에 열리는 과일을 따며
춤과 노래도 가꾸어보자

빛을 찾아 가는 길의 나의 노래는
슬픈 구름 걷어가는 바람이 되라.
〈빛을 찾아 가는 길〉, 《역사 앞에서》, 45∼46면.

이 시는 2행 1연으로 되어 매우 균정한 연 구성의 정형성을 보여주고
있다. 이는 구 수(행 수)의 정형을 보여주는 한시의 시형을 염두에 둔

시형이고, 이는 바로 정지용이 즐겨 사용한 시형으로, 청록파 시인들 시의 이러한
형태상 특징은 정지용의 영향이라고 파악하고 있다. 민병기, 〈청록파시의 혈연
성〉, 《어문논집》 23(서울 : 고려대학교 국어국문학연구회, 1982. 9), 177면.
　이숭원도 조지훈의 현대시에서 볼 수 있는 2행 1연의 연 구성 방식은 정지용 후
기시의 영향이라고 했다. 이숭원, 《근대시의 내면구조》(서울 : 새문사, 1988), 105
∼106면. 그러나 정지용 후기시에도 2행 1연으로 된 연 구성 방식의 정형성이 나
타나지만, 이는 정지용 시 형태의 독창성이 아니고 정지용이 한시 형식과 작시 원
리를 계승하고 있는 면이라고 볼 수 있다.

창작이라 할 수 있다.

두 번에 걸쳐 일어나고 있는 짝수와 홀수의 대립이 긴장과 안정을 동시에 가져온다는 것을 알 수 있다. 1차 대립은 홀수로 이루어진 전체 7개 연과 짝수로 이루어진 매 연 2행의 구성이 보여주는 대립이다. 2차 대립은 연을 구성하고 있는 2행의 행 수와 매 행 3음보인 음보 수의 대립이다.

2행 1연이라는 연 구성의 정형성이 보여주고 있는 시형의 균정성과 안정감은 시의 화자가 지금 빛을 찾아가고 있는 데 비추어, 그의 믿음을 더욱 확고하게 해 주고 그의 발걸음에 안정감을 실어주는 요소로 작용하고 있다. 그런데 홀수로 제시되고 있는 전체 7연이라는 연 수와 매 행 3음보라는 음보 수는 제5연에서 볼 수 있듯, '돌뿌리 가시밭길'이라는 장애와 난관이 가로 놓여 있는 길을 앞에 두고 시의 화자가 느끼는 긴장감을 나타내 주는 데 적절하게 기여하고 있다.

2) 前景後懷의 章法

시의 전반부에서 경물을 묘사하고 후반부에서 감회를 담는 이른바 '前景後懷'의 章法은 起承轉結과 함께 한시의 대표적인 구성법이다. '전경후회'의 장법은 율시나 절구의 구성 방식으로 잘 알려져 있다. '전경후회'라는 말은 '先景後情'과 같은 말이다. 조지훈의 한시에는 '전경후회'의 장법으로 구성된 작품이 있다.

客隨流水敲柴扉　나그네는 흐르는 물 따라와 사립문을 두드리는데
山酒初酣月上枝　산촌에 술이 익고 달은 나뭇가지에 걸려 있네
且漉且嘗無限趣　술 걸러 맛보니 흥취는 한도 없는데
滿庭松韻得時宜　뜰에 가득한 소나무의 운치는 시의에 알맞네
〈山酒初熟適在秋夕枕處師共韻〉 윤동재 譯,《만해·지훈의 한시》, 205면.

전반부라 할 수 있는 제1구와 제2구는 前景으로 제시되어 있다. 제1

구는 나그네가 물길을 따라 걸어와 사립문을 두드리는 정경을 제시하고 있다. 물길 따라 걸어왔다고 했으니 산촌에 이르는 길은 강물이 흘러내리고 있다는 것을 말해준다. 제2구는 나그네가 찾은 산촌의 밤 풍경을 묘사하고 있다. 산촌에는 술 익는 냄새가 코끝을 찌르고, 달은 나뭇가지에 걸려 있다. 한 폭의 풍경화와 같은 정경을 제시하고 있다.

후반부라 할 수 있는 제3구와 제4구에서는 전반부의 전경이 불러일으키는 감회를 말하고 있다. 제1구와 제2구에서 제시하고 있는 전경을 바라보면서 시의 화자는 술을 걸러 맛을 보니 흥취가 더해진다고 했다. 흥취가 더해진다는 뜻은 화자의 감회를 표출한 것이다. 제4구에서는 뜰 가득한 소나무의 운치도 시의에 알맞다고 했다. 소나무의 운치가 시의에 알맞다는 것은 소나무의 운치가 화자의 흥취를 더욱 돋우고 있음을 말해 준다. 따라서 이 시는 '前景後懷'라는 장법으로 시 전편이 구성되어 있고 그 장법이 매우 효과적이다.

> 墻頭老槿又逢春　담장 위 오래 묵은 무궁화는 또 봄을 맞았는데
> 漢上歸帆影更新　한강으로 돌아오는 돛단배 그림자 다시 새로워라
> 胸裏幽懷向誰說　가슴 깊이 품은 회포 그 뉘에게 말할까
> 蒼凉曙色向三津　싸늘한 새벽빛 속에 삼랑진을 향하네
> 　　〈述懷〉 윤동재 譯, 《만해·지훈의 한시》, 214면.

이 시는 1946년 영남에 유세하러 내려가던 중 차 안에서 쓴 작품으로 알려져 있다.[19] 마찬가지로 전반부인 제1구와 제2구에서는 전경을 제시하고 있다. 즉 차를 타고 가면서 본 풍경을 제시하고 있다. 제1구에서 '담장 위 오래 묵은 무궁화'가 '봄을 맞았다'는 활짝 피어난 무궁화를 묘사한 것이다. 제2구 '한강으로 돌아오는 돛단배 그림자 다시 새로워라'는 얼음 풀린 한강을 활기차게 오가는 돛단배를 묘사한 것이다. 활짝 핀 '무궁화'와 한강을 떠가는 '돛단배'의 정경은 봄의 새로움과 생동감을

---

19) 김종균, 〈조지훈 한시 연구〉, 한국외국어대학교 논문집 제17집, 1984, 111면.

표상한다.

후반부인 제3구와 제4구에서는 전반부의 전경이 보여주는 새로움과 생동감에 대비되는 화자의 심회가 토로되고 있다. 제3구에서 보듯이 시의 화자는 가슴속에 회포가 가득하다. 그러나 그 회포를 풀길이 없어 답답하다. 그리고 화자의 발걸음이 가볍지 않아 새벽빛도 오히려 '싸늘하다'고 했다. 이 시도 한시 구성법 가운데 하나인 前景後懷의 장법으로 이루어져 있다.

조지훈의 현대시에는 그 자신의 한시에서 볼 수 있는 전경후회의 장법에 따라 구성한 작품들이 발견된다. 이는 한시 구성 방식을 현대시 창작에 활용하고 있는 것이라 하겠다.

벌레 먹은 두리기둥 빛 낡은 丹靑 풍경소리 날러간 추녀 끝에는 산새도 비둘기도 둥주리를 마구 쳤다. 큰 나라 섬기다 거미줄 친 玉座위엔 如意珠 희롱하는 雙龍 대신에 두 마리 봉황새를 틀어 올렸다. 어느 땐들 봉황이 울었으랴만 푸르른 하늘 밑 鰲石을 밟고 가는 나의 그림자. 패옥소리도 없었다. 品石 옆에서 正一品 從九品 어느 줄에도 나의 몸둘 곳은 바이 없었다. 눈물이 속된 줄을 모르량이면 봉황새야 九天에 呼哭하리라.

〈鳳凰愁〉,《청록집》, 38~39면.

이 시는 연 구분이나 행 구분이 전혀 없는 산문체로 되어 있어서 한시의 형식이나 작법과는 아무런 상관이 없을 것 같지만, 음보단위로 띄어쓰기를 해 보면 前景後懷의 장법으로 이루어진 것을 알 수 있다. 민요 율격을 분석한 성과를 따르면 율격 형성 단위는 음절, 음보, 행, 연이다. 음절이 모여서 음보를 이루고, 음보가 모여서 행을 이루고, 행이 모여서 연을 이룬다. 이 가운데 연은 필연적인 것은 아니고, 음보가 가장 중요한 것으로 밝혀졌다. 그리고 음보를 이루는 음절수도 1음절에서부터 7음절까지라고 밝혀졌다.[20] 이에 따라 이 시를 음보단위로 띄어쓰기

---

20) 조동일,《한국민요의 전통과 시가율격》(서울 : 지식산업사, 1996), 290~316면.

를 해 보면 다음과 같다.

(1)	벌레먹은	두리기둥	빛낡은	丹靑
(2)	풍경소리	날러간	추녀	끝에는
(3)	산새도	비둘기도	둥주리를	마구쳤다.
(4)	큰나라	섬기다	거미줄친	王座위엔
(5)	如意珠	희롱하는	雙龍	대신에
(6)	두마리	봉황새를	틀어	올렸다.
(7)	어느땐들	봉황이	울었으랴만	
(8)	푸르른하늘밑	鰲石을밟고가는	나의그림자.	
(9)	패옥	소리도	없었다.	
(10)	品石옆에서	正一品	從九品	
(11)	어느줄에도	나의몸둘곳은	바이없었다.	
(12)	눈물이	속된줄을	모르량이면	
(13)	봉황새야	九天에	呼哭하리라.	

이렇게 음보 단위로 띄어쓰기를 해 놓고 보면, 우리 시가의 율격에서 음보분단은 심리적 등장성이 중요하게 작용한다는 점을 고려해 넣는다 하더라도 자의적인 음보분단이라는 지적을 받을 수 있는 부분도 있다. 그러나 전체적으로 보아 (1)에서 (6)까지는 각각 4음보로 되어 있다. 그리고 (7)에서 (13)까지는 3음보로 되어 있다. 여기서 4음보로 되어 있는 (1)에서 (6)까지를 전반부라 할 수 있고, (7)에서 (13)까지를 후반부라 할 수 있다. 율격이 4음보에서 3음보로 바뀌기 때문에, 전반부와 후반부로 가를 수 있을 뿐만 아니라 내용으로 보아도 그렇다. 4음보로 이루어진 (1)에서 (6)까지의 전반부는 경물 묘사가 주가 되고 있다. (7)에서 (13)까지는 화자의 심사를 읊고 있다.

전반부에서는 구실을 잃어버린 채 낡을 대로 낡아가고 있는 대궐의 안과 밖을 자세히 묘사하고 있다. 먼저 대궐의 밖을 묘사하고 있는데, 보아하니 '두리기둥'은 벌레가 파먹었고, '단청'은 빛이 낡아 퇴색되어 버렸다. 풍경소리도 없어진 '추녀' 끝에는 산새와 비둘기들이 날아와서 제멋대로 마구 둥주리를 쳐놓았다. '옥좌' 위에는 거미줄이 쳐져 있고,

그곳에는 '쌍룡' 대신, '봉황'을 그려놓고 있다. 전반부는 그야말로 前景으로 제시되어 있는 것이다.

이러한 전경이 화자에게 불러일으키는 심회를 후반부에서 적고 있다. 후반부의 첫 부분은 먼저 '봉황이 어느 땐들 울었으랴만'이라고 해서, 우리 역사에서 일찍이 '봉황'이 운 적이 없음을 말하고 있다. '봉황'은 예사 새가 아니다. 경사스러움이나 상서로움을 상징하는 상상의 새이다. 이 새는 몸은 닭의 머리, 뱀의 목, 제비의 턱, 거북의 등, 물고기의 꼬리 모양을 하고 있다. 몸과 날개에는 오색의 빛이 찬란하고, 오음에 맞는 소리를 낸다고 한다. 聖天子가 나타나면 이 새가 나타나는데, 뭇 짐승들이 따라 모인다고 한다. 세상을 구할 성인이 나타나면 봉황이 운다는 얘기가 있다. 그런데 이 시에서는 우리 역사를 통하여 단 한 번도 봉황이 운 적이 없음을 말하고 있다.

《論語》에는 "봉황새는 이르지 아니하고, 河水에서는 그림도 나오지 않으니 내 이제 그만이구나"라는 공자의 탄식이 있다.[21] '어느 땐들 봉황이 울었으랴만'이라는 탄식과는 다르다. 지금은 성왕의 시대도 아니고, 태평성대도 아니라는 것이다. 더욱이 지금은 아예 나라마저 빼앗겨 버렸으니 봉황은 도저히 울 수 없다는 것이다. 울고 싶은 데 울 수가 없으니 봉황은 그것을 시름하고, 슬퍼하고, 걱정하지 않을 수 없다는 것이다.

여기서 우리는 '봉황의 시름'이 이 시의 주제라는 점을 알 수 있다. 일반적으로 한시의 주제를 살펴보기 위해서는 그 시의 제목부터 먼저 살펴보는 것이 좋다고 한다.[22] 이 시는 현대시이긴 하나 제목이 한자어로

---

21) 《論語》, 〈子罕〉, "子曰 鳳鳥不至 河不出圖 吾已矣夫". 朱子는 이 구절 가운데 특히 봉황과 관련된 주석에서 봉황은 신령스러운 새인데, 舜임금 때 와서 춤을 추었고, 文王 때는 岐山에서 울었다고 했다. 이 주자의 주석을 따르면 순임금 때와 문왕 때 두 번 봉황이 나타났음을 알 수 있다. 봉황이 나타난 것은 일종의 상서로움의 조짐으로 성왕이 자리에 있고, 천하가 태평성대임을 나타낸다는 것이다.
22) 민병수, 《한국한시감상》(서울 : 우석, 1996), 16면 ; 김상홍, 《한시의 이론》(서울 : 고려대학교출판부, 1997), 172면.

되어 있을 뿐만 아니라 한시의 제목을 떠올리게 한다. 〈鳳凰愁〉라는 제목은 한시 제목 같다. 〈鳳凰愁〉는 글자 그대로 풀어보면 '봉황의 시름' 또는 '봉황의 걱정', '봉황의 슬픔'이 된다. 한시의 제목이 주제를 나타내거나 주제와 깊은 연관이 있듯이, 이 시도 제목만으로 주제를 나타내고 있다.

일부의 논자들이 '봉황'이 왕을 상징하고, '쌍룡'이 황제를 상징하는데, 이 시에서 '옥좌' 위에 '쌍룡' 대신에 '두 마리 봉황새'를 틀어 올렸다는 것은 황제를 자처하지 못한 사대주의적 근성을 나타낸다고 했다.[23] 그러나 이 시의 화자가 주목한 것은 '봉황' 그 자체가 아니라, 앞에서도 말했듯이 '봉황의 시름'에 있다. 봉황은 울고 싶지만 한 번도 울 수 있는 기회가 주어지지 않았다는 것이다. 봉황이 제 구실을 하지 못하는 데서 오는 절망감과 슬픔을, 이 시는 나타내고 있다. 더욱이 앞으로도 그럴 일이 거의 없을 것 같다는 절망감에서, '봉황이 시름하고', '봉황이 슬퍼하고' 있다는 것이다.[24]

---

23) 신경림·정희성, 《한국현대시의 이해》(서울 : 진문출판사, 1981), 234~235면 ; 문덕수, 《현대시의 해석과 감상》(서울 : 이우출판사, 1982), 400~404면 ; 양승국·양승준, 《한국현대시 200선》(서울, 예문, 1992), 341~342면 ; 김윤식, 《고교생과 함께 하는 김윤식 교수의 특강 》1(서울 : 한국문학사, 1997), 355~356면.

24) 〈봉황수〉가 발표되었을 당시 清涼山人은 "이 시는 덕수궁에서 쓴 것이리라. 그리고 봉황새는 중화전 천장에 있는 악작(鸑鷟)이라는 새를 봉황으로 잘못 알았을 것이다"라고 했지만, 이에 대해 조지훈은 "이 시에 품석이 나오고 거미줄 친 옥좌가 나온다면 이는 임금이 조회를 받던 곳이다. 덕수궁의 조회를 받던 곳은 씨의 말대로 중화전이다. 그러나, 중화전 천장에 있는 악작이란 새는 씨가 직접 보고 하는 말인가. 누구나가 볼 수 있는 이 건물을 보지도 않고 말로만 듣고 얘기함인가. 중화전 천장 위에 악작이란 새가 있다는 것은 初聞이다. 왜? 그 옥좌 위에 당당히 금으로 새긴 雙龍이 틀어 올려 있기 때문이다. 중국의 속국이었던 시절의 옥좌의 하나인 昌慶宮 明政殿에는 아직도 악작이 남아 있음에 비하여 이른바 淸에의 복속을 벗어난 大韓帝國 始終의 궁궐 중화전에는 쌍룡을 틀어올렸다는 사실 앞에 아무 의의도 가질 수 없다"고 했다. 《조지훈전집》3(서울 : 나남출판, 1996), 194~195면.

이러한 조지훈의 지적이 맞다. 실제 "덕수궁 중화전에는 옥좌 위에 '쌍룡'이 틀어 올려져 있고, 그 '쌍룡'은 우리나라 궁궐에 그려진 '쌍룡' 가운데서 황제를 뜻하

'패옥 소리도 없고', '품석'의 어디에도 내가 몸둘 곳이 없다는 것은 극도의 절망감을 나타냈다고 할 수 있다. 그래서 이 절망감을 구만리 장천에다 호곡이라도 하고 싶다. 하지만 그렇게 하지 못하는 까닭은 그것이 '속된 줄' 알기 때문이다. '봉황'은 결국 시의 화자의 객관적 상관물이라 할 수 있다. 시의 화자는 상서로운 날을 맞아 그 기쁨을 환희의 울음으로 표현하고 싶은데 그러지 못하고, 지금은 나라마저 빼앗겼으니 더욱 참담한 슬픔에 젖을 수밖에 없다. '봉황의 시름'이란 곧 화자의 시름이 되는 셈이다.

이렇게 보면 이 시는 '前景後懷', 즉 '先景後情'이라는 한시의 章法에 따라 구성되었고, 이 점이 이 시에서 대단히 효과적으로 작용하고 있다. 그런데 이 시는 비교적 널리 알려진 한시의 詩境을 빌려오고 있다는 측면에서도 주목된다. 이 시는 李白의 〈登金陵鳳凰臺〉에서 시경을 빌려온 것이 아닌가 한다. 이백의 〈登金陵鳳凰臺〉와 여러 측면에서 유사성을 발견할 수 있다.[25]

鳳凰臺上鳳凰遊 봉황대 위에 봉황이 놀더니

는 '칠조롱'으로 그려져 있다." 홍순민, 《우리 궁궐 이야기》(서울 : 청년사, 1999), 149~150면. 그렇다면 이 시에서 "쌍룡 대신에 두 마리 봉황새를 틀어올렸다"는 것은 사실의 묘사가 아니란 점을 알 수 있다. 이로 미루어 볼 때 이 구절은 사대주의 근성을 나타내려고 한 것이 아니라, '봉황의 시름', '봉황의 슬픔'을 드리려는데 핵심이 있음을 알 수 있다. 조지훈의 관심은 용을 그려놓았느냐 봉황을 그려놓았느냐에 있는 것이 아니다.

25) 이에 대한 지적은 김명인, 〈심미의식의 시적 전개─조지훈의 시와 시론을 중심으로〉, 경기대논문집 제27집 경기대학교, 1990, 17면에서 이루어졌다. 그리고 조지훈이 이백의 이 시를 직접 번역했다는 점으로 미루어 볼 때도, 그가 〈봉황수〉를 쓰면서 이 시에서 시상을 얻었다고 할 수 있다. 《조지훈 전집》 1(서울 : 나남, 1996), 416~417면에는 다음과 같은 조지훈의 번역이 실려 있다. "鳳凰臺 우에/봉황이 노닐더니/鳳은 가고 臺는 비어/강물만 흐르누나//吳王宮殿 花草는/잡풀 속에 파묻히고/晉代 衣冠文物/古丘를 이루었다//구름 밖에 솟은 三山/하늘에서 떨어지는 듯/두 강물이 노나져서/감도느니 白鷺州라//모두 다 뜬 구름 탓/햇빛을 가리우니/長安은 안 보이고/사람만 울리노라//"

鳳去臺空江自流　봉황 떠난 누각 텅 비고 강물만 제 홀로 흐르네
吳宮花草埋幽徑　오나라 궁궐의 꽃과 풀은 길에 묻혔고
晉代衣冠成古邱　진나라 관리들은 옛 언덕을 이루었네
三山半落靑天外　삼산은 반쯤 떨어져 푸른 하늘 바깥에 있고
二水中分白鷺洲　이수는 반으로 나뉘어 백로주를 만들었다
總爲浮雲能蔽日　이 모든 것은 뜬구름이 해를 가린 탓이니
長安不見使人愁　장안은 보이지 않아 사람들 시름겹게 하네

李白, 〈登金陵鳳凰臺〉[26] 윤동재 譯.

　이 시는 장법면에서 먼저 〈鳳凰愁〉와 같이 '전경후회'의 포치법을 보여주고 있다. 〈鳳凰愁〉와 마찬가지로 전반부와 후반부로 나눌 수 있다. 전반부는 제1구부터 제4구까지이고, 후반부는 제5구부터 제8구까지이다. 전반부는 시의 화자 가까이 있는 경물을 묘사하고 있다. 제1구에서 '봉황이 놀더니'라고 한 것은 왕조가 흥성했을 때를 말한다. 제2구에서는 봉황이 떠나 버린 '누각'의 비어 있음과, '강물'의 제 홀로 흐름을 묘사하고 있다. 제3구에서는 오나라의 황폐해진 궁궐 자리를 묘사하고 있다. 제4구는 눈앞에 언덕을 이루고 있는 것은 진나라 관리들의 무덤이라고 했다. 전반부에서는 경물 묘사가 위주로 되어 있다.

　그런데 후반부에서는 제5구와 제6구는 경물 묘사이긴 하나, 조금 더 멀리 바라다보이는 경물을 묘사하고 있다는 점에서 차이가 있다. '삼산'은 금릉 서남쪽 장강 기슭의 세 개의 산봉우리를 가리키는데, 실제 봉황대에서 바라보면 아득한 느낌이 든다고 한다. 그것을 '삼산은 푸른 하늘 바깥에 있고'라고 했다. 二水는 두 갈래의 물길로, 이 두 갈래 물길이 '백로주'를 만들었다고 했다. '백로주'는 남경의 서남쪽 장강의 한복판에 있는 모래톱이라 알려져 있다. 그러니 제5구와 제6구는 멀리 있는 경물을 묘사하고 있음을 알 수 있다.

　전반부의 경물 묘사는 묘사 자체에 치중하고 있다면, 후반부에서 시

---

26) 이태백, 《이태백전집》 중(북경 : 중화서국, 1995), 986면.

작되는 제5구와 제6구에서 볼 수 있는 경물 묘사는 '푸른 하늘 바깥에 있는 삼산'의 경우처럼 있는 그대로의 경물 묘사이기도 하면서, '이수는 반으로 나뉘어 백로주를 만들었다'고 하여 세월이 만든 경물에 대한 묘사이기도 하다. 전반부에도 어느 정도 비추어지지만 후반부에는 흘러간 역사에 대한 감회와 그로부터 이어지는 울분 같은 것이 서려 있다. 특히 제7구와 제8구에는 조정의 간신배들이 임금의 총명을 가린 것에 대한 울분이 나타나고 있다.

　이백의 〈登金陵鳳凰臺〉와 조지훈의 〈鳳凰愁〉는 전경후회의 장법을 보여주고 있다는 점과, '봉황의 부재'와 '봉황의 시름'이라는 상황 설정을 보여주고 있는 점이 유사하다고 할 수 있다.

　　얇은 紗 하이얀 고깔은
　　고이 접어서 나빌레라

　　파르라니 깎은 머리
　　薄紗 고깔에 감추오고

　　두 볼에 흐르는 빛이
　　정작으로 고아서 서러워라

　　빈 臺에 黃燭불이 말없이 녹는 밤에
　　오동잎 잎새마다 달이 지는데

　　소매는 길어서 하늘은 넓고
　　돌아설 듯 날아 가며 사뿐이 접어 올린 외씨 보선이여

　　까만 눈동자 살포시 들어
　　먼 하늘 한개 별빛에 모도우고

　　복사꽃 고운 뺨에 아롱질듯 두방울이야
　　세사에 시달려도 煩惱는 별빛이라

　　휘여져 감기우고 다시 접어 뻗는 손이
　　깊은 마음속 거룩한 合掌이냥하고

114

이밤사 귀또리도 지새는 三更인데
얇은 紗 하이얀 고깔은 고이 접어서 나빌레라

〈僧舞〉,《청록집》, 66~68면.

　시상의 전개에서 본다면 각각 1·2·3연/4·5연/6·7연/8·9연으로 나누어 볼 수 있다.[27] 이 시의 제1연, 제2연, 제3연은 막 춤을 추려고 하는 여승의 모습을 묘사하고 있다. 먼저 '얇은 사 하이얀 고깔'이라고 하여, 춤을 추려는 여승의 고깔을 묘사하고, '파르라니 깎은 머리', '두 볼에 흐르는 빛'이라고 하여, 고깔 속의 두 볼을 묘사하고 있다. 여기서는 인물을 묘사하고 있기는 하지만, '고깔 → 머리 → 두 볼' 등 주로 목 위의 얼굴과 머리의 세부 묘사에 치중하고 있다. 제4연에서는 '빈 대에 황촉불이 말없이 녹는 밤'이라 하여, '밤'이라는 시간적 배경과 '빈 대'라는 공간적 배경을 묘사하고 있다. 묘사가 부분에서 전체로 확대되고 있다.

　특히 제4연에서는 '오동잎 잎새마다 달이 지는데'라고 하여, 한시 전통을 느끼게 해 주는 이미지로 시간적 배경을 묘사하고 있다.[28] 제5연에서는 '소매'와 '버선'을 묘사하고 있다. '소매가 길어서', '하늘이 넓은' 것으로 느껴진다며 '소매'를 묘사하고, '돌아설 듯 날아가며 사뿐히 접어 올린' 모양의 '버선'을 묘사하고 있다. '외씨 보선'에 집약되고 있는 선의 미학은 조지훈이 작시 과정을 통하여 가장 고심했던 대목이라 알려져 있다. '외씨 보선'의 묘사를 통하여 조지훈은 궁극적으로 사찰의 기와지붕이나 탑의 곡선 등 선의 미학을 압축적으로 드러내고자 했다.[29] 제1연, 제2연, 제3연이 인물의 고깔, 머리, 얼굴에 묘사가 집중되었다면 제4

---

27) 최동호는 이 시의 시상 전개가 네 단계를 거친다고 보고, 기승전결의 구성을 볼 수 있다고 했다. 최동호, 〈조지훈의 '승무'와 '범종'〉,《평정의 시학을 위하여》(서울 : 민음사, 1991), 73면. 여기서는 한걸음 더 나아가 네 가지 의미 단락을 유사성이 있는 것끼리 다시 묶어 두 개의 의미 단락으로 나누고 거기에 의미를 부여하여 전경후회의 장법으로 구성된 것을 밝혀 보고자 한다.

28) 김용직,《해방기 한국 시문학사》(서울 : 민음사, 1989), 281면.

29) 박철희·김시태 편,《현대시의 이해》(서울 : 문학과비평사, 1990), 225~229면.

연, 제5연에서는 무대의 시·공간적 배경과 인물의 '소매'와 '버선' 등으로 묘사가 확대되었다는 차이점이 있다.

그런데 제6연과 제7연에 오면 달라진다. 제6연에 오면, 비로소 그동안 정태적 이미지에 머물러 있던 묘사가 역동적 이미지로 바뀐다. 춤을 추는 시적 주체가 여기에 와서, '까만 눈동자 살포시 들어', '먼 하늘 한 개 별빛에 모도오'면서 춤사위를 시작하는 것이다. 그래서 제7연 '복사꽃 고운 뺨'에 '아롱질듯 두 방울'이 흘러내리는 것이다. '두 방울'은 눈물만 뜻하지 않고, 땀방울도 뜻하는 것이 아닌가 한다. '눈물'과 '땀방울'의 대유라 할 수 있다. 시의 화자가 보기에는 춤사위를 통해서 흘리는 '눈물'과 '땀방울'은 '세사에 시달린 번뇌'를 '별빛'으로 바꾼다고 보는 것이다. 춤사위가 시작되면서 외양 묘사가 내면적 고뇌의 묘사로 바뀌고 있다.

제8연과 제9연은 춤사위가 이어짐을 보여주고 있다. 제8연의 '휘어져 감기우고 다시 접어 뻗는 손'은 춤사위의 이어짐을 말해 주는 것이다. 그리고 이 춤사위는 그냥 춤사위가 아니라 '거룩한 合掌이냥 하고' 했다. 춤사위를 '合掌이냥 하고' 했다는 것은 그만큼 경건하고 진실한 마음으로 춤사위를 했다는 것이다. 제9연에서는 춤을 추고 있는 시간적 배경을 구체적으로 밝혀주면서 계속되는 춤사위를 나타내고 있다. '이밤사 귀또리도 지새는 三更'이라고 하여 춤이 계속되자, '귀또리'마저도 삼경에 이르러서도 잠을 이루지 못하고 함께 지새고 있음을 보여주고 있다. '번뇌'를 '초극'하기 위한 춤은 완결된 것이 아니라 계속되고 있음을 보여주는 것이다. 대부분의 논자들이 제8연과 제9연에서 춤이 마무리된다고 보았으나 이는 잘못이다. 〈僧舞〉에서의 춤은 작품 안에서는 마무리가 되지 않고 끝없이 이어지고 있다. 따라서 〈僧舞〉는 완결의 형식이 아니라 개방의 형식이다. 제8연과 제9연은 본격적인 춤의 계속을 보여주고 있다.

이렇게 네 단락의 의미 단위로 나눌 수 있으나, 유사성에 따라 묶어보면 두 개의 의미 단락으로 묶을 수 있다. 이를 설명하기 위해서는 이

시의 율격을 분석하여 제시하는 게 좋을 것이다. 이 시를 음보 단위로
분석하여 띄어쓰기를 해 보면 다음과 같다.

얇은紗   하이얀고깔은
고이접어서   나빌레라

파르라니   깎은머리
薄紗고깔에   감추오고

두볼에   흐르는빛이
정작으로   고아서서러워라

빈臺에   黃燭불이   말없이   녹는밤에
오동잎   잎새마다   달이   지는데

소매는   길어서   하늘은   넓고
돌아설듯   날아가며   사뿐이접어올린 외씨보선이여

까만   눈동자   살포시   들어
먼하늘   한개   별빛에   모도우고

복사꽃   고운뺨에   아롱질듯 두방울이야
세사에   시달려도   煩惱는   별빛이라

휘여져   감기우고   다시접어 뻗는손이
깊은   마음속   거룩한   合掌이냥하고

이밤사   귀또리도   지새는   三更인데
얇은紗   하이얀고깔은 고이접어서 나빌레라

한두 군데 자의적이라는 지적을 받을 수 있는 부분도 있지만 대체로
위와 같은 율격적 질서가 드러나고 있다. 그 질서란 제1연, 제2연, 제3
연은 2음보로 되어 있고, 제4연, 제5연, 제6연, 제7연, 제8연, 제9연은 모
두 2음보가 중첩이 된 4음보로 되어 있다는 점이다. 이 시는 2음보를 기
본으로 하되, 음보 중첩에 의한 변형을 시도하고 있다. 이렇게 2음보를

기본으로 하면서도 2음보 중첩의 변형을 보여주는 것은 이 시의 시상 전개와 관련지어 볼 때 대단히 효과적이다. 그리고 전경후회의 章法에 따라 구성되고 있음도 알 수 있다.

제1연, 제2연, 제3연은 인물을 묘사하고 있긴 하나, 얼굴과 머리 등 부분적인 묘사를 하고 있다. 부분에 대한 묘사이다 보니 행의 길이가 길어지지 않아도 된다. 그러나 제4연과 제5연은 전체에 대한 시·공간적 배경에다 인물 묘사도 전체로 확대되고 있다. 이렇게 묘사가 확대되다 보니 자연 행의 길이가 늘어날 수밖에 없다. 이것을 2음보 중첩이라는 변형을 통하여 실현하고 있다. 그리고 제6연, 제7연은 춤사위의 시작을 알려준다는 점에서, 제8연, 제9연은 춤사위가 마무리되지 않고 이어진다는 점에서 2음보 중첩이 이루어지고 있다.

제1연에서 제5연까지는 춤을 추고자 하는 사람의 외양을 부분적이거나 전체적으로 묘사하는 데 치중하고, 아울러 춤을 추고자 하는 시·공간적 배경을 묘사하는 데 주력하고 있다. 이는 景의 제시라 할 수 있다. 춤을 추고자 하는 여승의 단장한 모습과 춤을 추는 시·공간적 배경을 묘사하고 있다는 점에서 장면 묘사에 주력하고 있다고 할 수 있다.

그리고 제6연에서 제9연까지에서는 춤사위의 시작과 계속을 보여주고 있으면서 그것이 지향하는 바의 내면적인 의미를 밝히고 있다. 그러니까 여기서는 화자의 情이 드러나고 있다고 볼 수 있다. 이 부분에서 행의 길이가 2음보의 중첩이라는 변형을 통하여 길어짐은 바로 내면적 고뇌를 담고자 하는 데 따른다.

'승무'란 잘 알려진 대로 예사로운 춤이 아니다. 승려의 옷차림을 하고 추는 춤이다. 그리고 이 시에서 배경 장면들도 예사롭지 않다. 배경이 '귀또리도 지새는 三更의 빈 臺'라는 사실에서 이것이 누구에게 보여주려는 춤이 아니라, 춤추는 사람 자신이 안고 있는 번뇌를 초극하기 위해서 추는 것이라고 볼 수 있다. 그런데 이 시의 주제는 제6연의 '세사에 시달려도 번뇌는 별빛'이라는 구절에 있다. 번뇌와 별빛이 둘이 아니라 하나임을 보여주고 있다.

3) 音律의 강조

조지훈의 현대시는 연 구성의 정형성과 전경후회의 장법을 통해서 한시의 표현기법을 매우 유효적절하게 활용하고 있으며, 음률을 강조하는 한시처럼 다양한 방법으로 음률을 창조해 보려는 노력을 보여주고 있다. 조지훈의 현대시가 음률과 밀접한 관계를 지니고 있는 것은 제목만 훑어봐도 알 수 있다. 〈舞鼓〉, 〈피리를 불면〉, 〈律客〉, 〈僧舞〉, 〈月光曲〉, 〈古調〉, 〈鷄林哀唱〉, 〈伽倻琴〉 등 춤이나 樂器 등을 소재로 한 시가 많으며, 調, 唱, 律 등의 말을 많이 쓰고 있다.[30]

그런데 조지훈은 음률을 강조하기는 했지만 평측과 같은 것은 우리 말의 자질상 실현이 불가능하다는 사실을 누구보다 잘 알고 있었다.

정형시는 시의 표현 형식에 어떤 규격을 정해 두고 그 율격 안에서 창작된 시를 가리키는 것이다. 바꿔 말하면 언어의 운율론적 생성을 위한 일정한 규범으로써 시정서의 표현을 유효하게 고조하려는 시의 한 방법이다. 그러므로, 정형시라 해도 그 일정한 율격은 국어의 성질의 상이에 따라 반드시 같지는 않으나 대개 '음성률', '음위율', '음수율'의 세 가지에 나눠지는 것이 보통이다. '음성률'이란 음의 성질, 곧 음의 '장단', '고저', '강약'을 가려서 배율하는 것이니 한시의 '평측법'이 그 일례요, '음위율'이란 음의 위치에, 곧 頭, 腰, 脚 어디에나 정해진 위치에 비슷한 음을 반복함으로써 이루는 음악적 율격이니 한시, 영시의 '압운법'이 그것이며, '음수율'은 음절의 수, 곧 字, 句, 行을 구성함에 일정한 수를 배열하는 율격이니 우리 시조도 그 한 예이다. 그러나 우리의 정형시에는 우리 국어의 성질상 서양 또는 중국의 시와 같이 엄격한 율격은 본래부터 없었다. 더욱이 '평측법'이란 것은 없었고 '압운법'이란 것도 두드러지지 않았으며 음수율은 매우 자유로워서 종장 초구 3자만이 엄격할 뿐 다른 자수의 가감은 고래로부터 盛用된 것이다.[31]

---

30) 오탁번, 《현대문학산고》(서울 : 고려대학교출판부, 1976), 184면.
31) 《조지훈전집》 2(서울 : 나남출판, 1996), 142~143면.

여기서 음률에 대한 조지훈의 인식을 알 수 있다. 그는 '평측법'은 우리 시가에는 없고 '압운법'은 두드러지지 않다고 보고 있다. 그러면서도 자신의 현대시에서 압운에 대한 다양한 시험을 거쳐 음률을 만들어내기 위해 고심한 흔적을 보여주고 있다.

> 닫힌 사립에
> 꽃잎이 떨리노니
>
> 구름에 싸인 집이
> 물소리도 스미노라.
>
> 단비 맞고 난초 잎은
> 새삼 치운데
>
> 볕바른 미닫이를
> 꿀벌이 스쳐간다.
>
> 바위는 제 자리에
> 옴찍 않노니
>
> 푸른 이끼 입음이
> 자랑스러라.
>
> 아스럼 흔들리는
> 소소리 바람
>
> 고사리 새순이
> 도르르 말린다.

〈山房〉,《청록집》, 61-63면.

이 시를 음보 단위로 띄어쓰기를 해 보면 다음과 같다.

1. 닫힌	사립에	꽃잎이	떨리노니
2. 구름에	싸인집이	물소리도	스미노라.
3. 단비맞고	난초잎은	새삼	치운데

```
4. 볕바른      미닫이를     꿀벌이      스쳐간다.
5. 바위는      제자리에     움찍       않노니
6. 푸른이끼    입음이       자랑       스러라.
7. 아스럼      흔들리는     소소리     바람
8. 고사리      새순이       도르르     말린다.
```

이렇게 음보단위로 띄어쓰기를 해 놓고 보면 이 시는 전체 8행이며, 각 행이 4음보를 기본으로 하고 있다. 한시의 경우 율시는 구 수가 8구로 고정되어 있다. 따라서 이 시가 8행으로 구성된 점은 율시의 작시 원리를 수용한 일면이라고 할 수 있다.

그런데 좀더 주의 깊게 살펴보면 이 시는 율시와 같이, 제2행, 제4행, 제6행, 제8행의 행말에다 'ㅏ'라는 동일 모음운을 쓰고 있다. 이는 일종의 押韻인 셈이다. 그리고 제2행, 제4행, 제6행, 제8행은 마침표가 찍혀 있다. 이는 조지훈이 제1행과 제2행, 제3행과 제4행, 제5행과 제6행, 제7행과 제8행을 각기 하나의 의미 연으로 파악한 것이 아닌가 한다. 결국 律詩가 首聯, 頷聯, 頸聯, 尾聯의 2행 1연으로 구성하고 있는 방식과 같다고 할 수 있다.

이런 까닭으로 〈山房〉은 한시의 시형과 압운법을 염두에 두고 창작되었다고 할 수 있다. 이 시가 매 행 4음보로 율격을 분석해 볼 수 있고, 전체가 8행으로 되어 있고, 제2행, 제4행, 제6행, 제8행에 어김없이 압운이 되어 있다는 점은 율시의 음률을 염두에 두고 창작된 것이라고 생각한다.

〈鷄林哀唱〉은 또 한시에서 詩韻을 활용하는 방법 가운데 하나인 同一韻을 사용하고 있다는 점에 관심을 끈다.

1
보리이랑 우거진 골 구으는 조각돌에
서라벌 즈믄해의 水晶하늘이 걸리었다

무너진 石塔우에 흰구름이 걸리었다

새소리 바람소리도 찬돌에 감기었다

잔띄우던 구비물에 떨어지는 복사꽃잎
玉笛소리 끊인 골에 흐느끼는 저풀피리

비가오나 눈이오나 瞻星臺 위에 서서
하늘을 우러르는 나의 넋이여!

2
사람가고 臺는 비어 봄풀만 푸르른데
풀밭 속 주추조차 비바람에 스러졌다

돌도 가는구나 구름과 같으온가
사람도 가는구나 풀잎과 같으온가

저녁놀 곱게 타는 이 들녘에
끊쳤다 이어지는 여울물 소리

무성한 찔레숲에 피를 흘리며
울어라 울어라 새여 내설움에 울어라 새여!

〈鷄林哀唱〉,《趙芝薰詩選》, 126~128면.

이 시에서 밑줄 친 부분은 押韻을 한 부분이다. 그런데 '1'의 압운을 '2'에서 그대로 따르고 있다.[32] 이는 한시에서 詩韻을 활용할 때 사용하는 동일운의 방식이다. 동일운이란 자기자신이 쓴 특정 시의 韻을 반복해서 사용하는 경우를 말한다. '1'에서 사용한 詩韻 'ㅔ·ㅏ·ㅑ·ㅏ·×·ㅣ·×·ㅕ'가 '2'에서도 그대로 사용되고 있다.[33] 현대시에서 동일운을 사용

---

32) 이 점은 지훈 자신도 술회하고 있다. 3·4조, 7·5조 혼용으로 '1'과 '2'는 완전히 같은 운을 밟고 있다. '1'은 '마의태자의 넋이 되어 지은 것', '2'는 '그 운을 따라 술회한 것이다'라고 스스로 밝혔다. 《조지훈전집》 2(서울 : 나남출판, 1996), 152면.

33) 오탁번은 이에 대해 "지훈은 또한 한국시에서는 드물게 음위율까지도 시험하고 있다. 〈계림애창〉에서 각운을 사용한 것이 좋은 본보기이다. 압운을 하게 되면 한시처럼 서로 화답할 수 있는데 지훈은 이 작품에서 신라 麻衣太子의 넋과 그에 화답하는 운을 밟고 있다. '하늘을 우러르는 나의 넋이여!'는 태자의 혼의 소리며

122

한 예는 이 시가 거의 유일한 예이다. 우리 현대시의 율격은 음수율이
나 음위율, 음성률이 아닌 단순 음보율로 잘 알려져 있다. 그리고 실제
작품에서 이처럼 동일운을 사용하는 예는 거의 드물다.

조지훈의 현대시에서 이러한 점이 보이는 것은 그가 한시에 정통해
있었고, 남달리 시에서 음률을 중시한 데서 온 것으로 여겨진다.[34] 〈鷄
林哀唱〉에서 볼 수 있는 동일운 사용의 시적 효과나 〈山房〉의 압운 시
험은 그 효과를 가늠해 내기는 쉽지 않다. 그렇지만 두 경우에서 조지
훈이 한시의 음률 강조를 그의 현대시에서 실현해 보기 위해 다양한 모
색을 하고 있다는 점만은 분명히 확인해 볼 수 있다.

음률의 강조와는 또 다른 측면이지만 한시의 시형에서 작시 원리를
시사받아 시형에 대한 시험을 모색하고 있는 작품도 있어 주목된다. 한
시 가운데 1자 2구로 시작하여, 2·3·4·5·6·7자 각 2구로 한 자씩 더하
여 짓는 시체를 보탑시라고 한다. 19자 2구로 된 것도 있다. 김억은 이
를 層詩로 이름지어 불렀다.[35] 조지훈의 현대시 가운데 〈白蝶〉은 한시

'울어라 울어라 새여 내 설움에 울어라 새여'는 그에 화답하는 운으로 '여'라는 각
운을 사용하고 있다"고 지적하였다. 오탁번, 《현대문학산고》(서울 : 고려대학교
출판부, 1976), 182면. 그런데 이를 이 시의 '1부'에서 압운한 것을 '2부'에서 그대
로 되풀이하고 있다는 점에서 동일운의 원리를 사용하고 있다고 볼 수 있다.
34) "오늘의 시가 시각적 이미지를 사랑하는 것은 나도 안다. 그러나 우리는 祖先의
노래하기 좋아하는 遺風을 받아 지금의 서정시가 노래하는 정신을 잃지 않아야
할 것을 깨달을 때가 왔다"라고 하여 시에서 음률을 중시해야 하는 까닭을 말하
고 있다.《조지훈전집》2(서울 : 나남출판, 1996), 195면.
35) '層詩'라는 용어는 金岸曙가 朝鮮朝 名技 雲楚의 〈別思〉를 소개하면서 썼다. 金
相洪은 이는 잘못이며 寶塔詩라고 해야 한다고 했다. 김상홍, 《한국한시론과 실
학파문학》(서울 : 계명문화사, 1989), 31~46면.
그러나 層詩란 句의 증가에 따라 글자가 비례적으로 늘어나 층계식 구성이 되는
한시의 일종으로 우리나라에서는 불가 한시에서 비롯되었다. 慧諶의 從一至十韻
이나 沖止의 從一至七의 層詩가 있다. 이종찬, 《한국불가시문학사론》(서울 : 불
광, 1993), 123면.
따라서 여기서는 層詩라는 용어를 사용하기로 한다. 그리고 이 시가 현대의 모
더니즘적 수법에 의해 쓰여진 것이 아니라 이러한 한시의 전통에 따라 쓰여졌다
는 것은 김상홍, 같은 책, 44~45면과 최태호, 《현대시와 한시 — 만해·지훈의 한

의 層詩 전통을 잇고 있다.

한
노래
별섬겨
꽃피는밤
작은葬送譜
가슴가을되고
기쁜노래숨진 뒤
조촐히사라진白蝶
너는갔구나잊히지않는
하이얀花瓣고운喪章아
병들거라아픈가슴
가슴에눈물지고
정가로운눈물
고요히지라
슬픈피리
불다가
꽃진
밤

　　　　　　　　　　　　〈白蝶〉, 《조지훈전집》 1, 279면.

　이 시는 1자로 시작하여 8자, 10자까지 그 다음은 다시 10, 8자에서
1자로 끝을 맺고 있다. 시각적으로 우선 날개를 편 흰 나비 모양을 하고
있다. 이로 보아 조지훈은 層詩에 대한 이해가 있었던 것이 분명하다.
서익환은 이 시는 조지훈이 동인으로 참가한 동인지 《白紙》에 발표한
시로서, 그가 습작기에 실험적으로 시도한 두 가지 양상인 심미적 성격
과 모더니즘적 성격을 공유한 시라 할 수 있다고 지적했다.[36] 물론 이러

──────────

시를 중심으로》(서울 : 은하출판사, 1994), 221~225면에 의해 거듭 지적되었다.
36) 서익환, 《조지훈 시 연구》(서울 : 우리문학사, 1991), 61면.

한 측면도 전혀 무시할 수는 없을 것이다.

조지훈의 현대시가 보여주고 있는 한시 기법과의 상관관계는 매우 밀접하다고 할 수 있다. 먼저 연 구성의 정형성을 통하여 시형의 짜임을 견고하게 하고 있으며 근체시 구성 방법의 하나인 전경후회의 장법을 현대시에 고스란히 원용하고 있다. 다음으로는 성률과 압운을 중시하는 한시의 영향을 받아 음률을 다양하게 모색해 보고 있다. 그는 실제로 극단적인 압운의 시험이라 볼 수 있는 동일운도 보여주고 있다. 이는 그가 한시의 성률, 압운에 매우 정통해 있었고, 이를 현대시의 작시 원리로 활용해 보고자 고심한 것을 보여준다. 마지막으로 고려시대 불가 한시에서 볼 수 있던 층시를 새로운 시형으로 시도해 본 것도 그의 현대시가 기법면에서 한시와 긴밀한 상관관계를 보여주는 것이라 할 수 있다.

3. 김종길

1) 연 구성의 정형성

김종길은 1947년 정지용이 심사를 맡은 경향신문 신춘문예에 〈門〉이 당선되어 시단에 나온 이래 50년이 넘는 詩歷을 보여주고 있다. 김종길은 엄격한 자기 기준 아래 시를 발표한 결과, 50년이 넘는 詩歷에도 불구하고 시선집이나 전집 형태의 작품집 말고 순수한 신작 시집은 단 두 권밖에 내지 않았다.[37] 김종길은 작품의 절대량에서는 제각기 일가를 이룬 다른 시인들에 비해 적은 편이지만, 오히려 수준 높은 좋은

---

37) 김종길이 지금까지 낸 작품집으로는 《성탄제》(서울 : 삼애사, 1969), 《하회에서》(서울 : 민음사, 1977), 《황사현상》(서울 : 민음사, 1986), 《천지현황》(서울 : 미래사, 1991), 《달맞이꽃》(서울 : 민음사, 1997)이 있다. 이 가운데 《성탄제》와 《달맞이꽃》만 신작 시집일 뿐 나머지는 시선집이나 전집의 형태로 출간되었다.

시는 더 많이 남기고 있다. 어떻게 이런 일이 가능한가. 그것은 김종길
의 현대시가 한시로부터 풍성한 자산을 물려받고 있기 때문이라고 생
각한다. 김종길은 서양문학에 대한 탄탄한 학문적 식견을 갖고, 대학에
서 정년 퇴임할 때까지 서양문학, 특히 영미시를 강의하는 한편, 영미의
문학이론을 우리 현대시 분석에 실제적으로 적용하기도 했다. 그는 동
서양 문학에 두루 정통해 있었으면서도, 특히 한시 전통이 우리 현대시
의 소중한 자산임을, 스스로의 작품을 통해서 입증해 주었다. 이 점이야
말로 매우 주목된다.

　김종길의 현대시가 한시와 밀접한 상관성이 있다는 단편적인 언급은
있었다.[38] 이에 대한 충분한 검토는 지금까지 이루어지지 않고 있다. 김
종길의 현대시는 한시와의 상관성을 검토해 보아야만 온전한 실체를
우리 앞에 보여줄 것이라 생각한다. 여기서는 김종길의 현대시가 지닌
한시 기법과의 상관성, 그 가운데서도 한시 형식의 수용, 대구의 기법,
이미지 중시 등에 초점을 맞추어 검토해 보고자 한다.

　김종길은 자기 현대시의 형식에 대해서 스스로 다음 세 가지 유형으
로 정리할 수 있다고 했다.[39]

　(가) 연 구분을 한 경우
　(나) 연 구분을 하지 않은 경우
　(다) 연 구분을 하되, 연을 구성하고 있는 행의 수가 일정한 경우

　여기서 한시 시형의 수용과 밀접한 상관성이 있다고 볼 수 있는 것은

---

38) 이남호, 〈명징성과 염결성〉, 김종길, 《천지현황》(서울 : 미래사, 1991) ; 〈김종
　　길 시인의 시 ―《달맞이꽃》을 중심으로〉, 《현대시학》 1998년 3월호 ; 김용직,
　　〈김종길 시인 시력 50년〉, 《현대시학》 1998년 3월호 기획특집 대담 ; 정민, 같은
　　책 기획특집 대담 ; 최동호, 〈유가적 인본주의와 현대적 고고〉, 《삶의 깊이와 시
　　적 상상》(서울 : 민음사, 1995) ; 김선학, 〈엄숙함과 경건함과 품격 그리고 어조〉,
　　《문학과 의식》 1998년 가을호, 통권 41호.
39) 김종길, 《시와 시인들》(서울 : 민음사, 1997), 183면.

(다)의 경우라 할 수 있다. 김종길은 1986년까지 발표한 전작을 《황사
현상》에, 그 뒤에 발표한 시를 《달맞이꽃》에 정리해 두었다. 이 두 작
품집에 수록된 작품들 가운데 (다)의 경우에 해당되는 작품을 들어보면
다음과 같다.

① 《황사현상》

〈滿發〉(5연 2행), 〈雪夜〉(6연 2행), 〈노을〉(4연 3행), 〈聖誕祭〉(10연 2
행), 〈靑馬先生 追悼〉(4연 4행), 〈地中海所見〉(4연 3행), 〈中年〉(3연 5
행), 〈수국〉(6연 2행), 〈新處士歌〉(6연 3행), 〈오디〉(4연 3행), 〈乾柿빛
귀를 가진 銀髮의 同胞여〉(9연 3행), 〈벗에게〉(6연 2행), 〈公州에서〉(5
연 2행), 〈구계 할아버지〉(7연 2행), (모두 14편).

② 《달맞이꽃》

〈매화〉(5연 3행), 〈봄을 기다리며〉(4연 3행), 〈오칠조〉(6연 3행), 〈풀꽃〉
(5연 3행), 〈칠오조〉(8연 3행), 〈남행길〉(5연 2행), 〈파탄〉(6연 2행), 〈등꽃
그늘〉(6연 4행), 〈칠월〉(8연 2행), 〈또 한 여름〉(8연 2행), 〈가을 편지
1〉(4연 3행), 〈등잔불〉(5연 2행), 〈遺骸〉(5연 3행), 〈인형〉(3연 3행), 〈夜
景〉(4연 3행), 〈寒椿〉(5연 3행), 〈귀로〉(6연 3행), 〈솔개〉(5연 3행), 〈셰
이머스 히니에게 2〉(6연 3행), 〈초석〉(6연 3행), 〈등꽃〉(5연 3행), 〈판문
점에서〉(9연 3행), 〈비행기 위에서〉(5연 3행), 〈레돈도 부둣가에서〉(6연
3행), 〈落照〉(5연 3행), 〈음성〉(5연 3행), 〈얼굴〉(4연 3행), (모두 27편).

위의 작품들은 모두 연을 구성하고 있는 행의 수가 일정한 경우이기
때문에 이는 한시의 시형을 그대로 수용하고 있는 경우라 할 수 있다.
단연시이면서 연을 구성하고 있는 행의 수가 일정한 경우도 생각해 볼
수 있는데 김종길의 작품에서 실제로 이런 경우는 볼 수 없다.
　더욱 주목되는 점은 한시 시형을 그대로 수용하기만 한 것이 아니라
창조적인 변형을 하고 있는 경우이다.

중곡동
김형댁의
영산홍 꽃을

올해도
해질녘에
돌아보고는,

앞으로
몇 번이나
저 꽃을 볼까

둘이서
쓸쓸하게
웃고 왔더니,

수유리
내 집에선
초저녁부터

귀촉도
울음소리
들리어 오네

앞으로
몇 번이나
듣겠느냐고

귀촉도
울음소리
들리어 오네

〈칠오조〉, 《달맞이꽃》, 21~22면.

이 시는 한시 시형의 변형을 보여주고 있다. 이 시를 음보 단위로 띄어쓰기를 해 보면 다음과 같이 표기할 수 있다.

중곡동	김형택의	영산홍꽃을
올해도	해질녘에	돌아보고는,
앞으로	몇번이나	저꽃을볼까
둘이서	쓸쓸하게	웃고왔더니,

수유리	내집에선	초저녁부터
귀촉도	울음소리	들리어오네
앞으로	몇번이나	듣겠느냐고
귀촉도	울음소리	들리어오네

이렇게 음보 단위로 분석해 놓고 보면 첫째 수와 둘째 수가 모두 4행 3음보 형태임을 볼 수 있다. 4행 3음보는 앞에서 보았듯이 5언 절구의 번역체이다. 따라서 이 시는 5언 절구 두 수의 연작 형태를 지니고 있다. 물론 이 시에서 압운이나 평측과 같은 것을 지적할 수는 없다. 그러나 첫째 수나 둘째 수 모두 4행으로 되어 있고, 각 행은 3음보의 율격 정형을 보여주고 있기 때문에 5언 절구 연작으로 파악하는 데 전혀 무리가 아니다.

그런데 이 시는 위에서 볼 수 있는 바와 같이 5언 절구의 형태로 표기하지 않고, 음보 분단의 방법을 통해 변형을 시도했다. 매 행 3음보를 음보 분단이라는 변형을 통하여 1음보씩 하나의 행으로 배치하고 있다. 이렇게 한 것은 음보 단위로 하나하나의 비중을 동일하게 하고 싶다는 뜻이다. 또한 음보 분단을 여러 번하여 깊이 사색하지 못하고 흔들리고 있는 마음의 상태를 보여주고 있다. 차분하게 가라앉은 상태를 표현한 것이 아니라, 불안정한 마음을 표현하기 위해서 3음보격의 규칙적인 음보 배치를 이렇게 음보 분단의 방법을 통해 변형시킨 것이다. 특히 3음보 가운데 마지막 음보는 음절수가 다른 음보보다 많다. 이는 '뒤가 무거운 음보'라 할 수 있다.[40] 화자의 불안정한 마음을 나타내는 데는 3음보의 율격이 알맞고, 더욱이 무겁고 착잡한 심정을 나타내기에는 '뒤가 무거운 음보'가 제격이다.

이 시의 화자가 차분한 마음을 갖지 못하고 불안정한 마음을 갖게 된 데는 나이가 들고, 늙어감에 따라 자연스럽게 갖게 되는 죽음의식 탓이다. 이 시의 첫째 수는 김형 댁에서 느낀 감회가 중심이 되고 있다. '영산홍'과 '나와 김형'을 대비시키고 있다. '영산홍'은 해마다 절정을 보여줄 수 있다. 그 절정은 다름 아닌 꽃을 피우는 일이다. 그러나 나와 김형에게는 절정의 날은 이미 가고 다시 돌아오지 않는다. '나'와 '김형'은 한 번뿐인 삶을 살고 있지만 '영산홍'은 그렇지 않다. 봄이 오면 다시 꽃을 피우는 것이다. 일종의 사라짐과 되풀이됨의 대비라 할 수 있다.

둘째 수는 내 집으로 돌아와서 느낀 감회가 중심이 되고 있다. '두견새 울음소리'를 통해 시의 화자가 늘그막에 이르렀다는 것을 대비시켜 주고 있다. 두견새는 거듭거듭 울겠지만 시의 화자는 그 울음을 몇 번이나 들을 수 있겠느냐는 것이다. '거듭거듭 울 수 있는 두견새'와 '한 번뿐인 삶을 살고 있는 나와 김형'을 다시 한 번 대비시키고 있다. 이에 따른 무상감의 표현이다.

세상에는 되풀이되는 것과 사라지는 것이 있고, '영산홍과 두견새'는 되풀이되는 것의 영역에 속하나, '나와 김형'은 사라짐의 영역에 속한다는 것이 시의 화자로 하여금 차분한 심정이 되게 하지 못한다. 시의 화자가 봄날 저녁에 느끼는 이런 생각은 생동의 계절이라는 상황과 맞물려 더욱 선명히 대비되고 있다. 그리고 이런 생각이 한 번만 일어나고 있는 게 아니라 거듭해서 일어나고 있음을 근체시형의 변형을 통해서 보여주고 있다. 근체시의 시형은 견고하고 안정적이지만 이 시는 화자의 이러한 심정을 드러내기 위해서 견고하고 안정적인 근체시의 시형에 변형을 가했다. 4행 3음보의 5언 절구 형태의 시를 음보 분단이라는 방법을 통하여 3음보를 3행 1연이 되도록 했다. 오세영은 이를 등장분절시행으로 이루어진 단순연이라 했다.[40] 이 시는 첫째 수, 둘째 수 모두

---

40) 조동일, 《한국민요의 전통과 시가율격》(서울 : 지식산업사, 1996), 292면.

이러한 단순연이 네 차례씩 되풀이되도록 했다. 이는 되풀이와 사라짐의 대비로 무상감이라는 단순한 생각이 한 차례에 그치지 않고 여러 차례 거듭거듭 일어남을 보여주는 데 효과적으로 기여하고 있다. 이는 한시 시형을 그대로 수용하지 않고 변형해서 얻은 효과이다.

예성강 너머
연백들 마른 흙을
이른 봄 햇살 오늘도 덥히는가

배천 온천장
가는 하얀 연기
시름겨웁게 오늘도 오르는가

물 빠진 도랑
청회색 진흙 바닥
소금 실어온 작은 돛배 하나,

주인도 없이
때 묻은 황포 돛이
호박꽃처럼 시들어 누웠는가.

벼 한 사발과
바꾸던 굴 한 사발,
헛간 잿더미 그대로 뒷간이던,

송씨네 집의
두둑한 초가 지붕,
이른 봄 햇살 오늘도 덥히는가.

〈오칠조〉, 《달맞이꽃》, 15~16면.

이 시도 한시의 시형을 그대로 수용하지 않고 변형을 하고 있다는 점

---

41) 오세영, 《한국 현대시의 분석적 읽기》(서울 : 고려대학교출판부, 1998), 40~41
면 참조.

에서 주목된다. 전체 6연으로 되어 있고, 각 연은 3행씩 규칙적으로 짜여져 있다. 그런데 음보 단위로 띄어쓰기를 해서 표기해 보면 다음과 같다.

1. 예성강너머	연백들	마른흙을
2. 이른봄햇살	오늘도	덥히는가
3. 배천온천장	가는	하얀연기
4. 시름겨웁게	오늘도	오르는가
5. 물빠진도랑	청회색	진흙바닥
6. 소금실어온	작은	돛배하나,
7. 주인도없이	때묻은	황포돛이
8. 호박꽃처럼	시들어	누웠는가.
9. 벼한사발과	바꾸던	굴한사발,
10. 헛간잿더미	그대로	뒷간이던,
11. 송씨네집의	두둑한	초가지붕,
12. 이른봄햇살	오늘도	덥히는가.

이렇게 음보 단위로 분석해서 표기해 놓고 보면, 이는 한시 가운데서도 6운 12구의 배율 한 편을 번역해 놓은 형태임을 금세 알 수 있다. 매 행이 3음보로 되어 있다는 점에서 5언 배율의 번역 형태라 할 수 있다. 이 시는 배율에서처럼 제2구(ㅏ), 제4구(ㅏ), 제6구(ㅏ), 제8구(ㅏ), 제10구(여기는 운을 달지 않고 있다), 제12구(ㅏ)에 운을 달아놓고 있다. 그런데 배율 형태의 단순한 답습에 그치지 않고, 음보 분단의 방식을 통해서 창조적으로 변형하고 있다. 절구·율시·배율은 구의 수, 다시 말하면 행의 수가 고정되어 있으면서 반드시 짝수를 이루고 있는 것이 특징이다.

또한 시 전편을 이루고 있는 연의 수는 짝수이나 각 연을 이루고 있는 행의 수에서는 홀수를 택하고 있다. 시 전편을 구성하고 있는 연의

132

수에서는 짝수를 택해 전체적으로 진중한 분위기를 느끼게 해 주면서, 각 연을 3행씩 구성해 무상감에 따르는 마음의 흔들림을 내보이고 있다. 짝수로 전체 시를 구성하고, 연 구성은 홀수로 하여 긴장과 대립, 안정과 변화를 한꺼번에 보여주고 있다. 달리 설명하면 시 전편을 구성하고 있는 연은 6연으로 대칭이 되게 하고, 각 연을 구성하고 있는 행은 3행으로 비대칭이 되게 했다. 시 구성과 연 구성이 다 대칭이면 안정이 지나쳐 너무 가라앉으며, 양쪽 다 비대칭이면 긴장이 지나치고 너무 들뜬다. 한쪽이 비대칭이면 다른 쪽은 대칭이어야 안정된 가운데 긴장이 있고, 긴장 속에 안정이 있다.[42]

이 시 역시 〈칠오조〉에서와 같이 한시 시형을 그대로 수용하고 있는 것이 아니라 한시 시형을 변형시키고 있음을 알 수 있다. 모두 6연으로 이루어진 이 시의 경우, 각 연이 3행씩 되어 있고, 3행 1연으로 된 연 구성의 정형성을 지적할 수 있다. 3행 1연의 연 구성도 잘 들여다보면 첫 행은 1음보, 둘째 행은 2음보, 셋째 행은 3음보로 구성되어 있고, 이러한 구성은 전체 6연에 걸쳐 반복되고 있다. 이는 혼합 중복연이라 할 수 있다.[43]

이러한 형식상의 특징은 시의 내용과도 긴밀히 맞물려 있다. 이 시의

---

42) 조동일은 근체시의 엄격한 규칙을 이렇게 설명하고 있다. "한 줄이 4음절 형식은 2/2//로 나누어지는 대칭형식이다. 2/3//의 5음절 형식이나 4/3//의 7음절 형식은 비대칭형식이다. 대칭형식은 같은 방식으로 되풀이되는 노동이나 보행의 율동이고, 비대칭형식은 신체의 자연스러운 움직임을 그대로 두지 않고 특정한 방법에 따라 재조절하고, 인위적인 질서를 만들어 긴장을 조성하는 무용의 율동이다. '시'를 '노래'에서 분리시키기 위해서는 비대칭형식을 만들 필요가 있다. 5음절 형식이나 7음절 형식이 비대칭이기만 한 것은 아니다. 음절수는 비대칭이지만, 시 한 편을 이루는 행수는 4행이나 8행이어서 대칭이다. 비대칭은 대칭과 공존해야 한다. 양쪽 다 대칭이면 안정이 지나쳐 너무 가라앉으며, 양쪽 다 비대칭이면 긴장이 지나치고 너무 들뜬다. 한쪽이 비대칭이면 다른 쪽은 대칭이어야 안정된 가운데 긴장이 있고, 긴장 속에 안정이 있다. 그런 질서가 근체시에 이르러서 명확하게 된 것도 특기할 만한 사실이다." 조동일, 《하나이면서 여럿인 동아시아문학》(서울 : 지식산업사, 1999), 318~319면.
43) 오세영, 앞의 책, 주 41) 참조.

화자는 실향민이다. 화자가 예성강 너머 연백들에 있었을 것으로 짐작되는 고향 마을을 그리고 있다는 점에서 그렇게 볼 수 있다. 그곳은 배천 온천장 가까운 곳이고, 소금을 실은 황포돛배가 드나들던 곳이다. 이웃에는 송씨의 초가집이 있었던가 보다. 아마도 송씨의 초가집을 떠올려 본 것으로 보아 화자의 집도 초가집이 아니었던가 한다. 그리고 그가 떠올리고 있는 고향 풍경은 최근이 아니라 오래된 풍경이다. 소금을 실어 나르던 '황포돛배', '초가집' 등이 이를 말해 준다. 황포돛배가 나오는 것으로 보아, 화자의 고향집은 예성강 근처에 있었다고 보아진다. 그런데 시의 화자는 고향을 떠나 객지에서 나그네 생활을 한지 오래되었나 보다. 객지에서 나그네로 떠돌다 보니 늘 고향에 대한 향수를 간직하면서 살아가고 있을 것이다. 화자가 늘 간직하고 있는 향수에 불을 지핀 것은 '봄 햇살' 아니, 따사로운 봄 햇살 속에 펼쳐지고 있는 지금 이곳의 봄 풍경이다.

혼합 중복연으로 반복되고 있는 각 연의 구성 방식은 이 시의 내용을 담기에는 적절한 형식이다. 전체 6연을 똑같은 형태로 반복하는 것은 각 연에서 말하고 있는 내용들을 똑같은 비중으로 강조하고 싶다는 말이다. 화자가 회상하고 있는 고향의 풍광은 어느 것 하나 소중하지 않은 것이 없다. 그것은 반복형식의 연 배열을 통하여 나타내고 있다. '예성강 너머 연백들 마른 흙', '배천 온천장 가는 하얀 연기', '물 빠진 도랑 청회색 진흙 바닥', '소금 실어온 돛배', '황포 돛', '굴 한 사발', '뒷간', '송씨네 집 초가 지붕' 등이 동일한 가치로 소중하고 아름다운 추억 속의 풍경임을 말해 주고 있다.

〈오칠조〉에서 볼 수 있는 한시 배율 형식의 이러한 창조적 변형은 시인이 표층 의식으로는 미리 헤아리지 못했다 하더라도 심층 의식으로는 치밀한 계산 아래 이룬 것이라 할 수 있다. 심층 의식으로 시 표현의 효과를 극대화할 수 있었던 것은 이 시인이 한시 형식에 정통해 있었기 때문이라 할 수 있다. 김종길의 한시 세계에서 보았듯이 절구나 율시 등의 한시를 직접 창작해 본 체험에서 힘입은 바 크다고 하겠다.

그런데 김종길의 현대시는 연 구성에서만 정형성을 보여주는 것이 아니라 시 구성에서도 몇 가지 형태의 정형성을 보여주고 있다. 한 편의 작품을 구성하는 연의 수는 3연에서 10연까지 두루 보이지만, 빈도 수가 많은 것은 4연, 5연, 6연이다. 특히 4연으로 구성된 작품의 수가 많다. 그리고 4연으로 구성된 작품들은 대부분 한시의 구성원리인 기승전결의 구성원리를 보여주고 있다. 이것이 김종길 시의 형식적 견고함을 배가시키고 있다.

김종길의 현대시는 한시의 형식을 수용하면서도 그대로 수용하기만 한 것이 아니라 창조적으로 변형하고 있다. 김종길이 다른 현대시인들과는 달리 이렇게 할 수 있었던 까닭은 무엇보다도 그 자신이 직접 한시를 쓰고, 한시의 전통으로부터 많은 자양을 취했기 때문이다. 특히 한시의 엄격한 규칙과 질서를 자기 것으로 충분히 육화하고, 그것을 바탕으로 새로이 질서 변형을 이룰 수 있었기 때문이라 할 수 있다.

2) 대구의 기법

대구(對句)의 기법은 율시에서는 필수적인 기법이다. 기승전결의 구성에 따라 율시는 승에 해당하는 함련과 전에 해당하는 경련은 반드시 두 구가 대구로 짜여지도록 하고 있다. 절구에서는 율시와 달리 대구가 필연적이지는 않지만 곧잘 사용되고 있다.[44] 대구의 기법은 의미를 집

---

44) 對句는 한시론에서는 對仗이나 對偶라고도 하는데, '對'는 '相對'란 뜻이며 '仗'은 '儀仗'에서 취해 온 말이다. '對仗'이란 '相對해 있는 儀仗'의 준말이다. 홍우흠, 《한시론》(경산 : 영남대학교출판부, 1991), 278면. 또, 서로 상대되거나 상대 또는 상사한 의미의 어구를 자수와 어법이 같게 대칭을 이루게 하는 것을 일반적으로 말한다. 이동향, 〈당시의 수사 연구〉, 《중국문학》 제25집(서울 : 중국문학회, 1996), 117면.

한시론에 나오는 이 용어가 대구로 일반화되어 있어 여기서는 널리 알려져 있는 대로 대구로 쓴다. 그러나 대장이나 대우라고 해야 마땅하지 대구로 쓰는 것은 잘못이라는 지적도 있다. 근체시에서 出句(1·3·5·7句)의 상대되는 구를 對句(2·4·6·8句)라고 하기 때문에 자칫 오해의 소지가 있다는 것이다. 김상홍, 《한시의 이론》

중시키고 시의 내용과 정서를 밀도 있게 해 주는 장점이 있다. 대구 기법의 사용이란 측면에서 주목되는 작품은 〈聖誕祭〉와 〈風景〉이 대표적이다.

어두운 방 안엔
바알간 숯불이 피고,

외로이 늙으신 할머니가
애처로이 잦아가는 어린 목숨을 지키고 계시었다.

이윽고 눈 속을
아버지가 약을 가지고 돌아오시었다

아 아버지가 눈을 헤치고 따 오신
그 붉은 산수유 열매 ―

나는 한 마리 어린 짐생,
젊은 아버지의 서느런 옷자락에
열로 상기한 볼을 말없이 부비는 것이었다.

이따금 뒷문을 눈이 치고 있었다.
그날 밤이 어쩌면 성탄제의 밤이었을지도 모른다.

어느 새 나도
그때의 아버지만큼 나이를 먹었다.

옛 것이란 거의 찾아볼 길 없는
성탄제 가까운 도시에는
이제 반가운 그 옛날의 것이 내리는데

서러운 서른 살 나의 이마에
불현듯 아버지의 서느런 옷자락을 느끼는 것은,

눈 속에 따 오신 산수유 붉은 알알이

(서울 : 고려대학교출판부, 1997), 122면.

　　아직도 내 혈액 속에 녹아 흐르는 까닭일까.

〈聖誕祭〉, 《황사현상》, 27~28면.

　전체가 10연인데, 이 가운데서 제5연과 제8연은 3행으로 이루어져 있지만 나머지 연은 모두 2행으로 연 구성의 정형을 보여주고 있다. 제5연과 제8연도 2행 1연의 연 구성 방식에 대한 변형이라 할 수 있기 때문에 전체적으로 보아 2행 1연의 연 구성 방식을 취하고 있다고 해도 그리 무리가 없겠다. 한 편의 시는 '음절 → 음보 → 행 → 연 → 시'로 된다. 시에서 연 구성이 정형성을 띤다면 연이 모여서 이루어지는 한 편의 시 전체도 정형의 틀을 보여주고 있다고 할 수 있다. 이 시는 연 구성의 정형성을 보여주기 때문에 결과적으로 전체 시도 정형성을 띠고 있다고 할 수 있다.

　그런데 얼핏 보면 이 시는 한시와는 아무런 상관이 없는 듯하다. 그러나 조금만 주의 깊게 찬찬히 읽어보면 한시와 밀접한 상관이 있음을 알 수 있다. 특히 이 시는 한시 기법 가운데 하나인 대구를 잘 활용하여 시 표현의 효과를 극대화하고 있다. 이 시가 보여주는 여러 겹으로 된 대구의 층위를 그 전개에 따라 살펴보면 다음과 같다.

　첫째, 제1연은 '어두운 방'과 '바알간 숯불'이 대구가 되고 있다. '어두운 방'은 시의 화자가 어렸을 때 처했던 어려움을, '바알간 숯불'은 어려움을 극복하기 위한 지극한 정성을 나타낸다 하겠다. 이는 '어둠'과 '밝음'의 대비란 면에서도 대구가 되고 있다.

　둘째, 제2연은 '외로이 늙으신 할머니'와 '애처로이 잦아드는 어린 목숨'이 서로 대구가 되고 있다. '외로이 늙으신'이란 말로 보아 할아버지가 일찍 돌아가셨다는 것과 할머니는 현재도 며느리의 봉양을 받지 못하고 있음을 알 수 있다. 이 시에서는 할아버지와 어머니를 등장시키지 않음으로써 그들의 부재를 암시해 주고 있다. 정상적인 경우라면 어머니가 어린 목숨의 머리맡을 지키거나 적어도 할머니와 함께 지켜야 하는 것이 마땅한 이치이다. 할머니에게는 할아버지가 안 계시고 어린 목숨에게는 어머니가 안 계신다는 점이 서로 대구가 되고 있다. 어머니가 안 계시니 열병을 앓는 어린 생명이 더욱 애처롭고, 외로운 할머니의 정성이 더욱 지극해 보이는 것이다. 이 시에 어머니에 대한 언급이 전혀 없다는 점을 들어 일부 평자나 연구자들은 유가적 덕목을 드러낸 것이라고 보았다.[45] 유가라야만 부모가 자식을 사랑할 수 있는 게 아니다. 자식에 대한 부모의 사랑은 보편적이고, 본능적이기까지 하다.

셋째, 제4연의 '흰 눈'과 '붉은 산수유 열매'의 대구를 들 수 있다. '흰 눈'과 '붉은 산수유 열매'는 흰 색과 붉은 색의 색채 대비를 통해서 서로를 더욱 선명하게 드러내 주기도 하지만, 눈 속을 헤치고 다닌 끝에 산수유 열매를 구할 수 있었으므로, 이는 아버지가 아들을 위해서 감내하지 않으면 안 되었던 어려움을 '흰 눈'을 통해서 나타내고, 아버지가 온갖 어려움 끝에 무엇과도 바꿀 수 없는 소중한 것을 얻었음을 '붉은 산수유 열매'를 통해 나타내고 있다. 아버지는 열병을 앓고 있는 어린 아

---

45) 김흥규, 《한국 현대시를 찾아서》개정증보판(서울 : 한샘, 1992), 228면 ; 한계전, 《현대시 해설》(서울 : 관동출판사, 1994), 148~149면 ; 유종호, 《동시대의 시와 진실》(서울 : 민음사, 1982), 91~92면 등에서 대체로 이와 비슷한 견해를 피력하고 있고, 특히 최동호는 이 시에 어머니가 나오지 않고, 아버지만 나오는 것에 대해 "가부장적 삶의 체계가 지닌 수직적 사고를 단적으로 드러내 주며, 그의 시가 아버지로서 자식을 거느리는 유교적 인본주의 사고를 바탕으로 하고 있다는 것은 바로 이 점을 지적한 것이며, 이는 유가의 가부장적 질서 위에 세워진 것임은 두말할 나위가 없다"라고 했다. 최동호, 《삶의 깊이와 시적 상상》(서울 : 민음사, 1995), 106~107면.

그런데 시인의 전기적 사실과 견주어 볼 때, 이 시는 시인 자신의 삶의 체험을 바탕으로 쓰여진 것이다. 이 시에서 어머니가 등장하지 않는 것은 유가적 측면을 드러내기 위해 의도된 결과가 아니다. 김종길의 한시를 보면 시인은 어려서 어머니를 여의었음을 알 수 있다. "散策疏影日影遲 / 枝頭紅葉半成虧 / 今年又此秋光暮 / 短髮衰膚竟若斯 // 慈主諱辰更漏遲 / 滿天霜氣月初虧 / 但知有母非知母 / 再晬遺孤正恨斯 // 느린 발길 잎진 숲속 해그림자 긴데 / 가지 끝 단풍잎은 반나마 시들었네 / 이 한 해 가을도 이제 저무는가 / 성긴 머리 거친 살결 이리도 늙었구나 // 어머님 모시는 날 밤, 때는 이리 더디가고 / 하늘 가득 내린 서리, 달은 이운 기망이라 / 말로만 들은 당신 모습은 모릅니다 / 두돌 때 남은 아들 그만 목이 멥니다 // " 김종길, 〈晚秋〉, 金容稷, 《碧天集》(서울 : 토우, 1999), 237~238면.

들을 병원으로 데려가거나, 약국에 가서 약을 구해 오지 못한다. 아마도 시의 화자가 살던 곳이 약국이나 병원이 없던 아주 깊은 산골이었거나, 약국이나 병원이 있었다 하더라도 집안 형편이 어려워, 어쩔 수 없이 눈 속을 헤치고 산수유 열매를 구해 온 것으로 볼 수 있다. '흰 눈'과 '붉은 산수유 열매'는 서로 짝이 되어 아버지가 겪은 어려움과 아버지가 얻은 귀한 것을 극명히 드러내주고 있다.

넷째, 제5연의 '아버지의 서느런 옷자락'과 나의 '열로 상기한 볼'의 대구를 들 수 있다. 아버지의 옷자락이 서늘해진 것은 나의 열로 상기한 볼 때문이다. 열로 상기한 볼 때문에 아버지는 옷자락이 서늘해지도록 산수유 열매를 구하기 위해 눈 속을 헤치고 다닌 것이다. 결국 '열로 상기한 볼'은 아버지의 '서느런 옷자락'을 통해서 치유가 될 수 있었던 것이다. 따라서 아버지의 서느런 옷자락은 아들을 위한 아버지의 정성과 희생을 나타내며, 그 옷자락에 열로 상기한 볼을 부빈다는 것은 아버지의 정성과 희생에 대한 고마움의 표시이다.

다섯째, 제10연에서 '산수유 붉은 알알'과 '내 혈액'의 대구이다. 앞의 네 가지 대구는 모두가 상반되는 대구인데, 여기서는 유사성을 띤 것이 서로 대구가 되고 있다. '산수유 붉은 알알'과 '내 혈액'은 '붉은 색'의 시각 이미지를 지니고 있다는 점에서 같다. 또 내 핏줄을 따라 혈액이 쉼 없이 흘러야 내가 살 수 있듯이, '산수유 붉은 알알'의 약효가 내 핏줄을 따라 혈액과 함께 계속해서 흐르지 않는다면 과연 오늘의 내가 있을 수 있겠느냐는 것이다. 내 핏줄 속을 흐르는 '혈액'에는 틀림없이 산수유 붉은 열매의 약효가 지금까지도 남아 있다는 것이다. 나를 지금까지도 살리고 있는 것은 '산수유 붉은 알알'이고, 쉼 없이 흐르는 '내 혈액'이라는 것이다.

시의 전개에 따라 이러한 어구 단위의 대구를 볼 수 있지만, 시 전체를 볼 때는 이 시의 전반부와 후반부가 더 큰 단위의 대구를 이루고 있다. 이 시의 전반부는 제1연에서 제6연이고, 후반부는 제7연에서 제10연이다. 이렇게 나눌 수 있는 것은 전반부는 시간상으로는 과거이며, 공간상으로는 시골이다. 그리고 후반부는 시간상으로 현재이며, 공간상으로는 도시이다. 전반부는 따스한 가족애가 남아 있고, 농경적 삶이 온전히 보존되고 있다. 그러나 후반부는 이런 옛것이라고는 남아 있지 않다. 또 전반부는 시의 화자가 어렸을 때이고, 후반부는 시의 화자가 어른이 되어서이다.

이 시는 이와 같이 여러 겹으로 된 대구의 층위를 보여주고 있고, 이러한 대구의 층위로 인해서 시 표현의 효과를 극대화하고 있다. 더욱이 이러한 대구의 층위들은 相生의 구실을 하고 있다. 서로가 서로에 의해서 의미가 한층 강화되고, 이미지가 도드라지고 있다. 그런데 여러 겹의 대구의 층위 가운데 가장 중핵이 되는 대구의 층위는 '아버지'와 '아들'의 대구라 할 수 있다. 아버지의 이미지는 아들의 이미지와, 아들의 이미지는 아버지의 이미지와 짝이 되어야만 진정한 의미를 획득한다. 아들의 열병 탓에 아버지는 눈 속을 헤치고 산수유 열매를 따는 수고를 마다하지 않고, 열병을 앓던 아들은 아버지의 수고로 열병에서 나은 것이다.

이 시는 김종길의 첫 시집 표제작이다. 그런데 제목을 왜 〈성탄제〉라고 붙였을까. 시의 내용을 살펴보아도 '성탄'과는 아무 관련이 없는 듯하다. 시 속에 나오는 어느 인물도 기독교 신앙과 관계가 있다고는 보이지 않는다. '아버지'라든가, '산수유 열매'라고 제목을 붙여도 무방할 듯한데 굳이 〈성탄제〉라고 제목을 붙인 까닭은 무엇일까. 보통 '성탄'이라고 하면 하느님이 아기 예수를 이 땅에 보내주신 것을 말한다. 하느님이 아기 예수를 이 땅에 보낸 것은 인류의 죄를 대속하게 하고 인류가 거듭날 수 있도록 해 주기 위해서였다. 이 시의 화자는 어린 시절 열병을 몹시 앓아 죽을 뻔했다. 그때 화자는 아버지가 눈 속을 헤치고 애써 따온 '산수유 열매'를 먹고 열병이 나아서 거듭날 수 있었다.

아기 예수의 탄생이 기독교 신앙인들에게는 '성탄'이듯이, 화자에게는 아버지의 엄청난 노고와 희생으로 자신이 열병에서 거듭날 수 있게 된 날이 '성탄'이다. 기독교인에게 예수의 탄생이 참으로 소중한 의의를 지니듯이, 화자는 자기 자신이 거듭난 날이 그 무엇보다도 소중한 것이다. 아기 예수의 탄생은 하느님의 한량없는 사랑으로 가능했다. 화자의 거듭남도 아버지의 한량없는 사랑으로 가능했던 것이다. 이 때문에 화자는 어린 시절 자신이 열병을 앓다가 낫게 된 날이 어쩌면 예수가 탄생한 성탄제 가까운 날이 아닌가 여기고, 또 실제로 그렇게 믿고 싶은 것이다. 제목을 굳이 〈성탄제〉로 붙인 까닭이 바로 여기에 있다.

> 4·19 墓地에는 연못이 있다.
> 그 연못가에서 젊은 男女가
> 꿈꾸듯 피어 있는 垂蓮을 바라보고 있다.
>
> 프랑스의 畵家 모네가 즐겨 그린 꽃을
> 그들도 꿈꾸듯이 바라보고 있다.
>
> 안쪽 골짜기에는 李儁 烈士의 墓가 있다.
> 이른 아침이면 그 무덤 옆에서
> 동네 아저씨들이 保健體操를 한다.
>
> 두 팔을 벌리면서, 두 손으로 허리를 받치면서,
> 아랫배에 끼인 비계를 좀 빼보려고
> 그들은 열심히 保健體操를 한다.
>
> 〈風景〉, 《황사현상》, 75면.

이 시에서도 율시나 절구 등의 근체시에서 볼 수 있는 대구가 매우 효과적으로 쓰이고 있다. 제1연에서 볼 수 있는 대구는 '4·19 墓地에 잠든 영령들'과 '꿈꾸듯 피어 있는 垂蓮'을 바라보고 있는 젊은 남녀의 대구이다. 죽음과 삶의 대구라 할 수 있다. 또한 역사와 현실의 대구라 할 수 있다. 영령들은 이미 역사가 되었고 젊은 남녀들은 오늘의 현실을 살고 있는 것이다. 전체와 개인의 대구라 할 수도 있다. '4·19 墓地에 잠든 영령들'은 전체를 위해 헌신하고 마침내는 희생을 했다. 그들의 희생을 대가로 해서 개개인인 젊은 남녀는 '꿈꾸듯 피어 있는 垂蓮'을 바라

볼 수가 있는 것이다. 상반된 의미를 지닌 대상을 대구시킴으로써 각각의 의미가 더욱 뚜렷해지도록 하고 있다.

제2연은 제1연에서 젊은 남녀들이 바라보는 꿈꾸듯 피어 있는 '垂蓮'과 프랑스의 화가 모네가 즐겨 그린 '수련'의 대구를 보여준다. 동시에 '젊은 남녀'와 '수련'의 대구도 이루어지고 있다. 이는 이중의 대구요, 중층 구조인 셈이다. 이러한 이중의 대구, 중층의 구조는 '수련'의 아름다움과 젊은 남녀의 아름다움을 함께 드러내는 구실을 하고 있다. 제2연의 대구는 제1연의 대구와는 달리 상반된 의미의 대구가 아니라 유사성을 지닌 대구이다.

제3연에서는 전환이 이루어지고 있다. 배경은 '연못가'에서 '안쪽 골짜기'로 옮겨져 있다. 등장 인물도 '젊은 남녀'에서 '동네 아저씨', 즉 중년으로 바뀌어 있다. 이러한 전환이 이루어진 가운데, '무덤에 잠든 이준 열사'와 이준 열사의 무덤 앞에서 '보건체조를 하는 동네 아저씨'를 대구시키고 있다. '이준 열사'는 나라와 민족을 위해서 자기 자신을 오롯이 바쳤다. 잘 알려진 대로 네덜란드 헤이그에서 할복했다. 그런데 '동네 아저씨'들은 나라와 민족을 위해서라기보다는 자기 자신을 위해서 보건체조를 한다. '이준 열사'와 '동네 아저씨'의 대구는 좀더 구체적으로는 '이준 열사의 아랫배'와 '동네 아저씨의 아랫배'의 대구이다. '이준 열사의 아랫배'는 나라와 민족을 위해서 이준 열사 자신이 직접 '칼로 벤 아랫배'이고, '동네 아저씨들의 아랫배'는 자기자신만의 행복과 번영을 즐기다가 '비계가 낀 아랫배'이다.

제3연에서의 대구는 제1연에서의 대구와 마찬가지로 죽음과 삶의 대구, 역사와 현실의 대구, 전체와 개인의 대구라 할 수 있다. 이준 열사는 죽어서 역사가 되었다. 이준 열사의 죽음은 개인을 위한 것이 아니라, 나라와 민족이라는 전체를 위한 것이었다. 이와 대구되는 것은 동네 아저씨들의 삶이다. 동네 아저씨들은 보건체조를 하면서 현실을 살고 있고, 이러한 행위는 전체를 위한 것이 아니라 순전히 자기 자신을 위한 것이다.

이 시는 전체적으로 볼 때 제1연과 제3연이 대구가 되고 있다. 제1연에 나오는 인물들은 모두가 젊은이들이다. 4·19 묘지에 주검으로 묻혀 있는 영령들과 수련을 바라보고 있는 남녀는 모두 젊은이들이다. 제3연에 나오는 인물들은 이와는 달리, 중년이다. 헤이그에서 할복한 이준 열사와 비계를 빼려고 보건체조를 하는 동네 아저씨들은 모두 중년이다. 즉 젊은이와 중년의 대구인 셈이다. 제2연과 제4연도 대구가 된다. 제2연은 제1연에서 젊은 남녀들이 '수련'을 바라보고 있는 행위를 되풀이해 강조하고 있고, 제4연은 제3연에서 보건체조를 하는 동네 아저씨들의 행위를 되풀이해 강조하고 있다. 그러니 제2연과 제4연은 등장 인물들의 행위의 되풀이를 통한 강조라는 점에서 대구가 된다.

결국 이러한 대구의 기법과 중층 구조를 통해 이 시는 삶과 죽음, 역사와 현실, 전체와 개인, 젊음과 중년 등의 사람살이의 총체적 양상을 그대로 제시해 준다. 근체시의 작시법인 대구의 기법이 김종길의 현대시에서도 매우 유효하게 쓰이고 있다.

3) 이미지 중시

김종길의 현대시가 이미지를 중시하는 점은 여러 논자들에 의해 지적되어 왔다. 그들은 한결같이 김종길의 현대시는 이미지, 특히 시각적 이미지를 중시한다는 점을 지적하고 있고, 시작 방법으로 이미지를 중시하는 기법은 영미 주지주의의 산물이라는 점을 함께 지적하고 있다.[46]

---

46) 이남호는, "우리 현대시사에서 김종길은 가장 뛰어난 이미지스트 중의 한 사람이다. 명징한 이미지는 그의 시가 지닌 제일의 특성이다"라고 했다. 이남호, 〈명징성과 염결성〉, 김종길시집 《천지현황》(서울 : 미래사, 1991), 143면.
　유종호는 김종길의 시선 《하회에서》에서, "우리가 발견하게 되는 또 하나의 특성은 시각지향성이다. 그리고 이미지스트의 이상을 거의 완벽하게 실현하고 있는 날카로운 시각적 지각의 제시이다"라고 했다. 유종호, 〈점잖음의 미학〉, 《동시대의 시와 진실》(서울 : 민음사, 1982), 94면.
　최동호는 절제된 감정, 군더더기 없는 수사, 뛰어난 이미지 구사 등은 김종길 시를 대변하는 특징이라고 했다. 최동호, 〈유가적 인본주의와 현대적 고고〉, 《삶의 그러나 김종길의 현대시가 이미지를 중시하고 있는 것은 틀림없는 사실이지만, 이미지 중시의 기법은 영미 주지주의의 산물이 아니라 무엇보다도 한시 전통의 소중한 자산을 적극 활용하고 있는 것이다.

중국 고대 문예 이론에서는 매우 이른 시기부터 이미지를 뜻하는 意象이란 말을 사용해 왔다.[47] 그러므로 한시에서 작시 기법의 하나로 이미지를 중시해 온 것은 그 연원이 매우 오래되었다고 할 수 있다. 물론 이미지라는 용어를 지금처럼 전세계적으로 널리 사용하게 된 것은, 1909년 런던에서 출발한 휴움과 파운드를 중심으로 한 청년 시인들의 모임에서 비롯하였다고 한다. 그러나 이 가운데 '방대한 저작을 남기는 것보다 평생에 한 번이라도 훌륭한 이미지를 만드는 것이 낫다'라고까지 말한 에즈라 파운드는 동양시, 특히 한시의 영향을 받아 이미지즘 운동에 본격적으로 뛰어들게 되었다고 알려져 있다.[48] 그러므로 김종길

깊이와 시적 상상》(서울 : 민음사, 1995), 103면.

　김우창은, "김종길 씨는 이미지스트적인 면모를 갖고 있다. 우리가 한 시인의 작품을 통독하고 그것을 다시 돌이켜 보려고 할 때 머리에 남는 것이 좋든 나쁘든 우리의 그 시인에 대한 평가에서 가장 중요한 기초가 되지만, 김종길 씨의 경우 우선 가장 두드러지게 기억에 남는 것의 하나는 그의 시를 점철하고 있는 산뜻한 이미지들이다"라고 했다. 김우창, 〈감각과 기율〉, 《지상의 척도》(서울 : 민음사, 1981), 260면.

　김영철은 김종길의 시는 영미 주지주의 영향을 받아 감상이나 감정을 억제하고, 사물의 선명한 이미지의 조형에 주력한다고 했다. 김영철, 《한국 현대시 정수》(서울 : 박이정, 1997), 540면.

47) 意象을 들먹이면 이것은 하나의 외래어로서, 영어 'Image'의 번역어라고 생각하여 그것을 영·미 의상파(Imagist)들과 관련시키는 사람들이 아마 있을 것이다. 그러나 기실 의상은 중국 고대 문예 이론에서 본래부터 있었던 개념이며, 단어이지 결코 외래의 것이 아니다. 원행패, 7인 공역, 《중국시가예술연구》(서울 : 아세아문화사, 1990), 89면.

48) "우리가 영시와 한시와의 유사성을 이야기할 때는 주로 이미지즘이 한시와 밀접한 관련을 갖고 있는데 이 점에 대해서는 서구시의 역사적 맥락을 살펴볼 필요가 있어요. 20세기 전반의 영시는 낭만주의 잔재를 비판하고 시적 혁신을 가져와야 할 처지였죠. 거기서 파운드가 내세운 것이 언어의 절제, 적확한 이미지, 자유로운 운율 등이었는데, 그때 마침 페놀로사라고 하는 미술 전문가가 일본 동경대학에

의 현대시에서 볼 수 있는 이미지 중시의 기법은 영미 주지주의 영향보 다는 한시의 기법을 익힌 데서 온 것이라 할 수 있다.

여울을 건넌다.

풀잎에 아침이 켜드는
開學날 오르막길.

여울물 한 번
몸에 닿아보지도 못한
여름을 보내고,

모래밭처럼 찌던
市街를 벗어나,

桔梗꽃빛 九月의 氣流를 건너면,

銀피라미떼처럼
銀피라미떼처럼 반짝이는

아침 풀벌레 소리.

〈여울〉, 《황사현상》, 48면.

<hr>

와서 몇몇 사람한테 한시를 배웠어요. 가령 한시의 '白雲遊子意'라는 구절이 있으면 이것을 白자 밑에는 white, 雲자 밑에는 cloud, 遊子하면 traveler, 意자 하면 mind라고 한자 풀이를 해서 배웠죠. 그런 식으로 동양시에 대해 그 나름대로 공부한 유고가 남아 있어요. 내가 직접 미국 버지니아 대학의 도서관에 소장되어 있는 자료를 1969년에 일부러 가서 구경을 한 적이 있습니다만, 이 유고를 페놀로사가 죽은 다음에 그의 부인을 통해서 파운드가 접하게 됐어요. 당시 파운드가 시에 있어서 적확한 이미지, 혹은 간결한 표현 등과 같은 문제를 생각하고 있던 차에, 이 유고를 보고는 대발견이라고 생각했지요. 이 한시가 바로 자기가 당시에 갖고 있던 시적 이상을 구현하고 있다는 생각을 하게 된 것입니다. 파운드는 한문을 전혀 몰랐지만 페놀로사가 글자 풀이를 해 놓은 것을 가지고, 자기가 영시로 만들었는데 그게 '캐세이'라는 한시 역이에요." 김종길, 《시와 시인들》(서울 : 민음사, 1997), 205면.

　이 시는 두 개의 시각화한 이미지가 전경화(前景化)되어 있다. '桔梗꽃빛 九月의 氣流'라는 이미지와 '銀피라미떼처럼 반짝이는 / 아침 풀벌레 소리'라는 이미지가 그것이다. 시의 화자는 여름 내내 '모래밭처럼 찌던 市街'에 있으면서, '여울물 한 번 / 몸에 닿아보지도 못한 / 여름을 보내고' 개학을 맞게 되었다. 따라서 개학날은 시의 화자에게는 갑갑함, 답답함에서 벗어날 수 있는 참으로 신명나는 날이다. 개학날의 신명을, 화자는 시의 서두에서 주어부는 생략한 채 '여울을 건넌다'라는 서술부로만 나타냈다. 갑갑했던 마음, 답답했던 마음을 벗어 던지고 단숨에 여울을 건너고 싶은 마음을 이렇게 표현한 것이다. 급한 마음에 할 말만 먼저 한 셈이다. 그래서 완전한 문장을 갖출 틈이 없었던 것이다.

　내용으로 볼 때도 '여울을 건넌다'는 이 시에서 가장 중요한 연이다. 곧 제1연에 주제가 제시되어 있는 셈이다. 제2연은 여울을 건너기까지 어떤 길을 지나왔는가를 보여준다. '풀잎에 아침이 켜드는', '오르막길'을 지나왔다. 그런데 오르막길 다음에 마침표가 찍혀 있다. 이는 생략임을 보여준다. 생략의 함축적 의미를 마침표가 감당하고 있다. 개학날 갑갑함에서 벗어난 화자가 심정적으로 들떠 있음과 어서 빨리 여울을 건너 학교로 가고 싶은, 가벼운 발걸음이 마침표 안에 스며들어 있다. 화자의 행위는 생동감이 넘친다.

　이 생동감을 한층 더 강화시키기 위해 이미지 중시의 기법을 사용하고, 그것이 대단히 성공적으로 작용하고 있다. '桔梗꽃빛 구월의 기류'는 桔梗꽃빛이 순백색이기 때문에 맑고 고운 느낌을 불러일으킨다. 초가을 하늘의 높고 맑은 기류를 이렇게 이미지화하여 훨씬 신선하고 감각적이게 했다. 그런데 여기서 '桔梗꽃'이란 '도라지꽃'인데, 널리 알려진 '도라지'라는 말을 쓰지 않고 시인이 굳이 어렵고, 잘 쓰지 않는 '桔梗'이란 말을 쓴 까닭은 무엇일까. 여기에는 한시와 한문 소양이 풍부한 이 시인만의 만만치 않은 언어감각이 녹아 있다. "도라지꽃을 길경으로 발음함으로써 끝소리의 ㄹ과 ㅇ의 부드럽고 밝은 울림소리를 얻어내고 있는 것이다"[49] 또 아침 풀벌레 소리를 시각화하여 '銀피라미떼처럼 반

짝인다'고 했다. 풀벌레 소리의 아름다움을 더욱 생동감 있게, 반짝이는
느낌이 더 들도록 그냥 피라미도 아니고, '"은"피라미떼처럼 반짝인다'
고 했다. 이 두 이미지는 개학날 아침의 활기찬 움직임을 보여주고 있
는 행위에 더욱 생동감을 불어넣고 있다.

> 武寧王陵으로 가는 길엔
> 싸늘한 먼지바람이 일고 있었다.
>
> 靑銅에 슬은 녹빛으로
> 百濟의 잔디 싹이 치밀고 있었다.
>
> 황토밭 머리엔
> 유난히 붉은 복숭아꽃 한 그루,
>
> 公山城 상수리나무 새잎만이
> 멍청하도록 훤히 설레이고 있었다.
>
> 그 아래 미나리논 진흙바닥엔
> 싸늘한 저녁해가 찔끔 묻어 있었다.
>
> 　　　　　　김종길, 〈公州에서〉, 《황사현상》, 106면.

　이 시도 이미지가 중심 기법이 되고 있다. 이미지는 어떤 관념을 드
러내기 위해 동원된 것이 아니다. 배후에 아무런 관념도 거느리고 있지
않다. 다만 봄날 하루, 날 저무는 때 화자의 눈앞에 펼쳐지고 있는 풍경
을 서술하고 있을 뿐이다. 이 시에는 사변적 진술은 한 구절도 없다. 마
치 인상파 화가들이 친근한 일상의 시간 속에서 내리비치는 빛의 변화
에 따라 순간순간 바뀌는 자연 풍경을 표현하고자 애썼듯이, 저물기 직
전 내리비치는 빛의 변화에 따른 자연 풍경을 힘들여 묘사하고 있을 뿐
이다.

---

49) 신동욱, 〈시와 초월의 뜻〉, 김용직 외, 《한국현대시연구》(서울 : 민음사, 1989),
　76면.

새 봄에 잔디 싹이 나와 제법 푸른 빛을 일컬어 '청동에 슬은 녹빛'이라고 한 것이나, 상수리나무 새잎이 나뭇가지에서 얼굴을 내밀고 있는 모습을 '멍청하도록 훤히 설레이고 있었다'라고 한 것은 표현이 참신해 맛깔스럽기까지 하다. 또 저물 무렵임을 말해주기 위해 그 아래 '미나리 논 진흙바닥엔 / 싸늘한 저녁해가 찔끔 묻어 있었다'고 한 것도 마찬가지다. 이 시는 시의 화자가 직접 본 자연 경물에 대한 설명이 아니라, 자연 경물의 실재 모습을 객관적·사실적으로 묘사한 것이다.

김종길의 현대시에서 볼 수 있는 이러한 이미지 중시의 기법은 한시의 대표적인 작시 기법의 하나이다. 특히 진경, 실경에 대한 객관적·사실적 묘사의 기법은 그의 기행 한시에서 볼 수 있을 뿐만 아니라 조선 후기 眞詩 운동을 펼쳤던 시인들과 白塔詩派로 불려졌던 시인들의 작시 기법을 잇고 있다고 하겠다.[50]

김종길의 현대시는 기법면에서 한시의 기법을 다양하게 원용하고 있다. 김종길은 한시 창작의 기법 가운데 시형의 수용과 변형, 이미지 중시, 대구의 기법이라는 '법고(法古)'를 착실히 익혀 '창신(創新)'의 길을 열어 보여주고 있다. 즉 '온고(溫古)'를 통한 '지신(知新)'을 잘 보여주고 있다. 한시 기법이라는 옛것과 김종길 나름의 개성적 표현이라는 새것의 융합이 김종길 시의 성공을 가져오고 있다. 다시 말해 한시가 현대시에 창조적으로 접맥되고 있다.

---

50) 조선후기 이덕무·유득공·박제가 등이 중심이 되어 1766년 가을부터 '白塔詩社'를 결성하여 활동했는데, 이들을 白塔詩派라 부른다. 이들의 주요 활동 장소는 서울의 中部 白塔의 서쪽지역이었다. 모두가 서얼 계층이었으므로 좋은 관직에 등용될 수 없었고, 자연 문학과 예술에 몰두했다. 백탑시파의 특징 가운데 가장 두드러진 것은 시에서 가락이나 흥취를 숭상하고, 낭만적·의고적으로 표현하는 경향을 거부하고 대상에 대한 충실한 묘사를 지향했다는 점이다. 이들은 제재의 선택에서도 맹목적으로 인습에 따르는 것을 거부하고 생활 주변에서 늘 부딪히는 자연과 인간사에서 과감하게 제재를 선택했다. 이들이 선택한 제재는 대부분 조선의 眞景이고 창작 태도는 寫生的, 描寫的이었다. 이들이 시각 이미지를 중시했다는 반증이다. 안대회,《18세기 한국한시사 연구》(서울 : 소명출판, 1999), 279~387면. '眞詩' 운동에 대해서는 Ⅱ부의 주 54) 참조.

Ⅳ. 현대시와 한시의 주제 상관관계

1. 오일도

1) 고향상실 의식

오일도는 1925년부터 1946년까지 창작활동을 했는데, 이 가운데 작품 활동을 비교적 활발히 전개한 시기인 1930년대 한국현대시의 주요 특징은 고향상실 의식의 표출이다. 이기서는 1930년대의 특징적인 시인들 로부터 추출한 시인 의식을 세계상실구조로 유형화했다.[1] 이기서가 말하고 있는 세계상실구조는 고향상실 의식을 포함하고 있는 개념이다. 김종철은 1930년대 대부분의 현대시인들은 극심한 고향상실 의식에 젖어있다고 했다. 단적으로 향수·그리움·망향감 등이 그들의 지배적인 시적 감정이었다고 했다.[2]

좀더 구체적으로 보면 1930년대 시인의 한 사람이었던 백석은 고향 상실감을 노래하면서도 그것을 극복하기 위해, 주로 고향의 사물을 새

---

1) 이기서, 《한국현대시의식연구》(서울 : 고려대학교민족문화연구소, 1984).
2) 김종철, 〈1930년대의 시인들〉, 임형택·최원식 편, 《한국근대문학사론》(서울 : 한길사, 1982), 443면.

롭게 인식함으로써 고향을 재현해 보려는 노력을 보여주고 있다.[3] 이육사의 경우도 고향상실 의식을 끊임없이 노래하고 있다. 이육사의 시들은 고향상실에 대한 비애가 정서적인 승화를 거쳐 향수를 재생적 상상으로 불러일으킨다. 즉 고향 감각의 이미지를 추억과 회상으로써 재생시킨다. 그러면서 향토적 서정에 접하게 된다.[4] 국내에서 활동한 시인들의 작품에서만 이런 점이 나타나는 것은 아니다. 만주에서 작품 활동을 한 재만 시인들의 작품집인《在滿朝鮮詩人集》에도 강한 고향상실 의식이 나타나고 있다.[5]

오일도의 현대시에도 고향상실을 주제로 한 작품들이 여러 편 있다. 〈地下室의 달〉, 〈도요새〉, 〈인생의 광야〉, 〈올빼미〉, 〈爐邊哀歌〉, 〈흰 구름〉 등의 작품이 그것이다.

물가에 노는
한 쌍의 도요새

너
어느 나라에서 날아왔니?

너의 方言을 내 알 수 없고
내 말 너 또한 모르리!

물가에 노는

---

3) 최두석, 〈백석의 시세계와 창작방법〉,《우리시대의 문학》제6집(문학과지성사, 1987.6) ; 이숭원, 〈백석시의 전개와 그 정신사적 의미〉,《한국 현대 시인론》(서울 : 개문사, 1993).
4) 장백일, 〈이육사시의 공간의식과 시간의식〉,《홍익어문》제7집(서울 : 홍익대 사범대 홍익어문연구회, 1988), 9면.
5) 오양호,《한국문학과 간도》(서울 : 문예출판사, 1988), 101면 ;《일제강점기 만주조선인 문학연구》(서울 : 문예출판사, 1996), 33면 ; 이명재, 〈식민지시대 망명 문단에 관한 연구 ― 광복이전의 간도지방을 중심으로〉,《인문학연구》(서울 : 중앙대학교인문과학연구소, 1990.12), 71~99면 ; 김호웅, 〈재만조선인문학연구〉(서울 : 국학자료원, 1998), 43~54면.

한 쌍 도요새

너 작은 나래가
푸른 鄕愁에 젖었구나

물 마시고는
하늘을 왜 처다보니?

물가에 노는
한 쌍 도요새

이 모래밭에서
물 마시고 사랑하다가

물결이 치면
포트럭 저 모래밭으로

〈도요새〉, 《저녁놀》, 25~26면.

　이 시는 모두 9연으로 되어 있고, 세 부분으로 나눌 수 있다. 1연, 4
연, 7연은 반복이다. 반복을 통해서 한 쌍의 '도요새'를 도드라지게 나타
내고 있다. 물가에서 노는 한 쌍의 도요새는 화자의 객관적 상관물이다.
화자는 '도요새'를 통하여 자신을 발견하고 있다. 첫째 부분에서 화자는
놀고 있는 한 쌍의 도요새가 어디서 날아왔는지 궁금히 여긴다. 그 까
닭은 이곳이 도요새가 처음부터 살던 곳이 아니기 때문이다. 또 화자
자신도 원래 살고 있던 곳에서 떠나 있기 때문이다. 그러나 서로는 말
을 주고받을 수 없다.
　도요새로부터 직접적인 설명을 들을 수는 없지만 시의 화자는 둘째
부분에서 도요새의 날개가 푸른 향수에 젖었다는 것을 발견했다. 그뿐
만이 아니다. 도요새는 물을 마시고는 꼭 '하늘을 처다본다.' 하늘을 처
다보는 도요새의 행위는 고향을 그리워하는 모습이라는 것이다. 셋째
부분에서는 도요새가 이곳에서도 맘놓고 지낼 수 없음을 나타내고 있
다. '이 모래 밭에서 / 물 마시고 사랑하다가 / 물결이 치면' 저 모래밭으

로 피해가야 하기 때문이다. 우리는 여기서, 고향을 떠나 살아가면서 어느 곳에서도 안주하지 못하는 '한 쌍의 도요새'야말로, 일제 강점기 고향을 잃어버리고 떠돌이가 되어 고통 속에서 살아가고 있는 당대 민중의 시적 형상임을 알 수 있다.

이 시는 변화 있는 종지법으로 같은 연이 세 번이나 반복되는 단순함을 극복하고 있다. 종지법은 명사형, 연결형, 의문형, 생략형, 감탄형으로 변화가 다양하다. 이런 변화 있는 종지법은 이 시의 화자나 도요새가 평안을 누리지 못하고, 늘 떠돌이로서의 불안감을 갖고 있다는 마음을 나타내 주기에 적절한 방식이다. 이 시에서는 고향상실 의식이 향수로 나타나 있다.

> 깊은 椅子에
> 허리가 빠졌다
> 담배연기 따라 저 천장 끝으로
> 가늘어지는 내 視線
>
> 한 손으로
> 늙은 棕櫚樹를 휘잡노니
> 棕櫚樹!
> 너도 故鄕이 그리울 게다
>
> 하늘과 달과 구름을
> 밖에 두고
> 陰徽의 地下室 한구석에 앉아
> 또 쓴 잔을 손에 듦은
> 아 —
>
> 내 靈魂과 내 帽子는
> 막 고리에 걸렸나니
> 새아씨여!
> 갈 때에 부디 벗겨 주오
>
> <지하실의 달>, 《저녁놀》, 16~17면.

시의 화자는 지하실의 의자에 앉아 있다. 그리고 종려나무에 자기의 마음을 건네고 있다. '棕櫚樹 ! / 너도 故鄕이 그리울 게다'고 '종려수'에게 말하고 있다. '고향이 그리울 게다'라고 말하는 것은 '종려수'한테 들려주는 말이면서도 실은 시의 화자 자신한테 들려주는 말이기도 하다. 시의 화자 자신이 간절히 고향을 그리워하고 있기 때문이다.

종려수는 중국이나 일본이 원산지로 알려져 있다. 원산지를 떠나 남의 나라에 와 있으니 고국이 그립고, 고향이 그리울 거라는 화자의 생각이다. 종려수가 삶의 터전인 자기 나라를 떠나 힘들게 살아가고 있듯이, 시의 화자 역시 자기 삶의 터전을 송두리째 빼앗기고 낯선 타향에서 살아가고 있다. 시의 화자가 늙은 종려수의 가지를 잡는 행위는 동병상련의 정을 나타내 주고 있다.

시의 화자는 지금 '지하실'에 와 있다. 지상의 방 한 칸 차지하지 못하고 '지하실'에 와 있는데 그곳에는 구름도 없고, 달도 없다. 여기서 '지하실'은 일제 강점기 삶의 현장을 표상했다고 볼 수 있다. 이 시는 화자의 고향상실 의식을 '종려수'라는 남국의 식물을 통해 형상화하고 있다.

> 人生의 曠野에 해는 저물어
> 갈바람 나날이 높이 불어
> 내 靈魂 하늘을 우러러 呼哭할 길도 없고
> 찢어진 旗幅처럼 여기 펄럭이나니
>
> 不吉의 새, 들 가로 도는 까마귀여!
> 이젠 夕陽의 輓歌도 겸손ㅎ지 말라
> 빈 산엔 落葉이 휘날고
> 故鄕 잃은 者의 슬픔은 나날이 더할 뿐
>
> 들국화 한 송이 없는 마른 풀 밑에
> 내 情熱과 내 칼을 묻고
> 함께 눕는 날
> 그 우으로 歲月이 가고 바람이 불고……

〈인생의 광야〉,《저녁놀》, 42~43면.

4행 1연의 연 구성 방식을 취하고 있다. 시의 화자는 '고향 잃은 자'이다. 고향을 잃은 그에게는 인생이 '曠野'이다. 텅 빈 들판일 뿐이다. 이 시는 소멸과 부재, 하강을 나타내는 시어들을 집중적으로 사용하여 절망적 심정을 드러내고 있다. '저물다', '없다', '찢어지다', '비다', '낙엽', '묻다', '가다' 이런 시어들은 화자의 절망을 나타낸다. 그래서 화자는 까마귀에게 '輓歌'라도 사양 말라는 것이다. '만가를 겸손치 말라'는 것이 그 예이다.

고향을 상실하고 거리를 떠도는 자가 느끼는 향수와 암담한 심정은 오일도의 현대시에만 나타나고 있는 게 아니라 한시에서도 흔하게 볼 수 있다.

落花芳草時　꽃 지고 풀잎은 파릇파릇한데
何事客南之　길손은 무슨 일로 남으로 가나
未學淵明道　도연명의 도 배우지 못하고
行吟金笠詩　걸어다니며 김삿갓 시나 읊조리네
弟兄千里遠　형제 천리밖에 있건만
天地百年遲　천지는 백년이나 더디네
鳥去雲飛盡　새도 구름도 가고 없는데
獨依路傍枝　홀로 길가 나무에 기대어 섰네

〈夕暮〉 윤동재 譯, 《저녁놀》, 137면.

首聯의 제1구에서는 '꽃 지고 풀잎은 파릇파릇하다'고 했다. 이는 한창 무르익은 봄을 말해 준다. 그런데 제1구에서 보는 것처럼 화자는 '길손은 무슨 일로 남으로 가나' 하고 묻고 있다. '길손'은 무르익은 봄을 즐길 수 있는 처지가 못 되며, 동시에 목적이 있어서 남으로 가는 것이 아니라 그냥 떠돌면서 헤매고 있는 상황을 암시해 준다.

頷聯에서는 제1구와 제2구가 대구된다. 그 예는 '未學'과 '行吟', '淵明道'와 '金笠詩'이다. 제1구에서 '길손'이 떠돌면서 헤매고 있는 까닭은 도연명의 도를 배우지 못했기 때문이라고 했다. 도연명은 귀거래의 대표적 인물로 알려져 있다. 그런 도연명의 도를 배우지 못해 떠돈다는 것이다. 제2구에서는 '길손'이 '김삿갓 시를 읊조리며 걸어다닌다'고 했다. 평생을 방랑한 김삿갓처럼 '길손'도 떠돌아다니고 있다는 것이다. 벼슬길도 스스로 마다하고 고향의 전원으로 돌아와 평생을 보낸 도연명과 고향에서 지내고 싶지만, 타의에 의해 떠밀려 김삿갓처럼 방랑하고 있는 '길손'이 대구를 통해 적절하게 대비되고 있다.

頸聯에서도 제1구와 제2구가 대구되고 있다. 그 예는 '弟兄'과 '天地', '千里遠'과 '百年遲'이다. 제1구는 형제와 공간적 거리가 멀리 떨어져 있음을 말하고 있다. 그리고 제2구에서는 형제와 만날 날이 아득히 멀다는 시간적 거리감을 말하고 있다. '천지는 백년이나 더디네'는 형제를 만날 시간 약속을 할 수 없는 안타까운 처지를 말하는 것이다.

尾聯의 제1구에서는 '새도 가고 구름도 가고 없는데'라고 했다. '새'와 '구름'은 각기 제 갈길을 갔다는 뜻이다. 그러나 이들과는 달리 '길손'만 '홀로 길가 나무에 기대어 섰다'고 했다. 이는 기다림의 표정을 나타낸다. 길손은 방랑이 좋아서 하는 것이 아니다. 길손은 고향에 정착하여 살아갈 날이 언제인가를 나무에 기대어 생각해 보고, 형제들을 만날 날을 꼽아 보는 것이다. 이 시는 고향을 잃고 거리를 헤매는 자가 느끼는 감회를 잘 나타내고 있다. 이는 오일도의 현대시에서 보이는 고향상실 의식과 밀접한 상관성을 보여준다고 하겠다.

雖有天地大	천지가 크다지만
難得一身寬	이 한몸 받아주질 못하네
閱世心惟苦	세상을 돌아보면 괴롭기만 하고
思家鼻欲酸	집 생각을 하면 코가 시큰거리네
採採殷山暮	은산에서 나물 캐다 날 저물고
行行楚澤寒	초택을 떠돌다 추위를 만났네
仰天長吁立	하늘 우러러 부르짖으며 섰노라니

156

忽憶舊衣冠 문득 옛 문물이 생각나네

〈自傷〉 윤동재 譯,《저녁놀》, 138면.

　이 시는 〈夕暮〉에서 '길손'이 거리를 헤매면서 떠돌고 있는 이유가 좀더 구체적으로 나타나 있다. 시의 화자는 '천지가 크다지만 / 이 한 몸 받아주질 못하네'라고 했다. 하늘 아래 어디서고 자신을 받아들여 주는 데가 없다는 것이다. 그래서 '세상을 돌아보면 괴롭기만 하고', 집을 멀리 떠나 있으니 '집 생각을 하면 코가 시큰거리네'라고 했다.

　'은산에서 나물 캐다 날이 저물고'는 다른 일은 할 수도 없고 그저 죽지 않기 위해 나물이나 캐어 먹었다는 것이다. '초택을 떠돌다 추위를 만났네'는 타향에서 떠돌아다니다 어려움을 많이 겪었다는 것이다. '초택'은 삼려대부로 알려졌던 굴원이 버림받아 떠돌던 못이다. '초택을 떠돌다 추위를 만났네'는 자신도 현실과 역사로부터 굴원처럼 버림받았다는 것이다. 그래서 자신의 신세가 한스러워 하늘을 우러러 부르짖으며 '옛 문물을 생각해 본다'는 것이다. 이 시에도 고향을 잃은 자가 겪는 신산함과 처절함이 잘 나타나 있다.

　　가을 大空에
　　흰 구름은
　　千里!
　　만리!
　　저 흰 구름은
　　山을 넘고 江을 건너
　　우리 고향 가건마는
　　나는 언제나

〈흰 구름〉,《저녁놀》, 85면.

高臥草原上 푸른 풀밭 위에 높다라히 누워
仰見大空晴 구름 한 점 없는 하늘을 쳐다보니

```
白雲萬里行   흰 구름은 만리 길을 가고
我心萬里行   내 마음도 만리 길을 달려가네

山靜晝如夜6)  산이 고요해 낮이 밤과 같은데
蟬吟綠樹城   매미는 푸른 수풀성에서 우네
白雲萬里行   흰 구름은 만리를 가고
我心萬里行   내 마음도 만리를 가는구나
```

<白雲> 二首 윤동재 譯,《저녁놀》, 140면.

오일도의 현대시 〈흰 구름〉과 한시 〈白雲〉은 제목이 똑같다. 이 두 편의 시에서는 귀향에 대한 사무친 정을 나타내 보여주고 있다.

현대시 〈흰 구름〉에서는 가을 하늘의 흰 구름은 천리 만리 산을 넘고 강을 건너 화자의 고향을 맘대로 갈 수 있다고 했다. 그러나 '이 내 몸은 언제나' 가보느냐고 반문하고 있다. 시의 화자도 귀향의 날을 그리고 있음을 알게 해 준다. 한시 〈白雲〉도 하늘에 떠 있는 '흰 구름'은 천리 만리를 제 마음 내키는 대로 갈 수 있다고 했다. 그러니 '흰 구름'은 화자의 고향에도 마음만 먹으면 갈 수 있음을 알 수 있다. 화자의 마음은 '흰 구름'을 따라 갈 수 있으나, 몸은 따라가지 못한다. 왜 마음은 갈 수 있는데 몸은 못 가는가. 고향을 상실했기 때문이다. 시의 화자는 고향에 가고 싶어도 못 가는 자신의 신세가 너무 안타까운 것이다. 귀향의 날이 어서 왔으면 하는 간절함이 전편에 흠씬 묻어 있다.

오일도의 한시와 현대시에 함께 나타나고 있는 고향상실 의식은 일제강점체제의 모순 속에서 살아야했던 오일도 삶의 체험이 강하게 작용하기도 했지만, 唐詩를 부지런히 읽었던 오일도의 문학적 경험도 함께 작용한 것이라고 생각된다.7)

---

6) 오일도의 자작 한시 〈白雲〉의 둘째 수 제1구 '山靜晝如夜'에서 '夜'는 원문에는 '年'으로 되어 있으나 의미상으로 보아 오자인 듯하여 '夜'로 고쳤다.
7) 유약우는 중국시 특징의 하나로 '향수'에 대한 시가 많음을 지적하고 있다. 중국

2) 현실 대결 의지

오일도의 한시에는 일제강점체제의 모순과 대결하겠다는 적극적인 자세를 보여주는 작품이 여러 편 있지만, 현대시에서는 그리 많지 않다. 그러나 현대시에도 일제강점체제에 대해 적극적이고 치열한 대결의식 이 드러나고 있다. 오일도는 한시나 현대시에서 모두 현실문제에 대한 깊고 넓은 인식을 바탕으로 진실한 시를 쓰기 위해 애썼다는 것을 알 수 있다.

> 밤새껏 저 바람 하늘에 높으니
> 뒷산에 우수수 감나뭇잎 하나도 안 남았겠다
>
> 季節의 凋落, 잎잎마다 새빨간 情熱의 피를
> 마을 아이 다 모여서 무난히 밟겠구나
>
> 時間 좇아 約束할 수 없는 오— 나의 破鐘아
> 鬱寂의 夜空을 이대로 墨守할 것가!
>
> 구름 끝 熱叫하던 기러기의 한줄기 울음도
> 멀리 사라졌다 푸른 나라로 푸른 나라로!
>
> 고요한 爐邊에 홀로 눈감으니
> 鄕愁의 안개비 자욱히 앞을 적시네
>
> 꿈속같이 아득한 옛날 오— 나의 사랑아
> 너의 乳房에서 追放된 지 내 이미 오래라
>
> 거친 비바람 먼 沙漠의 길을
> 숨가쁘게 허덕이며 내 心臟은 찢어졌다

시인들은 언제나 그들의 유랑을 슬퍼하고, 귀향을 그리는 듯하다고 했다. 유약우, 이장우 역,《중국시학》(서울 : 명문당, 1994), 107면.

가슴에 안은 칼 녹스는 그대로
오 ― 路傍의 죽음을 어이 참을 것가!

말없는 冷灰 위에 秩序 없이 글자를 따라
모든 생각이 떴다 ― 잠겼다 ― 또 떴다

― 앞으로 흰 눈이 펄펄 山野에 나리리라
― 앞으로 해는 또 저물리라

〈爐邊哀歌〉,《저녁놀》, 53~54면.

이 시는 일제강점체제 아래의 현실을 밤으로 인식하고, 이를 그냥 받아들이지 않고, 치열한 대결을 통해 극복하기 위한 의지를 보여주고 있다는 점에서 주목된다. 제1연의 '밤새껏'이라는 말과 제3연의 '鬱寂의 夜空'에서 시간적 배경이 '밤'이라는 것을 알 수 있게 해 준다. 이 시는 일제강점체제 아래의 현실을 '밤'으로 인식하는 데서 출발하고 있음을 알수 있다. 이 시의 시간적인 배경은 '밤'으로 되어 있지만, 계절적 배경은제2연에서 볼 수 있는 것처럼 '凋落'의 계절, 가을이다. 여기서의 가을은풍성한 수확의 계절이 아니라 상실의 계절을 뜻한다.

제3연에서 '종'이 깨져버려 시간을 약속할 수 없다고 했다. 미래에 대해 기약할 수 없다는 것이다. 미래를 기약할 수 없는 이런 현실을 시의화자는 '鬱寂의 夜空'으로 인식하고 있다. 그런데 화자의 고민은 이 현실을 그대로 받아들여야 하는가 아니면 단호히 거부해야 할 것인가에있다. '鬱寂의 夜空을 이대로 墨守할 것가!'라는 영탄은 그대로 받아들일 수 없다는 뜻이다. 그 까닭이 제4연에서부터 제7연에 걸쳐 제시되고있다.

제4연에서는 '구름 끝 熱叫하던 기러기의 한 줄기 울음도 / 멀리 사라졌다 푸른 나라로 푸른 나라로'라고 했다. 그래서 제5연에서는 '향수의안개비 자욱히 앞을 적시네'라고 했다. '향수'는 고향을 상실했기 때문에생긴 것이다. 고향에서 살 수 있으면 '향수'란 애초에 생길 리가 없다.고향상실은 일제강점기라는 현실을 고려한다면 곧바로 조국상실이 됨

160

을 알 수 있다.

제6연은 '고향(조국)'을 '연인'으로 치환시켜 표현하고 있다. 고향의 품, 조국의 품을 '너의 乳房'이라 했다. 고향상실, 조국상실을 '너의 乳房에서 追放'된 것으로 인식하고 있다. 고향을 상실하고, 조국을 상실한 화자는 제7연에서 볼 수 있는 것처럼 '거친 비바람 먼 沙漠길'이라는 험난한 현실을 '숨가쁘게 허덕이다' '心臟'이 찢어져 버린 것이다.

그러면 시의 화자는 이러한 고향상실, 조국상실을 당연한 일로 받아들이고 있는가. 제8연은 제3연에서와 마찬가지로 자신이 처한 현실을 그대로 받아들일 수 없다고 했다. '가슴에 안은 칼 녹스는 대로 / 오 — 路傍의 죽음을 어이 참을 것가'는 고향상실의 현실, 조국상실의 현실을 그대로 받아들일 수 없다는 강렬한 의지의 표현이다. '가슴에 안은 칼'은 대결 의지의 표현이다.

제9연의 '모든 생각이 떴다 — 잠겼다 — 또 떴다'라는 구절은 화자의 고민의 일단을 보여준다. 많은 번민을 하지만 시의 화자는 미래에 대한 확신을 갖고 있다. 제10연의 '앞으로 흰 눈이 펄펄 山野에 나리리라'는 숱한 번민 끝에 시의 화자가 내린 결론이다. 빼앗긴 고향, 잃어버린 조국의 대유인 '山野'에 '흰 눈'이 펄펄 내릴 것이라고 했다. '흰 눈'이 내릴 것이라는 뜻은 '밤새껏', '鬱寂의 夜空', '거친 비바람 먼 沙漠의 길'로 표현된 고향상실, 조국상실의 현실이 극복될 수 있다는 믿음을 보여준다 하겠다. 현실 극복의 강한 의지가 나타나 있다고 할 수 있다. '爐邊哀歌'는 '희망의 노래'라 할 수 있다. 이 시에서 볼 수 있는 어둔 현실과의 적극적 대결의식은 그의 한시에도 잘 나타나고 있다.

驛頭秋風起　驛頭에 가을 바람 불어대니
萬般客意凉　길손의 뜻도 갖가지로 처량하구나
落木鄕山遠　나뭇잎 진 고향산은 멀어질 거고
白雲塞路長　흰 구름 떠 있는 변방 길은 아득하네
誰能脫寶劍　누가 능히 보검을 풀까

我獨擧殘觴　나 홀로 남은 잔을 드네
烟笛一聲發　증기 뿜고 기적 한 번 울리며 출발하니
今夜過漢陽　오늘밤은 한양을 지나리라

〈夜發大邱驛〉윤동재 譯, 《저녁놀》, 128면.

　이 한시도 〈爐邊哀歌〉처럼 시간적 배경은 '밤'이고, 계절적 배경은 '가을'이다. 그리고 주제도 고향상실 의식이 강하게 드러나 있다. 시의 화자는 지금 대구역을 떠나는 길손들의 뜻이 여러 가지로 처량하다고 했다. 고향을 잃어버린 사람들이 한둘이 아님을 말한다. 고향을 떠나 낯선 곳으로 가는 길이 험난하다는 것을 나타내기 위해 '路長'이라고 했다. 길이 멀다는 것은 그가 걸어갈 앞길이 실제로 멀고, 심정적으로도 멀게 느껴진다는 표현이다. 다시 말해 그가 걸어가게 될 앞길이 험난하다는 암시를 해 준다고 하겠다.

　시의 화자가 자신의 미래가 순탄하지 않다는 것을 알면서도, 먼길을 떠나는 까닭은 고향을 상실했기 때문이다. 고향은 이제 남의 땅이 되었다. 그러나 시의 화자는 고향을 빼앗긴 채 보고만 있지 않는다. 고향을 빼앗겼다는 사실을 인정하고 체념하기만 하는 것은 아니다. 그는 만주행 기차를 타고 가면서 줄곧 빼앗긴 고향, 남의 땅이 된 고향을 되찾을 방법은 없을까. 어떻게 하면 고향을 되찾을 수 있을까 하는 것만 생각하고 있다.

　화자의 생각으로는 고향을 되찾는 방법은 싸워서 이기는 방법밖에 달리 없다. 그래서 시의 화자는 '누가 능히 보검을 풀까, 誰能脫寶劍' 하고 묻고 있다. 이는 자기 자신과 민족 구성원 모두에게 던지는 진지한 물음이다. 그리고 이 물음의 답은 이미 나와 있다. 보검을 내가 풀고 네가 풀자는 것이다. 즉 민족 구성원 모두가 보검을 풀고 일제와 싸우면 빼앗긴 고향과 조국을 찾을 수 있다는 것이다.

　他鄕歲月流　타향살이 세월은 흐르는 물과 같고

高望思悠悠　높이 바라보며 아득히 생각하네
天地浮萍客　천지를 떠도는 나그네 신세인데
江山落木秋　강산은 나뭇잎 지는 가을이네
丹心藏一劍　붉은 마음 한 자루 칼 속에다 감추고
白首繫孤舟　흰 머리카락으론 외로운 배를 매었네
當年子美淚　그 옛날 두보도 눈물 흘리며
回憶岳陽樓　악양루를 돌이켜 생각했다네

〈秋感〉 윤동재 譯, 《저녁놀》, 138면.

이 한시도 현대시 〈爐邊哀歌〉와 한시 〈夜發大邱驛〉과 마찬가지로
고향상실을 극복하기 위한 대결의지가 드러나 있다. 타향살이로 떠도는
나그네가 고향상실, 조국상실을 극복하겠다는 '붉은 마음 丹心'을 '한 자
루 칼 속에다 감추고, 藏一劍' 다닌다고 했다. 〈爐邊哀歌〉에서 볼 수 있
었던 '가슴에 칼을 안고'와 이 시의 '단심을 한 자루 칼 속에다 감추고'
는 고향상실, 조국상실을 그대로 받아들일 수 없다는 뜻이다.
　미련(尾聯) '그 옛날 두보도 눈물 흘리며 / 악양루를 돌이켜 생각했다
네, 當年子美淚 / 回憶岳陽樓'는 두보의 시 〈登岳陽樓〉[8]의 의경을 차용
했다고 볼 수 있다. 시의 화자는 두보가 전쟁으로 도탄에 빠진 백성들
이 겪는 어려움과, 나라를 걱정하느라 악양루에 올라 눈물 흘린 일을
시에 끌고 왔다. 그리고 고향상실과 조국상실로 천지를 떠도는 자신의
신세가 두보와 같음을 말하고, 이를 극복하기 위한 적극적 대결의 자세
를 보여주고 있다.

---

8) 杜甫의 〈登岳陽樓〉 시는 다음과 같다. "昔聞洞庭水 / 今上岳陽樓 / 吳楚東南坼 /
乾坤日夜浮 / 親朋無一字 / 老病有孤舟 / 戎馬關山北 / 凭軒涕泗流 // 동정호 이야기
를 옛날에 들었는데 / 오늘에야 악양루에 오르게 되었구나 / 오 나라 초 나라가 동
남쪽으로 쩍 갈라졌고 / 하늘 땅 해와 달이 밤낮으로 그 속에 뜨고 지네 / 친척 친구
들 소식 한 자 없고 / 병들고 늙은 몸을 가까스로 쪽배에 의지하는 외로운 신세 / 관
산 북쪽으로는 아직도 전쟁이 계속되고 있다니 / 난간에 기대어 그저 하염없이 눈
물 흘릴 뿐." 李炳漢·李永朱 譯解, 《唐詩選》(서울 : 서울대학교출판부, 1998), 205면.

상실된 고향을 되찾기 위한 적극적 대결의 자세를 보여주고 있다는 점에서 현대시 〈爐邊哀歌〉와 한시 〈夜發大邱驛〉, 〈秋感〉은 긴밀한 상관성을 보여주고 있다.

3) 질병을 대하는 태도

오일도는 평생 병을 안고 살다시피 했는데,[9] 그의 현대시와 한시에는 자신의 질병을 소재로 한 작품이 많다. 이들 작품에서는 오일도가 질병을 어떻게 받아들이고 있는지 잘 나타나 있다. 오일도의 현대시와 한시에 나타나고 있는 질병을 받아들이는 태도는 우리 전통사상에서 죽음과 질병을 받아들이던 태도와 다를 바 없다. 이 점에서 오일도는 전통사상 수용의 일면을 보여준다고 하겠다.[10]

---

9) 異河潤의 〈'爐邊哀歌'의 詩人 吳一島 兄〉,《자유문학》 1959년 3월호, 128면에 보면 "오일도는 경성 고등보통학교에 입학하여 이하윤과 같이 공부한 적이 있는데, 병을 빙자하고 간혹 나무 그늘에서 독서를 하다가 견학의 의무를 소홀히 하여 꾸지람을 듣는 것을 목격하기도 했다"고 했으며, 김광섭, 〈사랑의 信徒 吳一島〉, 《현대문학》 1963년 1월호, 128~133면에서도 오일도는 병약했고, 우울한 성격인 것으로 회고하고 있다.

오일도 자신도 스스로의 지병에 대해 그의 수필 〈臨海莊의 三夜〉에서 다음과 같이 고백하고 있다. "여기는 松濤園 臨海莊, 글자 그대로 푸른 바다에 직면한 山川內科 分院입니다. 외로운 밤 베개 아래로 부닥치는 海濤 소리를 들으며 유리창으로 비치는 달밤을 바라보며 홀로 침대 위에서 이 펜을 들었습니다 …… 중략 …… 나는 먼저 診察室로 들어가서 順序로 의사의 진찰을 받았습니다. 묻는 대로 대답했습니다. 몸 만지는 대로 맡겨 두었습니다. 역시 神經衰弱症. 좀 療養을 하는 것이 낫겠다고 의사는 말합디다. 바른 진단이었습니다. 事實인즉 나는 학창 시대부터 늘 신경쇠약증이 있어서 十年爲客病相隨하고 自悶한 일도 있거니와, 요즘 두통, 불면증이 심하여 신경 쇠약으로는 상당히 중환자. …… 후략 ……" 오일도, 《저녁놀》(서울 : 근역서재, 1976), 106~109면.

10) 조동일은 우리 선인들은 불교의 승려든 유학자든 생사에 自在하는 것이 마땅한 자세라고 보아, 질병과 죽음이 삶의 자연스러운 과정이라고 여기고 마음의 동요 없이 받아들이는 슬기로운 자세를 지녔다고 했다. 조동일, 《독서·학문·문화》(서울 : 서울대학교출판부, 1994), 133~143면.

한겨울 앓던 몸
따스한 햇발 따라 뒷산으로 오르니
어느 새 잔디밭 눈이 녹고
마른 가지 끝으로
가벼운 봄이 벌[蜂]같이 도네

이 몸에 병이 낫고
이 산에 꽃이 피거든
날마다 이 산에 올라
파 — 란 하늘이나 쳐다볼까!

〈봄아침〉, 《저녁놀》, 18면.

제1연에서는 겨우내 병이 들어 바깥 나들이를 전혀 할 수 없었던 시의 화자를 따뜻한 햇발이 불러내자, 아무런 망설임 없이 햇발의 손을 잡고 함께 나들이에 나섰다. 햇발은 시의 화자에게 봄이 하고 있는 일들을 자세히 보여주고 있다. 봄은 잔디밭의 눈을 녹이고, 또 '마른 가지 끝으로' 벌과 같이 가볍게 몸놀림을 하고 있다. 봄의 이런 노력으로 머지않아 천지는 봄기운이 가득할 것이고, 마른 나뭇가지도 새 잎을 달게 되리라. 활기찬 몸놀림을 하고 있는 봄과 병이 들어 초췌한 시의 화자를 대비하여, 화자가 병이 들어 있음을 더욱 잘 드러나도록 했다. 봄과 시의 화자의 대비가 두드러진다. 제2연에서는 병이 어서 빨리 나았으면 하는 조바심과 애탐이 보인다. '이 몸에 병이 낫고 / 이 산에 꽃이 피거든 / 날마다 이 산에 올라 / 파 — 란 하늘이나 쳐다볼까'라는 데서 그것을 보여준다. 그런데 다음 시에서는 오일도의 질병을 받아들이는 태도가 잘 나타나고 있다.

높이 하늘에서
검은 구름이 가슴 한복판을 누른다

내 무슨 罪로
두 손 가슴에 얹고 반듯이 침대에 누워

執行時間을 기다리느뇨

그러나 모두 우습다
그러나 모두 無다

눈만 살아
벌레 먹는 내 肉體를 내려볼 때에
人生은 결국 동물의 한 現象이어니

百年도 그렇고……
千年도 그렇고……

내 한 가지 希願은
내 간 후
뉘우칠 것도 거리낄 것도 아무것도 없게 하라

〈검은 구름〉, 《저녁놀》, 72~73면.

시의 화자와 시인이 분리되어 있지 않다. 특히 질병을 받아들이는 오
일도의 독특한 태도를 보여주고 있는 시들은 거의 대부분 화자와 시인
이 분리되어 있지 않다. 개인적 체험을 시로 쓰면서 굳이 시인과 분리
된 시의 화자를 내세울 필요가 없었기 때문일 것이다. 이는 그의 병력
이 뒷받침해 주고 있다.[11]

제1연의 '검은 구름'은 죽음의 이미지다. 검은 구름이 '가슴 한복판을
누른다'는 것은 죽음이 엄습해 왔다는 것이다. 제2연에서는 '내 무슨 罪
로/두 손 가슴에 얹고 반듯이 침대에 누워/執行時間을 기다리느뇨'라
고 반문하여 자기가 죄도 없이 죽어가고 있는 것을 원망하고 있다. 제1
연과 제2연에서 화자는 죽음과 질병을 자연스럽게 받아들이지 못하고
있다.

그러나 제3연에 오면 '그러나 모두 우습다/그러나 모두 無다'라고 하
여 제1연, 제2연과는 다른 전환이 이루어지고 있다. 그리고는 제4연에

---

11) 주 9) 참조.

서처럼 '벌레 먹는 내 肉體를 내려볼 때에 / 人生은 결국 동물의 한 現象
이어니'라며 자기 자신에게 한발 한발 다가서고 있는 죽음을 담담히 받
아들이고 있다. '인생은 결국 동물의 한 현상'이란 인생의 유한성을 나
타내면서, 동시에 '질병과 죽음을 삶의 자연스러운 과정으로 여기고, 마
음의 동요 없이 받아들이고 있는 자세'라 하겠다. 영원히 살지 못한다는
점에서 인생이나 동물은 다른 점이 없는 것이다. '백년도 그렇고 / 천년
도 그렇고'라는 구절은 '천년'과 '백년'이라는 시간적 차이는 별 의미가
없다는 것이다. 영겁에 견준다면 '천년'도 찰나에 지나지 않는다. '천년'
을 산다한들 죽음을 넘어설 수 없다는 점에서 결국은 마찬가지라는 것
이다.

그런데 오일도는 죽음과 질병을 자연스럽게 받아들이면서도 죽으면
극락과 같은 또 다른 나라로 간다는 기대를 하고 있었던 듯하다. 아마
오일도의 경우는 이러한 내세에 대한 기약, 극락을 간다는 기대, 또 다
른 나라로 간다는 기대가 평생을 질병에 시달리면서도 이를 가볍게 받
아들일 수 있게 한 것이 아닌가 한다. 다음 시를 보면 그 점이 확연히
드러난다.

　　작은 방안에
　　장미를 피우려다 장미는 못 피우고
　　저녁놀 타고 나는 간다

　　모가지 앞은 잊어버려라
　　하늘 저 편으로
　　둥둥 떠가는
　　저녁놀!

　　이 宇宙에
　　저보담 더 아름다운 것이 또 무엇이랴!
　　저녁놀 타고
　　나는 간다

붉은 꽃밭 속으로
붉은 꿈나라로

〈저녁놀〉, 《저녁놀》, 86~87면.

첫째 연에서 '작은 방안'은 오일도가 살았던 공간을 말한다. 그리고 '장미'는 오일도가 추구하고자 했던 일들을 상징한다고 볼 수 있다. 오일도는 제한된 공간에서 자신의 꿈을 펼쳐보지 못했지만, 또 다른 나라로 갈 새로운 기약을 말하고 있다. 이 시의 마지막 연 '붉은 꽃밭', '붉은 꿈나라'는 오일도가 죽으면 가리라고 믿었던 다른 나라이다. 내세에 대한 오일도 나름의 이런 확신이 있었기에 죽음과 질병을 담담히, 비교적 자연스럽게 받아들일 수 있었던 것이 아닌가 한다. 여기서 '붉은' 색은 재앙과 악귀를 물리치는 벽사의 의미와 생명의 상징으로 쓰였다. 그러니까 오일도가 죽으면 가리라고 믿었던 나라는 재앙과 악귀도 없는 생명의 나라였던 셈이다.

오일도가 현대시에서 보여주고 있는 죽음과 질병에 대한 이러한 태도는 자작 한시에도 고스란히 나타나고 있다.

霖雨長成病　기나긴 장마에 병마저 얻어
閉門惟苦吟　문 닫고 오직 괴롭게 읊조리나니
雲陰能蔽日　구름 그림자 능히 해를 가리고
草盛自爲林　풀은 무성하여 스스로 수풀을 이루었네
病何催白髮　병은 어찌 백발을 재촉하나
書不換黃金　글은 황금과도 맞바꿀 수 없네
平生知已定　내 한평생은 이미 정해져 있다는 걸 알았으니
莫使空傷心　공연히 상심하지 말게나

〈霖雨〉 윤동재 譯, 《저녁놀》, 137면.

이 5언 율시의 首聯에서는 '기나긴 장마에 병마저 얻어 / 문 닫고 오직 괴롭게 읊조리나니'라고 운을 뗐다. 함련에서는 안짝과 바깥짝이 서

168

로 대구가 되고 있다. '雲陰과 草盛', '能과 自', '蔽日과 爲林'은 대구를 이루고 있다. 여기서 '能'과 '自'라 한 글자가 묘처이다. '구름 그림자'는 스스로의 능력으로 해를 가리고, '무성한 풀'은 '스스로 수풀을 이루었다'는 것이다. 그리고 이러한 자연 현상은 지극히 순리에 따른 현상이라는 것이다. 경련에서 '병은 어찌 백발을 재촉하나', 다시 말하자면 죽음을 재촉하는가 하고 묻고 있지만 그것은 대수롭지 않다.

頷聯에서 발견한 이치로 인해서 이제는 '병'이 '백발을 재촉하는 것'도 순리이며 이법일 뿐이라는 사실을 깨달은 것이다. 그래서 尾聯에서와 같이 '내 한평생은 이미 정해져 있다는 걸 알았으니', '공연히 상심하지 말게나'라고 화자가 스스로에게 당부하고 있다. 죽음과 질병을 자연스럽게 순리로 받아들이고 있는 모습이라 할 수 있다. 이는 현대시 〈검은 구름〉과 〈저녁놀〉에 나타나고 있는 주제의식과 동일하다.

오일도의 현대시는 그가 쓴 한시의 문학적 성과와 견주어 볼 때 작품 수준이 뒤떨어진다고 할 수 있다. 그의 한시는 일제강점체제의 모순에 대한 비판과 적극적인 대결 의지를 보여주면서 민족 공동체 구성원 모두를 향해 열린 시각을 보여주고 있다. 그러나 그의 현대시는 순수 서정을 노래하고 있는 작품이 많다. 개인에 한정된 외로움과 비애, 적막감 등을 주로 노래하면서 세상과는 격리된 닫힌 시각을 보여주고 있다. 그래서 그의 현대시 가운데 특히 일부는 자칫 문학청년의 모습이나 소녀 취향을 느끼게 한다. 한시와 공통적인 주제를 다룰 때도 현대시는 형상이나 인식 양면에서 뒤떨어진다.

이는 오일도가 시 전문지 《시원》을 발간하고 현대 시인으로 활동하기 위해서 어쩔 수 없이 당대의 해외문학파와 시문학파의 흐름을 상당 부분 받아들였기 때문에 나타나고 있는 현상이 아닌가 한다.[12] 이들의 영향으로 그의 현대시는 순수 서정에 몰입하여 닫힌 시각을 드러내고

---

12) 김용직, 〈시원과 30년대 시단〉, 《한국현대시사》 2(서울 : 한국문연, 1996), 215~220 참조.

있다고 생각된다. 더구나 오일도가 해외문학파들이 동경유학을 했을 때
와 거의 비슷한 무렵에 동경유학을 하여, 일본을 통해 서구문학을 어느
정도 접하게 된 것도 한 요인이 되었다고 짐작해 볼 수 있다.

2. 조지훈

1) 산수자연

산수자연은 예로부터 시의 가장 흔한 소재가 되어 왔다. 대부분의 시
는 그 발상을 자연에 두고 산수자연을 매개로 하여 시상을 전개하는 경
우가 많다. 《조지훈전집》에 실려 있는 전체 227편의 작품 가운데 3분의
1이 조금 넘는 80편이 산수자연을 읊고 있다.[13] 조지훈의 경우 특히 산
수자연에 관심을 기울인 것은 무엇보다도 그의 성격과 환경 탓이라는
지적이 있다. 조지훈의 성격은 애잔하고 말이 적으며 기가 약하였고, 어
느 면에서 여성적이라고 할 수 있다는 것이다. 거기에다가 그는 어려서
부터 잔병치레를 많이 했고, 또 집안은 일경들에 의해 수시로 검색을
당하였다. 이러한 요인들로 하여 그는 센티멘털한 감정을 지니게 되었
고 산수자연에 관심을 갖게 되었다는 것이다.[14]

조지훈의 산수자연을 읊고 있는 시는 산수자연과의 친화와 합일, 산
수자연에 은둔하여 은일의 정신으로 살아가는 모습을 그리고 있다. 이
점은 전통 사대부 한시에서 추구되어 왔던 주제의식과 긴밀한 상관성

---

13) 최승호, 《현대시와 동양적 생명사상》(서울 : 다운샘, 1995), 169면.
14) 박호영, 〈조지훈 문학연구〉, 서울대학교 대학원 박사논문, 1988, 71면. 그러나
    조지훈의 성격에 대해서는 이와 상반되는 견해도 있다. 조지훈에게는 남성적이고
    지사적인 측면이 있었다는 것이다. 정재각, 〈지훈의 인품과 사상〉, 《민족문화연
    구》 제22호(서울 : 고려대학교민족문화연구소, 1989), 8면 ; 김종길, 〈지훈이라는
    사람〉, 《시와 시인들》(서울 : 민음사, 1997), 66~69면.

이 있다. 여기서는 조지훈의 현대시 가운데 산수자연을 소재로 하거나
배경으로 하여 주제의식을 드러내고 있는 시를 먼저 살펴보기로 한다.

> 차운 산 바위 위에 하늘은 멀어
> 산새가 구슬피 우름 운다
>
> 구름 흘러가는
> 물길은 七百里
>
> 나그네 긴 소매 꽃잎에 젖어
> 술 익는 강마을의 저녁 노을이여
>
> 이 밤 자면 저 마을에
> 꽃은 지리라
>
> 다정하고 한 많음도 병인양하여
> 달빛 아래 고요히 흔들리며 가노니……
>
> 〈玩花衫 — 木月에게〉,《청록집》, 56~57면.

이 시는 1946년 4월 《象牙塔》 제5호에 〈落花〉와 함께 발표된 작품
이다. 같은 지면에 박목월의 〈나그네〉도 발표되었다. 조지훈의 〈玩花
衫〉에는 ' — 木月에게'라는 부제가 붙어 있었고, 박목월의 〈나그네〉에
는 ' — 芝薰에게'라는 부제가 붙어 있었다.[15] 그리고 보면 두 작품은 증
답시임을 알 수 있다.

〈玩花衫〉이라는 제목은 '꽃을 보고 즐기는 선비'라는 뜻이다. 이 시가
일제 강점기에 쓰여졌다는 것을 염두에 둔다면, 단순히 현실에 대한 묘
사는 아니다. 일제 강점기 현실을 핍진하게 그려낸 것은 아니고, 더구나
그런 것과는 거리가 멀다 할 수 있다. 왜 그런가 하면 일제 강점기에 유

---

15) 정한모, 〈초기작품의 시세계〉, 김종길 외, 《조지훈연구》(서울 : 고려대학교출판
　　부, 1978), 23면.

유자적하면서 '꽃을 즐길 수 있는 여유'를 가질 수 있었던 민족 구성원
은 있을 수 없었기 때문이다. 여기서 '꽃을 즐기는 선비'는 '나그네'이다.
나그네는 그 속성상 어느 한 곳에 집착하지 않고 머무르지 않는다. 그
저 유유히 흘러가고 떠돌 뿐이다. 마찬가지로 꽃을 즐기는 선비도 '꽃을
즐기면서도', 그것에 집착하지 않는다. 꽃을 소유하려고 하지 않는다.
이 점에서 이 시의 '선비'와 '나그네'는 동일인이라 할 수 있다.

　　논자에 따라서는 '산새'를 '나그네'의 객관적 상관물이라 하나 '산새'
는 '나그네'와 대비되는 존재이다.[16) '산새'는 자기가 앉아 있는 곳이 '차
운 산 바위 위'이며 자기가 맘껏 날아야 할 '하늘'과는 거리가 멀다는 것
을 인식하고 '우름 운다'. '산새'는 자기에게 주어진 환경 조건을 벗어나
지 못하고 있다. 여기에 얽매여 있을 뿐이다. 하지만 '나그네'는 꽃으로
표상된 '자연'을 즐긴다. 꽃이 피면 피는 대로, 꽃이 지면 지는 대로 즐
긴다. 그리고 궁극적으로는 자연과 하나가 되고자 하고, 자연과 합일을
이루고 있다. '나그네'의 이러한 자세는 '산새'와 대비됨으로써 더욱 극
명하게 드러나고 있다.

　　제2연의 '구름 흘러가는 / 물길은 칠백리'는 '구름'과 '물길'이 머무르
지 않는 속성을 지니고 있고 어디에도 집착하지 않듯이, '나그네'도 자
연과 합일을 이루지만 거기에 집착하지 않음을 드러낸다. 여기서의 '구
름'과 '물길'은 이 시에서 중요한 소재이다. 그러나 하나는 천상의 존재
이고, 다른 하나는 지상의 존재라는 점에서 서로 대칭이 된다고 볼 수
도 있지만, '구름'이나 '물길'은 흐름의 이미지나 떠남의 이미지를 보여
준다는 점에서는 동일한 존재라 할 수 있다. 이러한 이미지를 통해서도
'나그네'의 여정이 끊임없이 흘러가고 떠나간다는 것을 보여준다.

　　제3연에서 '나그네 긴 소매 꽃잎에 젖어'라고 한 것은 '나그네'와 자
연 표상이기도 한 '꽃'의 합일을 의미한다. 시의 제목인 〈玩花衫〉의 뜻

---

16) 김용직은 이 시에 나오는 '산새'를 나그네 신세가 된 시인 자신이라고 보고 있다.
　　김용직, 《한국현대시의 이해》, 삼성문화문고 157(서울 : 삼성미술문화재단, 1971),
　　256면.

은 '꽃을 즐긴다'인데, 이는 '자연'을 즐긴다는 것이다. 그리고 화자는 '꽃잎에 젖어' 지낼 수도 있지만, 이 꽃은 또 '이 밤이 지나면' 진다는 사실도 알고 있다. 뿐만 아니라 '다정하고 한 많음도 병인양하여'라고 했다. '다정'과 '한 많음'이 '병'이라는 것은 집착에서 벗어나지 못하면 '병'이 된다는 뜻이다. 다시 말해 '다정'과 '한 많음'은 어디에건 집착하고 벗어나지 못할 때 생기는 것이다. 그러나 '나그네'에게는 이런 면모가 없다. 그래서 '달빛 아래 고요히 흔들리며 간다'고 했다. 특히 이 시에서 '구름 흘러가는 / 물길은 칠백리', '달빛 아래 고요히 흔들리며 가노니'와 같은 구절은 어디에도 '집착하지 않는 나그네'의 참모습을 드러내 준다. 나그네의 이러한 모습은 無心한 모습이며, 초월자의 모습을 보여준다 하겠다.

앞에서 이 시가 박목월의 〈나그네〉와 서로 주고받은 증답시라고 했다. 그런데 〈나그네〉의 무대 배경이 강가인데, 〈玩花衫〉도 강가라는 점이 서로 같다. 또한 〈나그네〉가 덧없이 떠도는 길손의 심상을 통해서 시인의 여정 같은 것을 바닥에 깐 데 대해서, 〈玩花衫〉에도 그런 의식의 단면이 드러나는 것이다. 뿐만 아니라 '술 익는 강마을의 저녁 노을'은 두 작품이 모두 공유하고 있는 구절이다.

그러나 이런 유사점과 함께 두 작품에는 명백하게 드러나는 차이점도 있다. 〈玩花衫〉에는 나그네의 길이 '구름 흘러가는 / 물길은 칠백리'라고 되어 있다. '외줄기' 가느다란 길이 아니라 구름과 물의 유장한 이미지가 결합된 낭만적인 길로 묘사되어 있다. '나그네'의 심상이 삶의 진실을 어느 정도 해득한 당당한 달인의 모습으로 형상화되어 있다. 그러나 〈나그네〉는 모든 것을 떨치고 표랑하는 나그네의 유유자적한 자태를 나타내고 있긴 하지만, 사실 그것은 자신의 외롭고 약한 심정과 결합되어서 어딘지 모르게 나약한 느낌을 주고 있는 것이 사실이다. '길은 외줄기 / 南道 三百里'라는 구절에서 그것을 볼 수 있다.[17]

---

17) 이숭원,《근대시의 내면구조》(서울 : 새문사, 1988), 108~109면.

〈玩花衫〉은 일찍부터 조지훈 자신의 한시 〈旅懷〉와 밀접한 상관성
이 있다고 지적되어 왔다.[18] 조지훈의 한시 〈旅懷〉와의 상관성을 살펴
보기로 한다.

千里春光燕子歸 온누리에 봄빛 드니 제비는 돌아오고
雲心水性動柴扉 구름과 물의 심성으로 사립문 열었네
苔封路石寒山雨 이끼 낀 돌길 차운 산엔 비가 내리는데
酒熟江村暖夕暉 술 익는 강마을의 따뜻한 저녁 노을
客窓殘燭思今古 객창에 촛불 밝혀 고금을 생각하며
故國遺墟論是非 옛 나라 유허에 시비를 논하더니
多恨多情仍爲病 다정하고 한 많음도 이내 병이 되어서
惜花愛月拂征衣 사랑스런 꽃과 달에 옷깃 터는 나그네

　　　　　　　　〈旅懷〉 윤동재 譯, 《만해·지훈의 한시》, 220면.

대뜸 눈에 띄는 게 시 구절의 유사성이다. 〈玩花衫〉의 제5연 '술 익
는 강마을의 / 저녁 노을이여'와 〈旅懷〉의 제4구 '술 익는 강마을의 따
뜻한 저녁노을'과 〈玩花衫〉 제7연 '다정하고 한 많음도 병인양하여', 제
8구 '달빛 아래 고요히 / 흔들리며 가노니 ⋯⋯ '와 〈旅懷〉의 제7구 '다
정하고 한 많음도 병인양하여', 제8구 '사랑스런 꽃과 달에 옷깃 터는
나그네'는 거의 비슷하다.

그런데 〈玩花衫〉과 〈旅懷〉에서 볼 수 있는 유사성은 시 구절만이
아니다. '나그네'가 중심 심상이 되고, '구름'과 '물'이 주요 소재가 되고
있다는 점도 두 작품이 같다. 〈玩花衫〉의 '나그네'는 방랑의 여정을 보

───────────────

18) 이동환, 〈지훈시에 있어서의 한시전통〉, 김종길 외, 《조지훈연구》(서울 : 고려
　　대학교출판부, 1978), 240~241면 ; 김용직, 《한국현대시사》 2(서울 : 한국문연,
　　1996), 491~492면 ; 《한국현대시의 이해》, 삼성문화문고 157(서울 : 삼성문화재
　　단, 1971), 254면 ; 김재홍, 《한국현대시인연구》(서울 : 일지사, 1986), 438면 ; 김
　　종길, 〈한시와 우리 현대시〉, 《시와 시인들》(서울 : 민음사, 1997), 119면 ; 박경
　　혜, 〈조지훈 문학연구〉, 연세대학교 대학원 박사논문, 1992, 115면.

여주고 있다. 그 방랑의 길이 '물길 七百里'인데 여기서 '七百里'라는 것은 나그네의 심정에 투영된 심리적 거리로서, 나그네가 인식하고 있는 세계 공간을 말한다. 〈玩花衫〉의 이미지들은 떠남, 낙하, 사라짐의 이미지들이다. 주요 소재가 되고 있는 물도 이러한 이미지들을 뒷받침하고 있다. '구름과 물'은 흘러가는 것, 스쳐가는 것, 떨어져 가는 것으로서 집착이 없는 나그네의 유랑길을 암시한다고 할 수 있다.

〈旅懷〉에서는 봄빛이 드는 곳이 '千里'라고 했다. 이는 〈玩花衫〉에서의 '칠백 리'와 마찬가지로 '나그네'의 심리에 투영된 세상의 크기를 말한다. '千里'로 인식된 세계 공간을 '나그네'는 '구름과 물'의 심성으로 사립문을 열었다고 했다. '사립문을 열었다'는 떠남의 시작을 뜻한다. '구름'과 '물'은 유장하고 머무르지 않는다. 머무르지 않고, 떠나감, 사라짐의 이미지를 지니고 있다. 그러니까 〈旅懷〉의 화자는 '나그네'가 이렇게 구름과 물의 심성을 갖고 한 곳에 집착하지 않고, 집착을 넘어서 초월의 자세로 천리를 떠돌고 있음을 말했다. 〈玩花衫〉에서처럼 '다정하고 한 많음도 이내 병이 된다'고 했다. '나그네'는 이를 잘 알고 있기 때문에 사랑스런 꽃과 달을 자기 것으로 해서, 오래 바라보지 않고 미련 없이 옷깃을 털며 자기 길을 가는 것이다. 세속에 대한 집착을 넘어선 초월이 〈玩花衫〉이나 〈旅懷〉에서 공통적으로 추구하는 주제의식이라 할 수 있다. 〈玩花衫〉은 조지훈 자신의 한시 〈旅懷〉와 구절이나 주제면에서 긴밀한 상관성을 보여주고 있다.

조지훈이 왜 이렇게 비슷한 내용의 시를 현대시와 한시로 동시에 남기고 있는가. 그것은 조지훈이 거친 습작의 한 과정을 엿보게 한다. 〈旅懷〉는 한시 가운데 가장 까다롭다는 율시의 형식을 택하고 있다. 율시는 까다로운 성운 규칙을 가지고 있고 頷聯과 頸聯의 對句가 맞아야 한다. 이런 율시의 작법을 통해 현대시의 틀을 익힌 것이 아닌가 한다. 한시 〈旅懷〉가 〈玩花衫〉보다 먼저 쓰였다는 지적[19]에 비추어 보아서 이

---

19) 김종길, 〈한시와 우리 현대시〉, 《시와 시인들》(서울 : 민음사, 1997), 119면.

점을 짐작할 수 있다. 〈玩花衫〉의 2행 1연으로 된 연 구성 방식도 한시 작법을 염두에 둔 것이라 할 수 있다.

그런데 〈玩花衫〉이 다른 사람의 한시와도 상관이 있다는 지적이 있다. 윤석성은 喚惺志安의 〈春吟〉과 杜牧의 〈江南春絶句〉와 상관성이 있다고 했다. 喚惺志安의 〈春吟〉에서는 제3구 '歸來香滿袖'라는 구절이 특히 관계가 있고, 杜牧의 〈江南春絶句〉에서는 제2구 '水村山郭酒旗風' 이 상관이 있다고 했다.[20]

曳杖尋幽逕　지팡이 끌고 찾아가는 그윽한 길
徘徊獨賞春　홀로 걸으며 봄을 맛보네
歸來香滿袖　돌아오는 길 소매 가득 꽃의 향기
胡蝶遠隨人　나비들 멀리서도 날 따라오네

喚惺志安, 〈春吟〉[21] 윤동재 譯

千里鶯啼綠映紅　천리에 꾀꼬리 울고 꽃 활짝 피었는데
水村山郭酒旗風　강 마을 산골 주막에 깃발 나부낀다
南朝四百八十寺　남조 때 지은 절 사백 팔십 곳
多少樓臺烟雨中　많고 많은 누대가 봄비 속에 잠겼구나

杜牧, 〈江南春絶句〉[22] 윤동재 譯

喚惺志安의 〈春吟〉에서 시의 화자는 지팡이를 끌고 봄나들이를 나섰다. 제1구에서 '그윽한 길'을 간다고 했다. 제2구에서는 그 길이 사람들이 많이 다니지 않는 길임을 알 수 있다. '홀로 걸으며 봄을 맛보네'라고 했다. 그런데 이 시에서 화자가 보여주고 있는 태도는 봄에 대한 무집착이다. 봄을 맛보면서 거기에 집착하지 않는다. 제3구에서 '소매 가

20) 윤석성, 〈조지훈론 ― 초기시를 중심으로〉, 홍기삼 외, 《한국현대시인연구》(서울 : 태학사, 1989), 618면.
21) 석지현 편역, 《선시》(서울 : 현암사, 1975), 508면.
22) 《두목전집》(상해 : 상해고적출판사, 1997), 29면.

득 꽃의 향기'라 표현하고 있는데, 이는 〈玩花衫〉의 '나그네 긴 소매 꽃
잎에 젖어'라는 구절과 유사하다.

그런데 이 구절은 천지에 한창 무르익은 봄을 말해 준다. 화자는 천지
에 무르익은 봄향기를 즐긴다. '소매 가득한 꽃향기'는 화자가 애써 담
아 모은 것이 아니다. '꽃향기'가 절로 날아와 모인 것이다. 제4구에서도
화자의 무집착을 볼 수 있다. '나비'는 '꽃향기'를 따라 '멀리서도 따라온
다'고 했다. 꽃향기에 집착하는 나비와 집착을 벗어나 유유자적하는 시
의 화자가 자연스럽게 대비되도록 했다. 이런 점에서 볼 때, 〈玩花衫〉
과 〈春吟〉은 상당한 유사성이 있다.

杜牧의 시 〈江南春絶句〉도 봄 경치를 묘사하고 있다. 이 시의 제1구
에서 '千里에 꾀꼬리 운다'고 했다. 꾀꼬리는 초봄에 우는 것이 아니라
봄이 한창 무르익어야 운다. 꾀꼬리가 운다고 했으니 봄이 한창 무르익
었음을 알 수 있다. '천리'에 운다고 한 것은 꾀꼬리가 넓고 넓은 봄 천
지에서 울고 있음을 나타낸다. 실제 꾀꼬리가 우는 소리는 '천리'를 연
이어 들릴 수도 없고, '천리'에 새란 새는 꾀꼬리만 있을 수 없다. 여기
서 '천리'라고 한 것은 화자가 직관으로 파악한 봄 경치가 무르익고 있
는 공간의 넓이를 표현했다고 이해할 수 있다. 어디까지나 '시는 설명이
아니라 표현이다'라는 측면에서 이러한 표현은 충분히 이해할 수 있다.
제1구는 〈玩花衫〉의 '이 밤 자면 저 마을에 꽃은 지리라'는 구절과
유사한데, '무르익은 봄'을 나타내고 있다는 점에서 그렇다.

제2구는 봄 경치에 따른 흥취를 말하고 있다. 제2구도 〈玩花衫〉의
'술 익는 강 마을'이라는 구절과 유사하다. 강 마을의 산골 '주막'에 어찌
술이 없겠는가. 또 술이 익지 않겠는가. 그러니 '술 익는 강 마을'이나
'강 마을의 산골 주막'은 같은 구절이라 해도 무방하겠다. '주막에 깃발
이 나부낀다' 하여 봄의 생동감을 나부끼는 깃발로 나타내고 있음도 알
수 있다.

제3구와 제4구의 "남조 때 지은 절 사백 팔십 곳" "많고 많은 누대가
봄비 속에 잠겼구나"라는 구절은 불교유적지의 쇠퇴를 뜻한다고 볼 수

도 있지만, 봄 정경의 한 모습을 제시하고 있다고 볼 수 있다.

> 외로이 흘러간 한 송이 구름
> 이 밤을 어디메서 쉬리라던고
>
> 성긴 비ㅅ방울
> 파초ㅅ잎에 후두기는 저녁 어스름
>
> 창 열고 푸른 산과
> 마조 앉어라
>
> 들어도 싫지 않은 물소리기에
> 날마다 바라도 그리운 산아
>
> 온 아츰 나의 꿈을 스쳐간 구름
> 이 밤을 어디메서 쉬리라던고

〈芭蕉雨〉,《청록집》, 64~65면.

이 시의 첫 연은 '외로이 흘러간 한 송이 구름 / 이 밤을 어디메서 쉬리라던고'로 되어 있다. '쉬리라던고'는 '쉬고 있을 것인가'의 뜻이니, '구름'은 쉬지 않고 계속 외롭게 흘러갈 것을 뜻한다. 시의 화자가 '외로이 흘러간 구름'에 대해 생각하게 된 것은 제2연에서 볼 수 있는 것처럼 '파초ㅅ잎에 후두기는' '성긴 빗방울' 때문이다. 파초잎은 보통 절간이나 사대부의 정원에 심어져 있는데, 그 잎이 보통의 화초잎보다는 월등하게 크다. 성긴 빗방울이 다른 곳도 아니고 이렇게 큰 파초잎에 후두긴다고 했으니 그 소리가 크게 들렸음을 알 수 있다.

그리고 저녁 어스름이란 시간상황은 파초잎에 후두기는 성긴 빗방울 소리를 더욱 크게 들리게 한다. 저녁 어스름은 한낮과 달리 대부분의 경물이 정적감에 휩싸일 때다. 靜中動의 인식을 볼 수 있다. 이런 때 빗방울이 후두기자 화자는 제3연에서 말하고 있듯이, '창을 열고 푸른 산과 마주 앉'는다. 화자가 푸른 산과 마주 앉는 것은 오늘이 처음이 아니다. 제4연에서 '날마다 바라도'라고 했다. 날마다 바란다는 날마다 푸른 산과 마주 앉아서 바라본다는 것이다.

이 시의 화자는 날마다 바라는 푸른 산을 대립적 대상으로 바라보는 것이 아니라, 친화와 교감의 대상으로 바라보고 있다. 왜냐하면 화자는 '그리운 산아'라고 했다. 푸른 산이 정이 가고, 서로 정감을 나눌 수 있기 때문에 날마다 마주 앉아 보면 볼수록 더욱 그리운 것이다. 따라서 '물소리'도 '들어도 싫지 않'다. 그 물소리는 산에서 들려오기 때문이다. 산과 함께 날마다 서로 교감과 친화의 정을 나누면서 살아가고자 하는 게 화자의 꿈이다. 다시 말해 그것은 안분지족의 즐거움이다.

그러나 제5연에 보면 '온 아츰 나의 꿈을 스쳐간 구름'이라고 했다. 아침 내내 '구름'은 이런 '나의 꿈'을 다만 '스치고' 갔다. '구름'이 볼 때는 안분지족의 꿈이 보잘것없다고 여겨지는 것이다. '구름'과 '나'와 '푸른 산'은 서로 추구하는 바가 다르기 때문이다. '구름'은 세상의 명리를 추구하고 있다.

제5연은 제1연과 수미상관이 되고 있는데 수미상관을 통해 구름이 추구하는 바가 경박지사들이 추구하는 바처럼 명리에 있음을 강조하고 있다. 그래서 구름은 한자리에 머물지 못하고 있다. 늘 명리를 좇아 흘러갈 뿐이다. '구름' 앞에 '외로운'이라는 수식어가 붙은 까닭은 명리 추구를 '구름'만 하고 있기 때문이다. 시의 화자가 볼 때 '구름'도 흘러가지만 말고 머물러 있으면서 서로 변하지 않는 마음과 사랑을 나누면 좋겠는데, 그러지 못하고 흘러가기만 해서 안타깝다는 것이다. 그래서 시의 화자는 구름을 '외로운 구름'이라 했다. 여기서의 '구름'은 무상한 존재, 덧없음을 표상한다고 볼 수 있다.

따라서 이 시는 불변의 존재인 '산', '물'이 화자와 나누는 교감과 친화를 주제의식으로 드러내고 있다. 〈玩花衫〉의 '산새'가 화자가 집착하지 않음을 도드라지게 해 주는 구실을 하고 있다면, 이 시의 '구름'은 화자와, '산'과 '물'로 표상된 자연의 상호 교감과 친화를 더욱 도드라지게 대비시켜 주는 구실을 하고 있다.

이 시의 이런 주제의식은 李白의 한시와 긴밀한 상관성을 보여주고
있다.[23]

　　衆鳥高飛盡　뭇 새는 높이 날아 아득히 사라지고
　　孤雲獨去閑　외로운 구름 제 홀로 한가로이 떠가네
　　相看兩不厭　둘이서 마주보아도 싫증나지 않는 건
　　只有敬亭山　오직 경정산이 있을 뿐이라네

　　　　　　　　　　　　　李白, 〈獨坐敬亭山〉[24] 윤동재 譯

　'敬亭山'은 중국 안휘성의 선성현 북쪽에 있는 명산이다. 시의 화자는
제1구와 제2구에서 '뭇 새들은 높이 날아 아득히 사라지고', '외로운 구
름 제 홀로 한가로이 떠가네'라고 하여 경정산에서 바라본 경물을 묘사
하고 있다. 제1구와 제2구는 또한 대구가 되고 있다. '衆과 孤', '鳥와 雲',
'高와 獨', '飛와 去', '盡과 閑'이 서로 글자의 대구가 되고 있다. 여기서
의 대구는 의미의 상반과 동일에서 온 대구도 있다. '衆과 孤'는 의미의
상반에서 오는 대구이지만 '鳥와 雲', '高와 獨', '飛와 去', '盡과 閑'은 의
미의 동일성에서 오는 대구이다.
　'敬亭山'과 '새'와 '구름'은 시의 화자와 처음에는 함께 있었다. 그러나
얼마 있지 않아, '뭇 새들은 높이 날아 아득히 사라지고', '외로운 구름은
제 홀로 한가로이 떠나가' 버렸다. 머무르지 못하고 각기 제 갈 길을 가
버린 것이다. '새'나 '구름'처럼 지긋이 한자리에 있지 못하고 명리를 좇
아 다니는 경박지사들을 寓意한 것이라 보아도 좋겠다. 세상의 명리를
좇아 부지런히 움직이는 것은 경박지사의 일일 뿐이다. '경정산'과 시의
화자는 서로 명리를 좇지 않고 친구가 되어 주고 있다. '경정산'은 '새'나

23) 이동환, 〈지훈시에 있어서의 한시 전통〉, 김종길 외, 《조지훈연구》(서울 : 고려
　　대학교출판부, 1978), 238면 ; 김종길, 〈한시와 우리 현대시〉, 《시와 시인들》(서
　　울 : 민음사, 1997), 120~121면.
24) 《이태백전집》 중(북경 : 중화서국, 1995), 1078~1079면.

'구름'을 따라가지 않고 제 자리에서 언제나 변함없이 화자를 지켜주고 있다. 화자와 '경정산'은 서로 바라보아도 싫증나지 않는다. '경정산'과 시의 화자는 참으로 둘이 아니라 하나가 되었다.

이 시는 제1구와 제2구에서 '衆鳥'와 '孤雲'의 동일성을 뽑아서 하나의 대구로 나타냈다. 그렇게 하여 명리를 좇는 세태를 寓意하고 있다. 아울러 제1·2구는 제3·4구의 '경정산'과 대구가 되어 명리를 좇는 세태와 경정산의 적연부동의 자세가 선명히 대비되도록 했다. 그래서 시의 화자와 경정산이 서로 좋아하고 있음을 극명히 드러내 보여주었다.

'相看兩不厭'의 '相'과 '兩'은 '경정산'과 화자가 둘이 아니라 하나임을 나타내 준다. 늘 서로 바라보아도 싫증나지 않고, 반가운 경지를 이렇게 나타냈다고 할 수 있다. 화자가 '경정산'을 좋아하는 이유가 '경정산'이 '구름'이나 '새'들처럼 경박하게 처신하지 않고 적연부동의 모습으로 늘 자기를 지키면서 나를 대해주는 데 있다면, '경정산'이 시의 화자를 좋아하는 이유도 마찬가지라 할 수 있다. 시의 화자도 '구름'이나 '새'를 따라 경거망동하지 않고, 늘 '경정산'을 친구로 대해 주고 의지처로 삼아주기 때문이다. '仁者樂山'이라 했다. 仁者이기 때문에 樂山이 가능하고, 산도 또한 시의 화자가 仁者이기 때문에 상대해 주는 것이다.

이상에서 본 바와 같이 이백의 〈獨坐敬亭山〉은 '敬亭山'으로 표상되는 자연과의 친화와 교감을 나누고 있다는 점에서 조지훈의 〈芭蕉雨〉가 드러내고 있는 주제의식과 긴밀한 상관성을 보여주고 있다.

다락에 올라서
피리를 불면

萬里 구름 길에
鶴이 운다

이슬에 함초롬
젖은 풀잎

달빛도 푸른 채로
산을 넘는데

물우에 바람이
흐르듯이

내 가슴에 넘치는
차고 흰 구름

다락에 기대어
피리를 불면

꽃비 꽃바람이
눈에 어리어

바라 뵈는 紫霞山
열두 봉우리

싸리나무 새순 뜯는
사슴도 운다

〈倚樓吹笛〉,《趙芝薫詩選》, 129∼131면.

我何窮谷緊孤鞍 어찌타 궁벽한 골짜기 나만 홀로 남아
曉日三更寄欄干 새벽부터 한밤중까지 난간에 기대어 있는가
宇宙茫茫人共醉 망망한 우주 사람들은 모두 취했고
乾坤寂寂鵑同歎 적막한 세상 두견이 함께 탄식하네
雲光雲影和心潔 구름 빛과 구름 그림자는 마음과 화답하고
花雨花風入淚丹 꽃비와 꽃바람 눈물 속으로 날아들어 붉네
落魄江湖多少恨 강호에 떨어진 혼백은 한도 많고
倚樓長笛一星殘 누대에 기대 피리 부니 별빛도 가물거리네
〈龍化洞天聽杜鵑〉 윤동재 譯,《만해·지훈의 한시》, 221면.

〈倚樓吹笛〉은 자작 한시 〈龍化洞天聽杜鵑〉과 중심 이미지가 거의 비슷하다. 첫째, '누대에 기대 피리를 불다'라는 이미지가 유사하다. 현

대시에서는 '다락에 기대어 / 피리를 불면'이라고 했고, 한시에서는 '倚樓長笛, 누대에 기대 피리 부니'라고 했다. 둘째, '만리 구름 길에 / 학이 운다', '싸리나무 새순 뜯는 / 사슴도 운다'고 했는데, 한시에서는 '鵑同歎, 두견이 함께 탄식하네'라고 했다. 셋째, 현대시에서는 '내 가슴에 넘치는 / 차고 흰 구름'이라고 했는데, 한시에서는 '雲光雲影和心潔, 구름빛과 구름 그림자는 마음과 화답하고'라고 했다. 넷째, 현대시에서는 '꽃비 꽃바람이 / 눈에 어리어'라고 했고, 한시에서는 '花雨花風入淚丹, 꽃비와 꽃바람 눈물 속으로 날아들어 붉네'라고 했다. 여기서 이들 네 가지 이미지는 현대시에서나 한시에서 똑같이 중심적인 이미지들이다. 그리고 이 네 가지 이미지 가운데서도 '倚樓'의 이미지가 가장 알맹이가 되는 이미지이다.[25] 〈倚樓吹笛〉에서는 내가 피리를 불면, '학이 운다', '사슴도 운다'라고 했는데 이는 '나'와 '자연'과의 합일이나 동화를 가리킨다.

2) 불교적 취향

조지훈 현대시의 주제의식 가운데 두드러진 특징의 하나는 불교적 취향을 보여주고 있다는 점이다. 이에 대해서는 많은 논자들의 지적이 있어왔다.[26] 조지훈이 불교적 취향의 시를 쓰게 된 까닭은 그의 혜화전문학교 졸업과 오대산 월정사에서 외전 강사 노릇을 한 것이 크게 작용한 듯하다.

---

25) '憑欄', '倚欄'은 난간을 의지한다는 뜻인데, 詩詞에서의 '빙란', '의란'은 여러 의미가 있다. 그리움을 표시하거나, 옛 일을 슬퍼함을 표시하거나, 근심·수심·비분강개의 억누름을 표시한다. 원행패, 강영순 외 역, 《중국시가예술연구》(서울 : 아세아문화사, 1990), 25면. 여기서의 '倚樓'도 그리움을 나타내거나 근심·수심·비분강개의 억누름을 현대시와 한시에서 다같이 나타내고 있다고 볼 수 있다.

26) 김동리, 〈조지훈의 선감각〉, 김종길 외, 《조지훈연구》(서울 : 고려대학교출판부, 1978), 31~33면 ; 박희선, 〈지훈의 초기작품에 나타난 선취〉, 김종길 외, 같은 책, 34~36면 ; 김해성, 〈선적 시관고〉, 김종길 외, 같은 책, 37~59면 ; 김용태, 〈조지훈의 선관과 시〉, 같은 책, 60~91면.

조지훈은 1938년 혜화전문학교에 입학하여 1941년에 졸업했다. 혜화
전문학교 입학은 두 가지 의미를 지니는데, 첫째는 서당식 교육에서 일
본식 현대교육으로 바뀐 것이고, 둘째는 유교·불교·서구의 사상을 함
께 수용할 수 있게 된 것이다. 혜화전문학교에서 조지훈의 성적은 그의
문학적 감수성과 밀접하게 연결되어 있다. 체육·유도·일본학·법제·경
제·교육학의 성적은 아주 형편없었던 데 비해, 시문학에 직접적이든 간
접적이든 관계가 있는 조선문학과 佛敎의 성적은 우수했다. 여기서에서
불교와의 만남은 그의 시에 많은 영향을 미쳤다.[27]

또, 조지훈은 1941년 4월부터 12월까지 오대산 월정사 불교 강원의
외전 강사로 있었다. 그의 월정사 체류 기간은 그리 길지 않은 편이나,
거기서 대덕 방한암 선사의 道相을 입고 수행하며 선방생활을 했다. 그
리고 《金剛經五家解》,《華嚴經》,《拈頌》 등의 불교서적과 唐詩를 즐겨
읽었다. 그의 글 가운데 〈詩禪一味〉,〈亦一禪談〉,〈現代詩와 禪의 美
學〉,〈기타 선의 상비지식〉 등은 그 당시 습득한 지식을 바탕으로 한
것이다.[28] 뿐만 아니라 그는 부인이 圓佛敎를 믿는 것에 대해 교리의 합
리성으로 허락해 주었으며, 기회 있을 때마다 종교로서 불교가 갖고 있
는 매력에 대해서도 주위 사람들에게 얘기를 했다고 한다.[29] 이로 미루
어 보건대 조지훈은 불교에 대한 이해가 깊었다고 할 수 있다.

불교적 취향을 보여주고 있는 시를 제대로 살펴보기 위해서는 먼저
불교시란 무엇인가에 대해 밝혀야 옳을 것이다. "불교시란 선시 게송류
를 포함하여 불교적 발상이나 느낌, 또는 불교적 사상이나 관념, 그리고
불교적 소재나 배경을 지닌 것으로 불교의 승려나 불교를 애호하는 일
반인의 형식에 구애되지 않는 일체의 시를 말한다. 한편 선시는 이상과
같은 불교시의 한 영역으로서 선가 승려들의 선적인 자각을 바탕으로

---

27) 서익환,《조지훈 시 연구》(서울 : 우리문학사, 1991), 76~77면.
28) 박호영, 앞의 논문, 73면.
29) 박호영, 앞의 논문, 13면.

한, 시만의 명칭으로 생각할 수 있다. 즉 선적인 깨달음이나 체험 그리
고 그런 바탕 위에서의 인사나 자연에 관련된 상념을 노래한 선사들의
시만을 말한다."[30] 선시가 승려의 작품에 국한된다면 불교시는 좀더 포
괄적으로 불교적 발상이나 느낌, 불교적 사상, 불교적 소재나 배경을 지
닌 것을 모두 아우른다고 할 수 있다. 불교시를 이렇게 규정하고 보면
불교적 취향의 시는 결국 불교시임을 알 수 있다.

　조지훈의 현대시 가운데 불교적 취향을 보여주는 시로는 〈古寺 1〉을
가장 먼저 들 수 있다.[31] 〈古寺 1〉은 불교적 소재와 발상, 언어 사용의
간결성, 비약적 연상 등에서 불교적 취향의 시라고 할 수 있다.

　　木魚를 두드리다
　　조름에 겨워

　　고오운 상좌 아이도
　　잠이 들었다

　　부처님은 말이 없이
　　웃으시는데

　　西域 萬里ㅅ길

　　눈부신 노을 아래
　　모란이 진다.

　　　　　　　　　　　　　　　　　〈古寺 1〉,《청록집》, 52~53면.

　'古寺'는 오래된 절이다. 그렇지만 단순히 오래되었다는 뜻만 아니라,

---

30) 인권환,《한국불교문학연구》(서울 : 고려대학교출판부, 1999), 57면.
31) 조지훈의 시적 경향은 첫째 사라져 가는 문화재에 대한 아쉬움과, 그에 터를 둔
　　민족정서를 노래한 것, 둘째 역사적 증인으로서 민족적 현실을 읊은 것, 셋째 불
　　교적 자연관조의 바탕에서 詩禪一如의 경지를 이룩한 선적인 것을 들 수 있다.
　　〈古寺 1〉은 셋째 경향을 대표하는 두드러진 작품이다. 인권환,《꽃피고 물 흐른
　　다》(서울 : 나남, 1999), 205~206면.

참선 수도의 장소로 오래 쓰였다는 뜻도 지니고 있다. 깊은 산속 '古寺'
의 한 나절, 모두가 참선에 들어가 있다. 다만 상좌 아이가 참선중에 있
는 도반들의 졸음을 쫓기 위해 '木魚'를 두드리는 소리가 조금 전까지만
해도 정적을 깨뜨리는 유일한 소리였다. '靜' 가운데 '動'이었다. 즉 靜中
動의 인식을 보여주고 있다. 그러나 이제 그마저도 없다. 목어를 두드리
면서 참선 수도에 든 도반들의 졸음을 쫓는 역할을 맡았던 상좌 아이마
저 잠이 들어 버렸기 때문이다. 부처님만 홀로 깨어 있으면서 말없이
웃으시고 있다. 이는 모두 '고사'의 안이라는 공간에서 이루어지는 인물
들의 행위로 되어 있다.

　'古寺'의 밖은 '西域 만리ㅅ길'이 열리고 있다. '서역 만리길'은 선이
인도에서 중국으로 넘어오던 길이기도 하고, 極樂淨土가 있다는 서방세
계이기도 하다.[32] 이 시에서 '서역 만리길'은 이 모두를 포함하는 불법이
현현되는 공간 전체를 일컫는 말이라고 할 수 있다. '고사'도 실은 이
'서역 만리길'이라는 공간 속에 있다. 자연 '고사' 안이라는 공간에서 이
루어진 인물들의 행위도 '서역 만리길'이라는 전체 공간 안에서 이루어
진 것이 된다. 어떻게 해서 이러한 공간의 비약이 단번에 가능할 수 있
는가. 그 까닭은 선이 직관으로서 時空을 비약, 초월하기 때문에 선적
직관으로 가능할 수 있는 것이다.

　이제 이 시가 불교적 취향을 얼마나 잘 보여주고 있는가 좀더 자세히
살펴보기로 하자. 첫째, '서역 만리길'이 불법이 顯現되는 전체 공간을
의미하기 때문에, 이 공간에서 우리는 불법이 현현되는 다양한 모습을
볼 수 있다. '木魚를 두드리다 졸음에 겨워', '상좌 아이도 잠이 들었다'
고 했다. 여기서 '목어'에 대해 다시 한번 생각해 볼 필요가 있다. '목어'
는 잠자지 말도록 경책용으로 사용하는 佛具이다. '목어'를 두드려 다른
사람들이 졸지 말고 참선 공부에 몰두할 수 있게 해야 하는 것이 상좌
아이가 맡은 일이다. 그런데 상좌 아이도 자기가 맡은 일을 제대로 하

---

32) 인권환, 앞의 책, 207면.

지 못하고 오히려 졸고 있는 것이다. 이는 분명 꾸지람의 대상이라 할
수 있다. 불가에서 제자들의 깨우침을 위하여 臨濟는 큰 소리를 치고
[喝], 덕산은 방망이질[棒]을 하였다고 한다. 그런데 이 시에서는 누구도
상좌 아이를 꾸짖지 않고 있다. 부처님도 웃으시고 있는 것이다. 유가에
서라면 제자의 이런 행위는 용납될 수 없다. 유가에서는 졸음과 공부를
엄격히 구분하고 있다. 공자는 공부시간에 졸고 있던 제자를 꾸중하면
서 공부시간에 공부를 열심히 하지 않고 조는 행위는 용서할 수 없다고
했다.[33]

그러나 이 시의 상좌 아이는 누구로부터도 꾸지람을 듣지 않고 있다.
부처님은 너그럽기만 하다. 부처님은 참선 공부와 졸음, 이 둘이 구분되
지 않았다고 여기고 있다. 그래서 졸음에 겨워 잠이 든 '상좌 아이'에 대
해 나무라기는커녕 오히려 말없이 웃어주시는 것이다. 부처님에게는 졸
음과 공부를 구분하는 분별심이 없는 것이다. 또한 부처님은 "平常心是
道"를 누구보다 잘 알고 있다. 졸음에 겨울 때 자고, 배고플 때 밥 먹는
것, 그 자체가 바로 도이다. 졸음이 올 때 억지로 졸음을 참는다든지 배
고플 때 배고픔을 참는 것은 인위이다. 부처님은 인위를 싫어한다. 목어
를 두드리다 졸음에 겨워 잠을 자는 상좌 아이를 나무라지 않고 웃으면
서 바라볼 수 있는 것은 이 때문에 가능하다. 이는 불법이 현현되고 있
는 공간이 아니라면 볼 수 없는 모습이다.

둘째, '서역 만리길'에 '모란이 진다'는 '모란이 핀다는 것'과 꼭 상반
되는 뜻으로 쓰였다고 보기는 힘들다. 모란이 피고 지는 것이 다 같이
佛法의 顯現일 뿐이라는 것이다. 일반적으로 모란은 부귀를 상징[34]하지

---

33) "宰予晝寢 子曰朽木 不可雕也 糞土之墙 不可朽也 於予與 何誅", 《論語》, 公冶長
篇, "공자는 재여라는 제자가 공부시간에 졸자, 썩은 나무에는 조각할 수 없고 거
름 흙으로 쌓은 담장에는 흙손질할 수가 없다. 재여에 대해서는 무엇을 꾸짖겠는
가?" 하여, 꾸중조차 하지 않고 그냥 내버려두었다. 공부에 열중하지 않는 제자에
대한 무시인 셈이다. 공부시간에 조는 제자에게는 조금의 애정도 보여주지 않았
다. 이는 졸음과 공부에 대한 분별심이다.
34) 조용진, 《동양화 읽는 법》(서울 : 집문당, 1989), 95면.

만, 이 시에서는 불법을 상징한다고 할 수 있다. 불법의 현현은 부처님 이전에도 있었고, 부처님 이후에도 있다. 불법의 현현은 祖師西來意와 도 전혀 상관없는 일이다.

이러한 풀이가 가능한 것은 이 시의 화자가 우리의 일상 공간을 '서역 만리길'로 받아들이고 있다는 점 때문이다. 이 '서역 만리길'을 화자는 단순히 '서방 정토'나 불교가 인도에서 중국으로 넘어온 길만을 일컫지 않고, 불법이 현현되는 공간 전체로 받아들이고 있다. 여기서 조지훈의 불교적 취향이 가볍지 않음을 알 수 있다.

셋째, 언어 사용에서도 이 시는 불교적 취향을 드러내고 있다. 불교, 특히 禪佛敎에서는 언어에 대해 극도의 불신감을 드러내어 不立文字라 했다. 이 시의 묘사는 간결하고 언어는 극도로 압축되어 있다. '목어를 두드리다'라고만 했지, '목어' 자체에 대한 묘사는 전혀 없다. '상좌 아이'와 웃고 있는 '부처님'도 그 형상에 대한 구체적인 묘사는 없다. 이는 언어를 극도로 절제한 결과에서 온다. 이러한 점에서 이 시는 선불교적 언어 감각이라 할 수 있다.

전체적으로 볼 때 인위를 싫어하고 無心自在한 모습을 극도로 절제된 언어, 함축과 비약, 초월을 통해서 보여주고자 한다는 점에서 불교적 취향의 색채라고 할 수 있다. 그러나 송재영은 이런 이해에 강한 거부감을 보여주었다. "목탁을 두드리다 춘곤에 겨워 잠이든 어린 상좌, 언제나 제자리에 정좌해 계신 부처님, 저녁 노을에 빨갛게 물들어 뚝뚝 지는 모란꽃, 이 단조로운 고사 풍경을 스케치해 놓고 선사상의 체득을 강요한다면 그것은 독자에게 지나친 주문이다"라고 했다.[35]

꽃이 지기로소니
바람을 탓하랴

주렴 밖에 성긴 별이

35) 송재영, 《현대문학의 옹호》(서울 : 문학과지성사, 1979), 148~150면.

하나 둘 스러지고

귀촉도 울음 뒤에
머언 산이 닥아서다

초ㅅ불을 꺼야 하리
꽃이 지는데

꽃지는 그림자
뜰에 어리어

하이얀 미닫이가
우련 붉어라

묻혀서 사는 이의
고운 마음을

아는 이 있을까
저허하노니

꽃이 지는 아침은
울고 싶어라

〈落花〉,《청록집》, 46∼48면.

이 시에서 '꽃이 진다'는 가장 핵심이다. 제목이 한자어로 '落花'라고
되어 있다는 점에서 알 수 있다. 제목은 보통 시의 가장 핵심적인 내용
을 함축해서 드러내고 있기 때문이다.[36] 시의 화자는 '꽃이 진다'는 사실
은 바람의 탓이 아니라고 했다. '꽃이 지기로소니 / 바람을 탓하랴'라고
제1연에서 말하고 있는 데, 이는 '꽃'이 지고 있지만 바람의 탓으로 돌
릴 수 없다는 뜻이다. 꽃은 제 스스로의 운행 질서에 따라서 지고 있을
뿐이라는 것이다. 바람은 꽃을 지게 할 목적으로 부는 것이 아니고, 제

_____

36)《김춘수전집》 2(서울 : 문장, 1982), 179면.

스스로의 운행 질서에 따라서 불 뿐이라는 것이다.

화자는 꽃이 지는 것을 언제 알게 되었을까. 이는 '주렴 밖에 성긴 별이 하나 둘 스러지고', '귀촉도 울음 뒤에 머언 산이 다가설' 때, 안 것이다. 이 때 시의 화자는 꽃이 지고 있음을 알고 '촛불을 꺼야하리'라고 했다. 여기서 '촛불을 꺼야 하리'라는 말은 '촛불을 꺼야 하겠다' 또는 '촛불을 끌 수 없다'는 두 가지 뜻을 모두 지닌다고 볼 수 있지만, 촛불을 꺼야 하겠다는 뜻으로 받아들이는 게 좋을 것이다.[37]

'촛불을 꺼야 하리', 즉 촛불을 꺼야겠다는 것이다. 촛불을 꺼야겠다고 하는 것은 촛불이 필요 없어서이다. 왜냐하면 꽃이 곧 불이기 때문이다. 꽃이 불이기 때문에 두 개의 불을 켜 놓고 있을 필요가 없다. 촛불을 꺼야 또 다른 불인 꽃이 지고 있는 것이 더욱 선명히 드러나기 때문이다. 촛불이 켜져 있으면 꽃이 불이라는 것이 선명하지 않고, 그 불이 은은히 꺼져 가고 있음을 알아차리기도 곤란하다. 그래서 촛불을 마땅히 끄고서 또 다른 불인 꽃이 지는 모습을 지켜보겠다는 뜻이다. 즉 꽃을 불로 은유해서 이해하는 것이다.[38]

그리고 이 시의 마지막 연에서 '꽃이 지는 아침'은 '울고 싶어라'라고

---

37) '촛불을 꺼야 하리' 이 구절에 대해 김홍규는 '촛불을 꺼야 하리'는 '촛불을 끈다'는 뜻으로 받아들여야 한다고 했다. 촛불을 끄는 행위는 꽃이 떨어지는 시간에 자기 자신 역시 어둠을 마주하여 있고자 하는 것이면서, 한편으로는 꽃 지는 그림자가 뜰에 어리는 것을 보려는 간절한 심정의 표현이기도 하다고 했다. 그리하여 불을 끄자(이 행위는 작품에 생략되어 있다), 꽃 지는 그림자가 어리어 흰 미닫이 문이 은은히 붉게 비친다고 했다. 김홍규, 《한국현대시를 찾아서》(서울 : 한샘, 1992), 150~151면.
    이와는 달리 김문주는 '촛불을 끌 수 없다'는 설의적 표현으로 보아야 한다고 했다. 시의 화자는 소멸하는 생명을 홀로 두고 시인의 마음을 표상하는 촛불을 끈채 잠자리에 들 수 없다는 것이다. 소멸하는 생명에 대한 깊은 연민이 상승의 어조 속에 내포되어 있는 것이라고 했다. 김문주, 〈조지훈 시에 나타난 생명의식 연구〉, 고려대학교 대학원 석사논문, 1997, 37~39면.
38) 바슐라르는 모든 꽃들은 빛이 되기를 바라고 있는 불꽃이라고 했다. 바슐라르, 이가림 역, 《촛불의 미학》(서울 : 문예출판사, 1975), 121면.

했다. '꽃이 지는 아침'이라는 문맥은 지금도 꽃이 지고 있다는 것을 나타낸다. 아침은 보통 생성과 탄생의 순간인데 바로 이 순간에도 꽃은 지고 있고, 소멸하고 있다는 점이다. 여기서 '지는'이란 말은 소멸의 현재형이다. 생성과 탄생의 순간, 다른 한편에서는 소멸과 낙하의 진행을 보여주는 것이 이 시의 묘미이다.

결국 세상은 생성과 소멸이 따로 있는 것이 아니라는 점을 이 시는 보여주고 있다. 생성과 소멸이 둘이면서 둘이 아니라, 하나임을 이 시는 깨우쳐 주고 있다. '꽃이 진다'는 소멸과 죽음을 상징하는 하강 이미지와 '아침'이라는 신생, 탄생을 상징하는 상승 이미지의 대립을 보여주고 있는데, 이것은 대립이면서 대립이 아니다. 생성과 소멸은 하나이면서 둘이요, 둘이면서 하나이고, 이것이 바로 佛法 顯現의 조화로운 질서요, 진리인 것이다. 이것이 이 시가 보여주고자 하는 眞如實相이다.

첫 연의 '꽃이 지기로소니 바람을 탓하랴'도 굳이 바람이 아니더라도 꽃은 질 때가 되면 지는 것이 眞如實相이요, 如如한 실상임을 보여주는 것이다. 꽃이 진다고 누굴 탓하고 말고 할 것이 없다. 꽃이 지는데 아침이 온다고 야속해할 것도 없다. 모든 게 다 불법의 顯現이라는 점에서는 마찬가지라는 것이다. 꽃이 지는 자연 현상을 있는 그대로 여실하게 읊어 그 안에 불법의 현현이라는 當處의 진리가 실재하고 있음을 보여주고 있다.

그렇다면 '울고 싶어라'는 어떻게 이해해야 하는가. '묻혀서 사는 이'의 '고운 마음'이란 무엇을 뜻하는가. 그리고 왜 그것을 아는 이가 있을까 '저허하노니'라고 했을까. '묻혀서 사는 이'의 '고운 마음'이란 '꽃'을 사랑하는 마음이라 할 수 있다. '울고 싶어라'는 지는 꽃에 대해 아쉬워함을 표현한 것이다. 이를 두고 너무 세속적인 것이 아닌가 할 수 있다. 세속을 벗어나 있는 깊은 산속의 은자가 보여줄 수 있는 태도가 아니라고 할 수 있다. 그러나 이 점이야말로 불교적 경지, 선적 경지라 하겠다. 이는 세간을 벗어나서 이 세간을 바라보는 자세, 곧 從聖入凡의 경지라 하겠다.[39]

벽에 기대 한나절 조을다 깨면 열어제친 窓으로 흰구름 바라기가 무척 좋
아라

老首座는 오늘도 바위에 앉아 두눈을 감은채로 念珠만 센다

스스로 寂滅하는 宇宙 가운데 몬지 앉은 經이야 펴기 싫어라

篆煙이 어리는 골 아지랑이 피노니 떨기 낡에 우짖는 꾀꼬리 소리

이 골안 꾀꼬리 고운 사투린 梵唄소리처럼 琅琅하고나

벽에 기대 한나절 조을다 깨면 지나는 바람결에 속잎 피는 古木이 무척 좋
아라

〈鶯吟說法〉, 《趙芝薰詩選》, 106면.

'鶯吟說法'은 꾀꼬리가 설법을 한다는 것이다. 인간이 하는 설법을 유
정설법이라 한다면, 인간이 아닌 꾀꼬리가 하는 설법은, 곧 생명이 없는
산천초목이 들려주는 무정설법과 다를 바 없다. 이 시에서 꾀꼬리가 들
려주는 설법은 무정설법인 셈이다. 무정설법을 들을 줄 알아야만 비로
자나의 세계, 화엄 만다라의 세계에 들어섰다고 할 수 있다. 그리고 무
정설법을 들을 줄 아는 이에게는 무정설법 그 자체가 바로 경전 가운데
경전이요, 부처님의 팔만사천 법문이다.

이 시에 나오는 '老首座'는 무정설법을 들을 줄 아는 이다. 그는 유정
설법과 무정설법을 구분하지 않고 있다. 그것이 둘이면서 둘이 아니라
하나인 경지를 깨쳤다. 그래서 文字經과 無文字經 또한 구분하지 않고
있다. '몬지 앉은 경'은 문자경을 가리킨다. 그것을 펴기 싫다고 했다.
'노수좌'는 무정설법을 들을 줄 알기에 경전이 아닌 것이 없기 때문이
다. 따로 문자경을 펴지 않아도 되는 것이다. 이 시에서의 불교 이해가

---

39) 이와는 달리 이 시가 유가적 세계관에 뿌리를 내리고 있다는 지적도 있다. 김용
직, 《정명의 미학》(서울 : 지학사, 1986), 386~387면 ; 박호영, 앞의 논문, 86면 ;
최승호, 《한국현대시와 동양적 생명사상》(서울 : 다운샘, 1995), 207면.

만만치 않음을 알 수 있다.

〈落花〉에서는 불교 용어가 시의 문면에 직접 노출되어 있지 않으나, 이 시에는 불교 용어가 시의 문면에 직접 노출되어 있다. '노수좌', '염주', '적멸', '경', '범패', '설법'이 그것이다. 이러한 점 또한 이 시가 불교적 취향을 드러내는 증거라고 볼 수 있다.

불교적 취향을 보여주는 한시의 예로는 〈訪禪僧不遇〉, 〈佛國寺途中〉, 〈贈花豚禪師金文輯〉 등이 있는데, 이 시는 〈謁漢岩大禪師〉와 밀접한 상관성을 보여주고 있다.

> 雲霞深處泉聲咽　구름과 노을 깊은 곳 샘물소리 목 메이고
> 時聞山禽路更迷　때때로 들려오는 산새 소리 길을 다시 놓쳤네
> 無事老僧岩下睡　일없이 노승은 바위 아래 졸고 있는데
> 青天白日落花飛　맑은 하늘 둥근 해 꽃잎이 흩날리네
> 〈謁漢岩大禪師〉 윤동재 譯, 《만해·지훈의 한시》, 204면.

이 한시는 조지훈이 오대산 월정사에 있을 때 적멸보궁에 있는 方漢岩 스님을 만나러 간 일을 적고 있다.[40] 제1구에서 '구름과 노을이 깊은 곳'이란 이곳이 속세와는 멀리 떨어진 곳임을 나타낸다. '샘물소리 목이 메이고'는 '샘물'이 무정설법을 하느라 목이 잠겼음을 말해 주고 있다. 그런데 무정설법을 하는 것은 샘물만이 아니다. 제2구에 보면 '산새'도 무정설법을 펼치고 있다. 시의 화자는 '산새'가 들려주는 무정설법을 듣다가 한번도 아니고 여러 번[更] 길을 놓쳐 버렸다. 제3구에서는 노승도 아무 일 하지 않고 다만 샘물과 산새가 들려주는 무정설법을 듣고 있음을 보여주고 있다. 제4구는 '꽃잎이 흩날리고' 있어도 노승은 전혀 개의치 않는다는 것을 말해준다.

---

40) 김종균, 〈조지훈한시연구 ─ 《유수집》을 중심으로〉, 《한국외국어대학교논문집》 제17집, 1984, 7면.

〈鶯吟說法〉과 〈謁漢岩大禪師〉는 창작의 선후를 밝힐 수는 없지만 '꾀꼬리 소리'가 '꾀꼬리 소리'에만 그치는 것이 아니고 그것이야말로 부처님이 들려주는 무정설법이란 것이며, '샘물소리', '산새소리'가 그냥 '샘물소리', '산새소리'가 아니고 부처님의 장광설이라는 데서 긴밀한 상관성을 보여주고 있다.

조지훈의 한시에서 불교적 취향을 보여주고 있는 작품은 더 있다.

毗盧峰上瑞雲開	비로봉 꼭대기에 상서로운 구름 걷히자
海色山光摠自來	바다빛 산빛 모두 제 빛을 보여주네
一念頓空無爲樂	한 생각 비우면 무위의 즐거움을 누리는데
多生受報有情哀	여러 생에 받은 업보 구슬픈 생각뿐이네
風塵熱惱蒸三界	어지러움과 뜨거운 번뇌 삼계에 가득한데
法雨淸凉洒五台	청량한 법우 오대를 씻어주네
合眼數珠松子落	눈감고 염주 세니 솔방울이 떨어지는데
忽然天際暮鍾回	홀연히 하늘가에서 들려오는 저녁 종소리

〈登五臺山毘盧峰〉 윤동재 譯,《만해·지훈의 한시》, 215면.

이 시는 불교 용어들이 많이 나오고 있다. 비로자나불의 약칭이기도 한 '毘盧', 自性이 없음을 나타내는 '空', '報', 몸과 마음을 혼란시켜 적정을 잃게하는 작용을 나타내는 뜨거운 '煩惱', 욕계, 색계, 무색계를 뜻하는 '三界', 부처님의 교법을 나타내는 '法雨', '念珠' 등은 모두 불교 용어들로서 불교적인 교양이 없으면 이해하기 힘든 말이다. '한 생각 비우면 무위의 즐거움을 누린다'거나, '삼계에 어지러움과 뜨거운 번뇌가 가득하다', '염주를 세다'는 구절도 불교적인 교양의 바탕이 없으면 이해하기 어려운 구절이다. 이는 시인 자신의 만만찮은 불교적 취향을 보여주는 것이라 할 수 있다.

3) 회고의 정

옛것을 빌어와 현재를 말하는 것은 한시에서는 흔히 볼 수 있다. 이
는 옛것 속에서 현재의 일을 바라보는 우회 통로를 발견하고자 해서이
다.[41] 이런 유형의 시를 한시에서는 詠史詩, 懷古詩라 불러왔다.

조지훈의 현대시에는 옛날의 역사적 사실과 관련된 유적에서 시적
계기를 발견하고 회고의 정을 토로하고 있는 작품이 있다. 이러한 작품
은 그 자신의 한시에도 보인다. 둘은 주제면에서 매우 밀접한 상관성을
보여주고 있다.

壬午年 이른봄 내 불현듯 徐羅伐이 그리워 飄然히 慶州에 오니 복사꽃 대
숲에 철아닌 봄눈이 뿌리는 四月일네라. 보름 동안을 옛터에 두루 놀 제 鷄林
에서 이 한 首를 얻으니 대개 麻衣太子의 魂으로 더불어 같은 운을 밟음이라,
弔古傷今의 하염없는 嘆息일진저!

1

보리이랑 우거진 골 구으는 조각돌에
서라벌 즈믄해의 水晶하늘이 걸리었다

무너진 石塔우에 흰구름이 걸리었다
새소리 바람소리도 찬돌에 감기었다

잔띄우던 구비물에 떨어지는 복사꽃잎
玉笛소리 끊인 골에 흐느끼는 저풀피리

비가오나 눈이오나 瞻星臺 위에 서서
하늘을 우러르는 나의 넋이여!

2

----

41) 정민, 앞의 책, 457면.

사람가고 臺는 비어 봄풀만 푸르른데
풀밭 속 주추조차 비바람에 스러졌다

돌도 가는구나 구름과 같으온가
사람도 가는구나 풀잎과 같으온가

저녁놀 곱게 타는 이 들녘에
끊쳤다 이어지는 여울물 소리

무성한 찔래숲에 피를 흘리며
울어라 울어라 새여 내설움에 울어라 새여!

〈鷄林哀唱〉, 《趙芝薰詩選》, 126~128면.

이 시는 1942년 봄 조지훈이 직접 경주를 둘러보고 쓴 시이다.[42] 이
시는 1, 2부로 나뉘어져 있고 각기 4개 연으로 구성되어 있다. 1부의 제
1연에서는 화자가 신라의 고도, 경주에서 느낀 전체적인 회고의 정을
먼저 토로하고 있다. '신라 천년'이 '보리이랑 우거진 골 구으는 조각돌'
에 걸려 있다고 한 것이 그 예이다. 시의 화자는 신라 천년의 찬란했던
역사를 이제는 겨우 '보리이랑에 구으는 조각돌'에서나 볼 수 있다는 것
이다.

제2연의 '무너진 석탑'과 '찬돌'은 제1연의 '보리이랑에 구으는 조각
돌'과 마찬가지로 신라의 패망을 표상하고 있다. 제3연의 '잔띄우던 구

---

42) 서익환의 조사에 따르면 《조지훈 전집》 권1의 화보 설명에는 1940년 3월 경주
에서 처음 만났을 때의 지훈(좌)과 목월(우) 둘은 불국사와 석굴암을 탐방하였다
고 기록되어 있다고 했다. 그리고 박목월은 〈지훈회상 2제〉, 《현대문학》 통권
163호(1968)에서 지훈을 처음 만나게 된 것은 1940년 이른 봄이었다고 했다. 《문
장》 지의 추천은 1940년에 완료되었음을 전제한다면 추천을 끝마친 다음해는
1941년이 된다. 그런데 같은 글에서 그는 월정사에서 돌아와 다시 서울에서 낙향
할 무렵에 경주로 들른 것이라고 한 것으로 보면, 그 해는 1943년이 된다고 했다.
서익환, 《조지훈시연구》(서울 : 우리문학사, 1991), 129면. 여기서는 《조지훈 전
집》의 기록을 따른다.

비물'은 천년 전 포석정에서 曲觴流水하며 놀던 일을 나타낸다. 그때의
주인공들은 볼 수 없고 복사꽃잎만 날린다고 했다. 이는 망국의 슬픔에
대한 회고이다. 제4연에서는 '나의 넋'은 '비가 오나 눈이 오나', 즉 언제
나 하늘을 우러르며 '첨성대 위에 서서' 울부짖는다고 했다. 어찌할 수
없는 망국의 한에 대한 토로이다. 1부는 전체에 대한 개괄을 먼저하고
구체적인 세부를 들어 신라 망국의 한에 대한 회고를 하고 있다. 2부는
신라 패망을 끝내 인정하고 싶지 않았던 비운의 마의태자와 화자를 동
일시하여, 현재의 망국의 슬픔을 인정할 수 없는 심정을 드러내고 있다.
그래서 자기의 감정을 '새'에게 이입하여 자기를 대신하여 울어주기를
부탁하는 것이다.

시의 서두에 '弔古傷今'이라고 한 말은 옛날에 대한 회고이면서 현재
에 대한 슬픔을 뜻한다. 곧 옛것을 빌어와 현재를 말하고 있는 셈이다.
신라 천년을 회고함으로써 현재 시의 화자가 망국민의 신세임을 말하
고 있는 것이다. 옛것을 빌어 현재를 말하는 것은 그의 한시에서도 보
인다.

鷄林王業一荒邱　한꺼번에 거친 언덕으로 바뀐 신라 왕업
萬古興亡水自流　만고의 흥망에도 물은 절로 흐르네
半月城空花落雨　텅 빈 반월성 비오듯 내리는 꽃잎
瞻星台屹麥登秋　첨성대 높은데 보리 익는 때로다
鮑亭暮宴舞姬散　포석정 저녁 잔치 춤추던 이 가고 없고
臨海三更王氣收　임해정은 한밤중에도 왕기를 거두네
國亂當時誰死節　국난 당시 그 누가 순절했던가
滿天雲濕客登樓　하늘 가득 구름 자욱한데 누에 오르는 나그네
〈東都懷古〉윤동재 譯, 《만해·지훈의 한시》, 216면.

羅運將終夕　신라의 운명이 끝나려는 저녁
哀歌咽舞時　무희들 애달픈 노래로 목메어할 때
勸酌千年業　천 년의 업으로 술잔을 권하니

受盂一美姫 아리따운 아가씨 잔을 받았네
麻衣血漏濕 베옷은 피눈물에 젖었고
寶劍霜光微 보검은 서릿발 같은 광채를 잃었네
依舊鷄林月 계림의 달은 예와 같은데
浮雲雁鴨池 안압지 위로 떠가는 구름

〈臨海殿遺址〉 윤동재 譯,《만해·지훈의 한시》, 197면

鮑石亭前植杖時 포석정 앞 지팡이 꽂을 때에
興亡歷數思依依 왕조 홍망을 세어보니 어렴풋하네
曲水流觴遺迹是 흐르는 물에 술잔 띄운 자취는 남았으나
鶯歌燕舞主人非 질탕하게 놀던 이들은 가고 없네
千年王業金樽酒 천년의 왕업은 금술잔 속의 술이요
一代榮華血流衣 일대의 영화는 피맺힌 옷이로세
歎聲猶咽羅朝恨 신라의 한을 탄식하다 목이 메어
獨依寒岩望落暉 차가운 바위 기대고 홀로 지는 해를 보네

〈鮑石亭址〉 윤동재 譯,《만해·지훈의 한시》, 217면.

이 세 편의 한시는 모두 경주에서 신라가 패망하던 때를 회고하면서
썼다. 〈東都懷古〉에서는 〈鷄林哀唱〉과 마찬가지로 신라 천년의 홍망
성쇠에 대한 전반적인 회고를 보여준다. 그리고 〈臨海殿遺址〉와 〈鮑石
亭址〉는 신라가 망하던 순간을 회고하고 있다.

화자가 신라의 인물 가운데 '麻衣太子'를 주목하는 까닭은 그가 신라
의 멸망을 인정하지 않고, 홀로 항거했던 인물이기 때문이다. '마의태자'
에 대한 회고는 결국 현재 자기 자신도 망국민의 신세이지만, 그 처지
를 인정할 수 없다는 것이다. 그렇지만 현실 극복의 의지나 치열한 대
결의식은 보이지 않는다. 세 편의 한시가 모두 비탄에 잠겨 회고하고
있는 모습을 보여주고 있다.

조지훈의 현대시는 산수자연을 소재로 하거나, 배경으로 해서 은거
생활의 긍정과 자연친화, 자연합일, 자연동화, 물아일체, 주객일여라는

주제의식을 보여주고 있다. 그의 현대시에서 볼 수 있는 이러한 주제의
식은 그의 한시에 볼 수 있었던 주제의식과 서로 맞물려 있고, 조선시
대 사대부 한시에서 볼 수 있던 주제의식에서 크게 벗어나지 않고 있음
을 알 수 있다. 따라서 조지훈의 현대시는 한시와 매우 밀접한 상관성
을 보여주고 있음을 알 수 있다.

불교적 취향을 보여주고 있는 조지훈의 현대시는 자연 그대로를 如
如한 眞如實相이라는 차원에서 보고 있고, 자연을 佛法의 현현으로 보
고 있다는 점에 특색이 있다. 미혹한 범부의 눈으로 보면 다만 차별적
인 현상으로 보이는 것들도 깨달은 이의 눈으로 보면 시공을 초월한 일
체의 차별이 없는 眞如法界임을 보여주고 있다. 또한 유정설법만이 아
니라 무정설법도 들을 줄 알게 되면 경전이 아닌 게 없고, 산천초목이
나 새들의 울음소리도 부처님의 팔만사천 법문임을 보여주고 있다.

조지훈이 현대시에서 이러한 주제를 구현할 수 있었던 까닭은 그가
유가의 후예로 태어나 유가적 교양을 쌓음과 동시에 혜화전문학교를
졸업하고, 오대산 월정사 외전강사로 있으면서 불교서적을 탐독하고 불
가와도 교유할 수 있었기 때문에 가능했다. 또한 그가 唐詩를 즐겨 읽
었을 뿐만 아니라, 우리 한시와 寒山詩를 비롯한 禪家의 한시를 부지런
히 읽었다는 점에 기인하고 있다.

3. 김종길

1) 죽음의 문제

시는 절실한 생각, 절실한 느낌, 절실한 경험의 표현이다. 따라서 시인
이 즐겨 선택하는 모티브나 자주 사용하는 낱말들은 그 시인의 잠재적인
관심사를 보여주면서 동시에 내면의 진실을 드러내준다. 김종길의 현대
시는 죽음의 문제를 시화하는 데 남다른 관심을 보인다. 〈靑馬先生 追

悼〉, 〈採點〉, 〈오디〉, 〈喪家〉, 〈生凉〉, 〈고갯길〉, 〈사진〉, 〈초석〉, 〈등꽃〉, 〈어느 오뉴월〉, 〈김종삼 詩碑를 제막하고〉, 〈넋두리〉 등은 모두 죽음이 주제이거나 죽음에 대한 언급이 나오고 있는 시이다.[43]

죽음과 삶이 둘이 아니고 하나라고 한다면, '죽음'의 문제가 곧 삶의 문제라 할 수 있고, '죽음'의 문제를 다룸으로써 삶의 다양한 모습도 살펴볼 수 있다. 죽음을 통해서 삶이 더욱 극명하게 드러나게 되고, 삶에 대해 경건함과 엄숙함을 갖게 된다. 김종길은 죽음을 통해 삶의 다양한 양상과 삶에 대해 엄숙하고 경건한 자세를 갖고자 한다.

김종길이 대다수의 현대시인들과는 달리 죽음의 문제를 자주 시로 다루고 있는 것은 두 가지 이유 때문이라고 생각한다. 하나는 어머니가 두 살 때 돌아가셔서 죽음의 문제가 그에게는 너무도 절실하게 이른 시기부터 와 닿았기 때문이라 할 수 있다. 또 다른 하나는 한시 전통과 유가 문화의 전통이 어느 곳보다 강하게 이어지던 경북 안동에서 성장했고, 그 자신이 한문과 한시에 대한 소양이 남다르다는 점에 있다. 김종길은 안동 지방의 명문인 의성 김씨의 후예로 어려서부터 한학을 익혔고 유가적 법도를 배우고 익혔다. 그래서 그는 육친이나 자기가 알고 있던 사람이 죽으면 輓詩를 짓던 문학적 관습과 쉽게 친숙해졌다고 볼 수 있다.[44]

---

43) 이 점은 최동호에 의해서도 지적되고 있다. 최동호는 김종길의 시가 상당 부분 죽음에 의해 촉발되고 있다며, 유치환·김수영·조지훈, 박목월 등의 작고 시인은 물론 그의 선친이나 친지들의 죽음이 중요한 시적 소재임은 의심할 여지가 없다고 했다. 그리고 김종길의 시는 죽음을 맞이하는 순간에도 감정을 전면에 노출하지 않는 극기적 자세가 두드러진다고 했다. 특히 이러한 극기적 자세는 유가적 금욕주의, 나아가 유가적 인본주의와 연결되어 있다고 했다. 최동호, 〈유가적 인본주의와 현대적 고고〉, 《삶의 깊이와 시적 상상》(서울 : 민음사, 1995), 104면.
  그런데 우리는 여기서 죽음의 문제를 소재로 하고 있는 김종길의 시를 만시 쓰기라는 한시 전통과 연관지어 살펴보고자 한다. 김종길은 한시로 쓴 輓詩 작품도 보여주고 있다. 난사동인, 《난사시집》(서울 : 토우, 1999)에 보면 〈挽安兄二潘〉 二首, 〈輓從兄嫂眞城李氏〉, 〈輓經洲三絶〉, 〈哭芝軒〉 三首 등의 작품이 수록되어 있다.

  우리 문학사에서 만시가 쓰여진 것은 오래되었다. 조선시대에 들어
서는 한시에서 만시가 차지하는 비중이 아주 커졌고, 이러한 성향은 조
선초기에서 후기로 내려올수록 더욱 두드러졌다. 조선후기 만시 가운데
전형성에서 벗어나 다채로운 모습을 보여주고 있는 작품성이 뛰어난
것도 있다. 소재나 표현에서는 한국적인 인정과 물태를 적실하게 보여
주는 데로 나아가고 있다.

  죽음을 주제로 하거나 죽음에 대해 언급하고 있는 김종길의 현대시
는 이러한 만시 쓰기 전통을 창조적으로 계승하고 있다. 여기서는 이
점에 대해 살펴보고자 한다.

  哭輓의 시는 반드시 감정이 진실하고 말이 사실에 맞아야 한다. 읊는 사람
  에 대해 정의가 깊고 두터우면 곡을 하고, 정분이 별반 깊지 않으면 만을 하
  면 된다. 마땅히 그 사람의 행실에 따라서 지어야 하고 시제에 맞게 함으로써
  사람들로 하여금 입을 열게 되면 어떤 사람을 애도한 것인지 곧바로 알 수
  있게 해야 좋은 것이다. 그리고 중간 중간 은연중에도 마음 깊이 슬프게 생각
  하는 뜻을 담아야 한다.[45]

  이는 일찍이 楊載가 만시 창작의 규범으로 말한 것인데, 죽음의 문제
를 다루고 있는 김종길의 현대시를 보면 이를 지키면서도 창조적인 표
현을 하고 있다. 김종길이 죽음의 문제를 다루고 있는 작품들은 전통

44) 김종길은 "할아버지가 사변중 대구 우거에서 돌아가시어, 대명동 공동묘지에 잠
  시 모셨다가 수복한 다음에 고향 선영하로 면례(緬禮)를 치렀을 땐, 백여 명의 안
  동지방의 유생들이 백여 통의 만사(輓詞)를 품고 20~30리 또는 40~50리의 준령
  을 걸어 넘어 모였는데, 드문드문 서 있는 노송 아래 차린 빈소 병풍에 읽고는 펴
  걸어둔 글발들이 솔바람에 날리던 것도 나에게는 하나의 문화사적인 감회를 자아
  내는 인상깊은 광경이었다"고 술회하고 있다. 김종길, 《산문 – 사회·문화 그리고
  대학》(서울 : 정우사, 1986), 172면.
45) "哭輓之詩, 要情眞事實. 於其人情義深厚則哭之, 無甚情分, 則輓之而已矣, 當隨人
  行實作, 要切題, 使人開口讀之, 便見是哭輓某人方好. 中間要隱然有傷感之意." 楊
  載, 〈詩法家數〉, 하문환집, 《역대시화》(북경 : 중화서국, 1992), 735면.

유가의 문집에서 더러 눈에 띄는 만시의 儀禮的이고 典禮的인 면모는 없다. 대부분의 작품이 절실한 사연을 담고 있으면서도 관습적인 표현을 배제하고 창조적 표현을 보여주고 있다. 만시의 경우 죽은 사람과의 관계로 미루어 볼 때, 객관적 거리를 확보하는 일이 쉽지 않은데 김종길의 현대시는 객관적 거리를 충분히 확보하고 있다. 또 감정이 절제되어, 슬픔이 전면에 노출되어 있지 않다.

> 생의 마지막 8년 남짓
> 자네가 심혈을 기울였던 캠퍼스가
> 오늘은 왜 이리 적막한가
>
> 아직 고운 때도 채 묻지 않은
> 흰 건물, 흰 교정, 그 한 모퉁이에
> 검은 천이 드리워진 자네의 빈소.
>
> 20년 동안이나 미국에서
> 연구원으로, 교수로 살았으면서
> 끝내 국적을 버리지 않았던 자네,
>
> 이 화사한 캠퍼스와
> 석 달 뒤면 완공된다는
> 저 어마어마한 방사광가속기는
>
> 조국을 위한
> 자네의 충정이 이룩한
> 기적과 같은 업적이 아니던가
>
> 그 업적에 삶을 송두리째 바치고,
> 자네는 이제 그 초석이 되어
> 여기 말없이 누워 있고나
>
> 〈초석〉, 《달맞이꽃》, 85면.

한시로 쓰여진 만시가 대부분 '哭-', 또는 '輓-'이라는 형태의 제목을 달고 있음에 비추어 제목부터 옛것을 벗어나 있다. 이 시는 제목을 〈초석〉이라고 붙여 이 시의 애도 대상이자 시인의 집안 동생[46]인 물리학자 겸 포항공과대학의 초대 학장이었던 김호길 박사의 생전의 업적이 이 대학의 초석이 되었을 뿐만 아니라, 이 나라의 굳건한 초석이 됐다는 것을 말해 주고 있다.

이 시는 일반적인 만시 구성의 세 층위인 悲嘆, 鎭魂, 稱揚 가운데 칭양과 비탄이 서로 긴밀하게 어우러져 있다.[47] 죽은 동생의 살아 생전의 인품과 업적에 대한 칭양을 주로 말하면서도, 애도 대상과의 인간적인 친밀도가 남다르기 때문에 어쩔 수 없이 느껴지는 비탄을 토로하고 있다. '8년 남짓 심혈을 기울였던 캠퍼스'는 김호길 박사가, 1985년 8월 1일부터 포항공과대학 학장으로 일했던 것을 말하고, '석 달 뒤면 완공된다'는 '방사광가속기'는 정확히 '방사광 발생용 가속장치'로, 이런 장치를 김호길 박사의 힘으로 해냈다는 점을 칭양하고 있다. 업적에 대한

---

46) 김호길과 김종길은 지금은 임하댐으로 수몰된 경북 안동군 임동면 지례동 의성 김씨 집성촌에서 함께 자랐다. 그런데 둘 사이는 집안의 형 아우 사이 이상으로 아주 각별했던 것 같다. 김호길의 고백에 의하면, "김종길 교수 형제분들과 우리 형제들이 나이가 비슷하여 방학 때는 특히 가깝게 지냈으며, 내가 문학에 관심을 조금 가지고 문학적 소양을 이룩한 것은 김종길 형이 대학 다닐 때 우리집 사랑방에서 들려준 문학 애기와 시감상 덕택으로 생각한다"고 했다. 김호길, 《자연법칙은 신도 바꿀 수 없지요》(서울 : 동인기획, 1993), 28면.

또한 김종길의 고백과 시를 보면, 김호길 집안과 김종길 집안이 의성 김씨 일가라는 점을 넘어서 매우 각별했음을 알 수 있다. "내가 정식으로 글을 배우기 시작한 것은 우리 나이로 여섯 살이었던 해 동짓날이었다. 그날 아침 우리집 사랑방은 어른들로 꽉 찼다. 당시 우리 지방에서 명망이 높던 집안 할아버지인 수산옹(秀山翁 : 물리학자 김호길 박사의 조부)이 나의 입학식을 집전"(김종길, 《산문 — 사회·문화 그리고 대학》(서울 : 정우사, 1986), 70면)했다고 했다. 또한 김종길은 김호길의 삶을 소재로 시를 썼는데 〈金浦空港에서〉(김종길, 《황사현상》(서울 : 민음사, 1986), 60면)가 그것이다.

47) 최재남, 《한국애도시연구》(마산 : 경남대학교출판부, 1997), 42면. 그러나 안대회에 따르면 우리나라 전통 한시에서 진혼의 요소는 다른 두 요소에 비해 약하게 나타나고 있다고 했다. 안대회, 〈한국 한시와 죽음의 문제〉, 한국한시학회, 《한국한시연구》 3(서울 : 태학사, 1995), 57면.

칭양이 드디어는 인품에 대한 칭양으로까지 나아가고 있다. '20년 동안 미국에서 교수로 살면서도 국적을 버리지 않았음'을 들어 조국을 사랑했던 고매한 인품에 대한 칭양도 하고 있다. 그러나 칭양으로 시종하기엔 슬픔과 아픔이 커서 '말없이 누워 있는 캠퍼스가 적막하다'라고 비탄을 토로했다. 여기서 우리는 이 시가 친지의 죽음을 주제화하기 위해 한시 가운데서도 만시의 일반적인 구성을 잘 활용하고 있다는 것을 알 수 있다.

뿐만 아니라, 이 시는 형식면에서도 한시의 전통을 이어받고 있다. 모두 6연으로 이루어진 이 시는, 3행 1연의 구성 방식을 택하고 있다. 이 시는 짝수의 연 구성을 통해 전체적으로 진중한 분위기를 느끼게 해 주면서, 각 연을 3행씩 구성함으로써 마음의 흔들림을 내 보이고 있다. 짝수로 전체 시를 구성하고 연 구성은 홀수로 하여 긴장과 대립, 안정과 변화를 한꺼번에 보여주고 있다. 이러한 整形性은 업적과 인품을 칭양하면서도, 슬픔과 비탄의 심정을 드러내는데 적절히 기여하고 있다.

〈등꽃〉도 역시 김호길 박사의 죽음에 임해서 쓰여진 시이다. 이 시에서는 죽음과 전혀 상관없을 것 같은 '등꽃'을 매개로 하여 슬픔을 말하고 있다. 매개 사물을 통하여 슬픔을 드러내는 방법은 만시에서 흔히 볼 수 있는 방법이다.

    자네가 나보다 칠 년 아래니까
    응당 자네가 내 장례에 와야 할 텐데
    내가 자네 장례에 오다니, 될 말인가

    우리의 옛 마을은 물에 잠겨 흔적도 없고,
    마을 뒷산엔 예나 지금이나 다름없이
    이맘때면 피어 있는 보랏빛 등꽃

    그 뒷산 기슭에 오늘
    나보다 먼저 자네가 묻히고,
    자네를 따라온 사람들 틈에 끼어

나도 돌아가는 발걸음을 떼어놓는다.
내가 이곳에 자네처럼 묻히러 올 때는
언제쯤일까 하고 혼자 생각하면서.

그때도 오늘처럼 등꽃이 피어 있을지,
물푸레나무 잎이 붉게 물들 무렵일지,
하고 혼자 궁금하게 생각하면서.

〈등꽃〉, 《달맞이꽃》, 87면.

이 시는 逆理之痛을 토로하고 있다는 점에서 비탄이 두드러지고 있다. 제1연에서 '자네가 나보다 칠 년 아래니까 / 응당 자네가 내 장례에 와야 할 텐데 / 내가 자네 장례에 오다니, 될 말인가'라고 했다. 이는 바로 역리지통의 토로라 하겠다. 어버이가 먼저고 자식이 나중이며, 형이 앞서고 동생이 뒤따라야 하는 순리가 어그러졌을 때 느끼게 되는 고통이 곧 역리지통이다.

시의 화자는 역리지통이라는 비탄을 토로하면서도 '죽은 사람'과 '산 사람'을 실은 전혀 구분하지 않고 있다. 제4연에서 화자는 '내가 이곳에 자네처럼 묻히러 올 때는 / 언제쯤일까 하고 혼자 생각하면서'라고 했다. 인간은 누구나 죽음의 문제를 초극할 수 없음을 보여주고 있는 것이다. '등꽃'이라는 매개 사물을 통하여 '등꽃'은 피었다가 지고, 졌다가 다시 피어날 수 있지만, '죽은 사람'은 다시 돌아올 수 없고 '산 사람'은 반드시 죽는다는 점을 잘 보여주고 있다. 화자는 그것을 제5연에서 내가 이곳에 묻히러 올 때도 '오늘처럼 등꽃이 피어있을지'라고 했다. 이 말은 생자필멸의 이치를 화자 자신이 너무도 잘 헤아리고 있음을 뜻한다. '등꽃'의 피고 짐은 반복되고 순환된다. 자연은 순환하고 되풀이된다. 그러나 인생은 순환되고 되풀이되지 않는다는 것이다.

〈초석〉과 〈등꽃〉, 이 두 편은 친지인 김호길 박사의 죽음에 임하여 쓴 만시이다. 김호길 박사의 죽음에 대해서는 한시로도 만시를 남기고 있다. 다음 시가 그것이다.

花落紛紛嫩葉開　꽃잎은 분분히 떨어지고 새 잎은 제법 돋았건만
此生無復共君杯　이승에서 그대와 다시 술잔 기울일 수 없네
嗚呼四日前相別　오호라 나흘 전 서로 이별한 것이
不覺千秋永訣來　영원한 이별인 줄 그 때는 내 진정 몰랐어라

經綸到處爛漫開　그대 경륜은 도처에 활짝 피었고
豪氣恒常溢酒杯　호기는 언제나 술잔에 넘쳤네
豈但私情今日哭　오늘 내가 곡함이 어찌 사사로운 정이랴
弔君擧國士爭來　온 나라의 인사들이 그댈 조문하러 다투어 왔네

芝山三月紫藤開　지산의 삼월 자주빛 등꽃이 피었고
灑涙墳前進一杯　눈물을 닦으며 그대 묘 앞에서 술 한 잔 올리네
故里無痕春寂寞　고향 마을은 흔적도 없고 봄날은 적막하기만 한데
如何君獨促歸來　어쩐 일로 그대 그리도 빨리 돌아갔단 말인가

〈哭芝軒〉三首 윤동재 譯,《난사시집》, 221면.

　이 시는 〈초석〉과 〈등꽃〉을 합쳐 놓은 듯하다. 둘째 수는 〈초석〉의
내용과 비슷하고, 첫째 수와 셋째 수는 〈등꽃〉과 유사하다. 이를 보면
현대시와 한시의 상관관계가 긴밀함을 알 수 있다.

　너는 키가 큰 편이었지,
　너는 언제나 곧은 姿勢를 하고 있었지.

　내가 학기말 試驗答案을 채점한 것은
　新聞의 버스事故 記事 가운데서
　너의 이름과 사진을 본 뒤였어.

　90점이 조금 未達인 點數를
　네가 받아볼 수 없는 評點表에
　또박또박 나는 옮겨 적었지

　學友들이 마련한 너의 遺作展을 돌아보았더니,

시에서도 너는 그만큼 자랐었더군.

〈薔薇 燈을 밝힌다〉는 〈八月의 뜰에〉
너는 그 큰 키와 곧은 姿勢로 서 있더군.

'자주 자기의 손금을 읽어본다'는
卒業班 女學生인 너는
여전히 거기 혼자 서 있더군.

〈探點〉,《황사현상》, 66면.

이 시는 불의의 사고로 죽은 제자에 대해 쓰고 있는데 일반적인 만시 구성의 세 층위인 비탄, 진혼, 칭양을 찾아볼 수 없다. 〈초석〉이나 〈등 꽃〉이 만시 구성의 세 층위 가운데 한둘을 적절히 연결하여 시를 구성 하고 있음에 비하여, 이 시에는 만시 구성의 세 층위인 비탄, 진혼, 칭양 가운데 그 어느 것도 나타나 있지 않다. 만시의 일반적인 구성과 표현 을 따르지 않고 독자적이고 개성적인 구성과 표현을 하고 있다.

앞의 두 편과 이 시는 애도의 대상이 집안 동생과 제자라는 차이가 있다. 죽음에 임해서 곧바로 썼다는 점과 죽은 뒤 얼마 동안의 시간이 흐른 뒤 썼다는 차이도 있다. 집안 동생을 잃은 슬픔과 아픔이 제자를 잃은 것보다 당연히 더하다. 그러다 보니 앞의 두 편에서는 객관적 거 리의 확보가 쉽지 않아 때로는 비탄이, 때로는 칭양이 나타기도 한다. 그러나 앞의 두 편과 이 시는 모두 진혼의 내용이 없다. 이는 김종길이 내세에 대해서는 전혀 언급하지 않고 있음을 보여주는 것이라 할 수 있 다. 이 점은 유가적 사생관을 보여주는 것이 아닌가 한다.[48]

---

48) "季路問事鬼神 子曰未能事人 焉能事鬼 敢問死 曰未知生 言知死",《論語》, 先進 篇, "계로가 귀신을 섬기는 것에 대해 묻자, 공자께서 말씀하셨다. '사람을 잘 섬길 수 없다면 어떻게 귀신을 잘 섬길 수 있겠는가', 또 '감히 죽음에 대해서 묻겠습니 다' 하자, 공자께서 말씀하시기를, '삶을 알지 못한다면 어찌 죽음을 알 수 있겠느 냐'라고 하셨다." 공자의 이 말은 삶의 도리를 아는 것이 중요함을 말하고, 삶의 도리를 알게 되면 자연 죽음의 문제도 알 수 있을 것임을 말해 주는 것이며, 유가

이 시가 더욱 주목되고 있는 점은 만시의 구성과 표현이라는 옛것을 일방적으로 따르지 않고 자기대로의 구성과 표현을 하고 있다는 점이다. 즉 제자의 좋은 점을 무턱대고 드러내어 일방적인 칭양이 되게 하지 않고, 제자의 평소 모습을 담담히 객관적 사실을 기술하듯 '또박또박' 적고 있다는 점이다. 그래서 더욱 진실함을 느끼게 한다. '너는 키가 큰 편이었지 / 너는 언제나 곧은 姿勢를 하고 있었지'라는 제1연의 진술은 제자의 생전 모습에 대한 객관적 진술이다.

그리고 '내가 학기말 試驗答案을 채점한 것은 / 新聞의 버스事故 記事 가운데서 / 너의 이름과 사진을 본 뒤였어'라는 화자의 행위에 대한 제2연의 진술도 모두 객관적인 진술이라 할 수 있다. 여기에는 한 점의 주관도 개입되어 있지 않다. 또한 섣불리 화자의 감회를 털어놓으려 한 흔적이 전혀 없다. 제3연의 진술도 마찬가지다. '90점이 조금 未達인 點數를' 제자가 '받아볼 수 없는 評點表에' '또박또박 옮겨 적는' 화자의 행위는 더할 것도 덜할 것도 없는 일상적 삶의 지평을 그대로 보여주고 있다. 마지막 연의 '자주 자기의 손금을 읽어본다'는 '졸업반 여학생'이었다는 제자의 모습 역시도 꾸미지 않은 모습 그대로이다.

제자의 죽음을 소재로 하면서 슬픔과 애도의 감정이 절제되어 있는 모습을 보여주는 것은 종결어미를 다양하게 변화시키고 있는 데서 확인할 수 있다. 일반적으로 김종길 시의 종결 유형은 '-해야 하는 법이다', '-해야만 한다', '-할 일이다', '-해 다오' 등의 당위와 청유를 나타내는 종결 어미를 많이 사용하여 단호하고 엄정함을 보여준다. 그러나 이 시에서는 '-었지', '-였어', '-었더군' 등의 과거나 과거 회상을 나타내는 선어말 어미와 '-다'라는 단정을 나타내는 어미를 피하여, 객관적 태도와 거리를 확보하고 있으며 과장된 비탄을 전혀 드러내지 않았다.

이 시가 불의의 사고로 인한 제자의 죽음이라는 흔히 있을 수 있는 일견 평범한 듯한 소재를 다루면서도, 그것이 문학적 감동을 주는 것은

의 현실 중시 태도를 엿볼 수 있게 한다.

제자의 모습과 화자의 행위에 대한 묘사가 진실하기 때문이다. 이 시에서는 뛰어난 수사적 기교나 특이한 시적 구조는 보여주지 않으면서도 '진실'을 '진실하게' 드러내고 있기 때문이다.

죽음의 문제를 시로 쓴다고 할 때, 죽음에 대한 비탄이나 철학적 질문을 던지지 않고도 어떻게 감동을 주는 시를 쓸 수 있는가를 이 시는 잘 보여주고 있다. 다시 말하지만, 김종길은 죽음이라는 가장 침울한 주제 앞에서도 감정의 범람이나 형이상학적 물음의 심연에서 자신을 건져내는 극기의 정신을 보여주고 있다. 극히 무심한 듯한 표정과 명료한 동작으로 자신을 지탱하고, 비극적 상황과 대결하고 있다.[49]

> 덥기로 이름난
> 이 內陸의 都市는 오늘
> 颱風의 影響圈에 들어
> 종일 선들바람만 불어대고 있다.
> 친구의 訃音을 들은 지 일주일
> 秋夕의 혼잡을 넘기고 찾아온 이 거리를
> 남은 친구들과 걸어가노라면
> 그 친구도 함께 걷고 있어
> 그 쭈뼛한 어깨가 이따금 내 어깨에 부딪는 것만 같다.
> 滿四十七年의 그의 生涯란
> 이곳의 찌는 듯한 더위와도 같았다.
> 유난히 波瀾 많고 괴로웠던
> 길지도 않은 그의 生涯가 그러나
> 그와 가까웠던 우리에겐 지금
> 선들바람 부는 오늘의 날씨와도 같이 느껴지는 것은 무슨 까닭일까?
> 百十六萬의 人口가 산다는 이 都市의 中心街가
> 오늘따라 텅 빈 것만 같고

---

49) 김흥규, 〈세계내적 초월의 비전과 절제〉, 김종길 시선, 《하회에서》(서울 : 민음사, 1977), 14~15면.

걸어가는 우리도 어쩐지 선들바람처럼 허망하기만 하다.
그래도 우리는 그를 이야기하며
때로는 웃음도 웃는다.
수척할 대로 수척했다는 그가
마지막으로 겪은 더위가 가시면서
그의 삶도 끝이 난 것이다.
낯익은 북쪽 산마루가 구름에 가리운 채
영영 그가 떠나버린 이 內陸의 都市 ―
올해 유난히 일찍 生凉이 되나보다.

〈生凉〉,《황사현상》, 85~86면.

　먼저 형식면에서 볼 때, 김종길의 시에서는 거의 드물게 볼 수 있는
단연시이다. 김종길의 시는 연을 구분하고 있거나, 연을 구분하되, 연을
구성하고 있는 행의 수가 일정한 경우가 대부분인데 이 작품은 예외에
속하는 작품이다. 김춘수는 현대시의 행이 의미단락, 리듬단락, 이미지
단락을 이룬다고 했다.[50] 연은 행보다 큰 의미단락, 리듬단락, 이미지단
락이라 할 수 있다. 단연시는 크게 보면 이러한 세 단락이 하나로 되어
있는 시라 할 수 있다. 따라서 〈生凉〉은 의미와 리듬, 이미지가 서로 긴
밀히 맞물려 있는 작품이라 할 수 있다.
　〈生凉〉은 죽음을 소재로 하고 있다는 점에서는 앞에서 살펴본 〈초
석〉, 〈등꽃〉, 〈採點〉과 다름이 없지만, 표현면에서 볼 때 만시에서 흔
히 볼 수 있는 것처럼 죽음의 이미지를 자연의 변화를 통해 제시하고
있다는 점에서 주목된다.[51] 여기서도 김종길의 한문과 한시에 대한 소
양이 만만치 않고, 또 그것을 묵혀 두고 있는 게 아니라 현대시 창작에

---

50) 《김춘수전집》 2(서울 : 문장사, 1982), 187~192면.
51) 만시에서는 죽음의 이미지를 자연의 변화를 통해 나타내는 일이 흔하다. 계절로
　는 가을, 하루 중에서는 해질녘이나 저녁, 날씨는 차가운 비가 내리거나 눈이 내
　리거나 바람이 부는 것을 통해 죽음의 이미지를 나타내고 있다. 낙엽이나 황엽,
　시든 잎, 서리, 낙화 등도 죽음의 이미지를 나타내고 있다. 최재남, 앞의 책, 166~
　204면.

잘 활용하고 있음을 알 수 있다.

사람의 삶과 죽음을 날씨와 계절에 빗대어 표현하는 방식은 만시에서 흔히 볼 수 있고, 우리가 잘 알고 있는 신라 향가에서도 찾을 수 있다. 신라 향가 〈祭亡妹歌〉는 누이의 죽음을 소재로 하여, 죽음을 자연의 변화를 통하여 보여주고 있다. 특히 '바람'을 통하여 보여주고 있다.[52] 〈祭亡妹歌〉는 누이의 죽음을 '어느 가을 이른 바람'으로 형상화했다. 어느 가을 '이른 바람'은 채 가을이 깊지 않아서 부는 바람이지만, 그 여세를 몰아 겨울로 치달리는 바람이기도 하다. '이른 가을 바람'은 겨울의 이른 내도(來到), 달리 말해서 가을 속의 겨울, 즉 이른 죽음을 의미한다 하겠다.[53]

그런데 〈生凉〉에서는, 힘겨웠던 '친구의 삶'을 '후덥지근한 여름의 더위'라는 날씨에, '친구의 때 이른 죽음'을 여름이 막 끝나고 찾아오는 '선들바람'이라는 자연현상에 견주었다. 친구의 삶과 죽음이 모두 자연현상을 통하여 표현되고 있다. 이 시의 제목인 〈生凉〉은 '가을의 서늘한 기운이 생김'을 뜻한다. 이것은 아직 가을이 깊지 않았지만, 여름의 무더운 더위는 물러갔음을 알려주는 것이다. '생량'은 보통 후덥지근한 여름이 지났음을 알려주기 위해서 우리를 찾지만 올해만큼은 친구의 '후덥지근했던 삶'이 끝났음을 알려주기 위해, 때 이르게 찾아왔다. 이것은 단순히 자연 현상을 실제 그대로 표현한 것이기도 하지만, 화자의 심리적 느낌에 대한 표현일 수도 있다. 화자는 친구의 이른 죽음 때문에 '생

---

52) '바람'은 여러 가지 상징성을 띠고 있다. 하늘의 기운, 나아가 우주의 숨과 기운을 뜻하기도 하고, 농경 생활과 관련된 생산력의 상징으로서, 풍작과 흉작에 절대적 영향을 끼치는 바람의 신, 영등할미는 신앙의 대상으로 격상되고 있기도 하다. 또 바람은 문학 작품 속에서는 삶의 기욺, 생명력의 퇴락, 죽음과 함께 삶이 겪는 간난신고와 시련을 상징하기도 한다. 북유럽에서는 바람이 죽음의 나라에서 불어오는 것으로 인식되고 있다. 한국문화상징편찬위원회, 《한국문화상징사전》1(서울 : 두산동아, 1992), 301~304면.

53) 김동욱, 〈죽음의 인식을 통해 본 신라노래의 성격〉, 한국정신문화연구원 부속대학원 석사논문(성남 : 한국정신문화연구원 부속대학원, 1983), 27~28면.

량'이 다른 해보다 일찍 찾아왔다고 느끼고 있다. '만 47년의 생애'라면 화자의 친구는 아직도 더 살 수 있는 나이이다. 그런데도 그는 '찌는 듯한 더위와 같은', '파란 많은 생애'를 살다가, 뜻하지 않게 일찍 죽은 것이다. 〈제망매가〉의 '이른 가을 바람'과 여기서의 '선들바람'은 같은 내포를 거느리고 있다. '이른 가을 바람'과 '선들바람'이라는 계절적 상징은 일찍 생애를 마감했다는 뜻으로 쓰였다.

지금까지 보아온 것처럼 〈生凉〉은 만시에서 흔히 볼 수 있는 자연의 변화를 통해 죽음을 나타내는 관습적 표현을 활용하면서도, 죽음뿐만 아니라 삶 자체도 자연현상에다 견주어 대비시킴으로써 표현의 새로움을 얻고 있다. 또한 일반적으로 친구의 죽음을 소재로 한 만시에서는 대체로 칭양의 진술이 두드러지는데, 이 시에서는 죽은 친구에 대한 칭양이 전혀 없다. 친구란 사회생활을 하면서 교유의 폭에 따라 늘어날 수도 있다. 친구의 죽음이란 죽은 당사자의 경우는 일회성을 지닌다고 할 수 있다. 그러나 애도자의 입장은 다르다. 그러니 자연 슬픔이나 아픔이 육친의 죽음을 소재로 한 경우와는 자못 다를 수밖에 없다. 친구의 죽음을 소재로 한 만시에서는 대개 개인적인 통절함보다는 사회적 성격이 강하게 작용하여, 애도 대상의 유족을 향한 또는 사회를 향한 칭양이 두드러지고 비탄이나 진혼의 요소는 상대적으로 덜하다.[54]

그러나 이 시는 죽은 친구에 대해서 가급적이면 좋은 점을 들어 칭양을 해야 한다는 만시의 관습적 표현으로부터도 멀리 벗어나 있다. 오히려 '우리는 그를 이야기하면서 때로는 웃는다'는 구절에서 볼 수 있는 것처럼, 죽은 친구의 삶과 얽힌 희로애락의 감정을 그대로 제시하고 있음을 볼 수 있다. 이런 진솔한 감정표현은 진실함을 느끼게 해 준다. 또한 화자는 절대 비탄을 토로하지 않고, 차분하고 무심한 듯한 태도를 보여주면서, 친구에게 말을 할 때도 가볍게 던지는 듯한 말투를 보여주고 있다. 친구의 훌륭한 인간상에 초점을 맞추지 않고, 생전 그의 모습

---

54) 최재남, 앞의 책, 38~40면.

가운데 하나를 제시함으로써 진실함을 느끼게 하고 있다. 이 점은 만시에서는 거의 볼 수 없던 것이다.

〈採點〉과 〈生凉〉은 〈초석〉과 〈등꽃〉처럼 죽음의 문제를 주제로 다루고 있지만 제자와 친구가 죽은 바로 그 다음에 짓지 않고, 일정 시간이 흐른 뒤 제자와 친구를 회상하고 추억하는 심사를 담아 썼다는 점에서 추모시라 할 수 있다.

죽음의 문제를 주제로 다루고 있는 김종길의 현대시에서는 한결같이 뚜렷한 내세관이 나타나 있지 않다. 이는 단적으로 김종길의 현대시에는 진혼의 내용이 전혀 없다는 점을 통해서도 알 수 있다. 이 점은 김종길의 사생관의 반영이라 할 수 있다. 고대 중국인들은 인간의 영혼이 양(陽)의 넋인 혼(魂)과 음(陰)의 넋인 백(魄)으로 이루어져, 이들이 조화를 이루어 육신에 생명력을 넣어 주고 육체를 유지시킬 때 인간은 살아 있는 것이고, 혼(魂)·백(魄)·육신이 분리되면 죽는 것으로 이해했다.[55] 죽음에 대한 이러한 인식은 동양적 사생관의 중심을 차지하며 한국인의 사생관 가운데서도 성리학적 사생관이 이러한 입장을 가장 집약적으로 드러내고 있다.[56] 그러나 김종길의 현대시에서는 이러한 사생관을 전혀 볼 수 없다. 김종길의 관심은 어디까지나 현세에서의 삶이다.

2) 진실의 추구

김종길의 현대시는 진실 추구의 태도와 자세를 보여주고 있다. 진실

---

55) 마이클 로이, 이성규 역, 《고대중국인의 생사관》(서울 : 지식산업사, 1988), 42면.
56) 애도시의 구성에서 진혼은 죽은 사람의 넋을 위로하는 데 초점을 두고 "선영(先塋)", "가성(佳城)"을 강조한다. 선영에 묻히는 것을 말함은 살았을 때의 가족과 마찬가지로 사후에도 교유를 이을 교량을 설정하여 삶과 죽음의 단절을 극복하려는 위안에 해당하는 것이다. 진혼에서 선영이나 좋은 묏자리가 강조되는 것은 사람이 죽는 것을 "돌아간다"라고 흔히 표현하는 바와 같이 조상을 비롯하여 모든 근원이 선영에 있다고 보고, 그곳으로 돌아가는 것을 이상으로 받아들인 때문이다. 최재남, 앞의 책, 108면.

한 삶, 진실한 표현은 김종길 詩作의 궁극적 관심이다. 김종길은 "시란 진실한 개인적인 경험의 결정"이며, "인생과 세계의 진실을 가장 고도로 조직된 언어로써 감동적으로 제시한다"고 했다.[57] 김종길의 이러한 문학관은 전통적인 문학관 가운데 文以載道說에 기대고 있음을 알 수 있다. '文者, 載道之器'라 하여 글은 도를 싣는 그릇이라는 이 말은 중국 송대의 周敦頤가 그의 저술 《通書》의 〈文辭〉라는 글에서 한 말이다.[58] 우리나라에서는 고려시대 최자의 《보한집》 서문에서 문이재도적 문예 의식이 발견되지만, 문이재도설의 이론적 체계를 세운 사람은 정도전이다.[59] 글은 도를 싣는 그릇이라 했을 때, 도(道)란 글 내용의 충실성, 다시 말해 글의 내용이 참되고 훌륭한 점을 말한다.[60] 그러고 보면 김종길이 내세우고 있는 '진실'과 文以載道說에서 말하고 있는 '道'는 같은 의미임을 알 수 있다. 그리고 이것이 김종길의 현대시에서는 진실의 추구로 나타나고 있다.

> 병 없이 앓는,
> 안동댐 민속촌의 헛 제삿밥 같은,
> 그런 것들을 시랍시고 쓰지는 말자.
>
> 강 건너 臨淸閣 기왓골에는
> 아직도 북만주의 삭풍이 불고,
> 한낮에도 무시로 서리가 내린다.
>
> 진실은 따뜻한 아랫목이 아니라
> 성에 낀 창가에나 얼비치는 것,
> 선열한 陸史의 겨울의 무지개!

---

57) 김종길, 앞의 책, 10~18면.
58) 정요일·박성규·이연세, 《고전비평용어연구》(서울 : 태학사, 1998), 107면.
59) 이민홍, 《조선중기시가의 이념과 미의식》(서울 : 성균관대학교출판부, 1993), 33~43면.
60) 정요일·박성규·이연세, 앞의 책, 115면.

유유히 날던 학 같은 건 이제는 없다.
얼음 박힌 山川에 불을 지피며
오늘도 타는 저녁 노을 속.

깃털을 곤두세우고
찬 바람 거스르는
솔개 한 마리.

<솔개 — 안동에서>, 《달맞이꽃》, 61~62면.

이 시에는 김종길의 진실 추구의 자세가 잘 나타나 있다. 김종길은
제1연에서 '병 없이 앓는, / 안동댐 민속촌의 헛 제삿밥 같은, / 그런 것
들을 시랍시고 쓰지는 말자'고 했다. 시인은 무병신음을 해서도 안 되
고, 거짓이나 꾸밈이 있어서도 안 됨을 이렇게 말했다. 이는 '진실'을 중
시하는 김종길의 자세와 태도를 보여준다고 할 수 있다. 특히 제1연의
종결어미는 '-말자'라는 금지를 나타내는 청유형 어미로 되어 있다. 이
는 스스로에게만 하는 말이 아니고 다른 사람들에게도 권유하는 말이
다. 그만큼 이에 대한 시인의 믿음은 단호하다.

제2연에 나오는 '임청각(臨淸閣)'은 임정 국무령을 지낸 석주(石州) 이
상룡 선생의 고택으로 그 집안은 4대에 걸쳐 쓰라린 풍상을 겪었다고
한다. 제2연은 종결어미가 현재진행을 나타내는 '-는다'로 끝나고 있다.
이는 '아직도'라는 말에서 볼 수 있는 것처럼 '북만주의 삭풍'과 '무서리'
로 표상된 처절한 인고의 세월이 계속되고 있음을 뜻한다.

시의 화자는 제3연에서 인고의 세월이 계속되고 있다 하더라도, '진
실은 따뜻한 아랫목이 아니라 / 성에 낀 창가에나 얼비치는 것'이라고
하여, 질곡의 삶의 현장을 떠나서 '진실'이 있을 수 없음을 말하고 있다.
그래서 제4연에서 '유유히 날던 학 같은 건 이제는 없다'고 단정지어 말
함으로써 한가로운 생활과 여유를 단호히 거부하고 있다. 이러한 거부
뒤에 볼 수 있는 화자의 모습은 '얼음 박힌 山川에 불을 지피며', '깃텃
을 곤두세우고 / 찬 바람을 거스르는' '솔개'의 모습, 바로 그것이다. '솔

개'의 당찬 기세는 바로 화자의 기세이며, 시인 자신의 기세이다. '찬바
람 거스르며' 적극적으로 대결하기를 마다 않는 '솔개'는 화자와 시인
자신의 객관적 상관물이다. 이처럼 강인한 대결정신은 진실을 추구하
는 사람에게서만 가능하다. 이러한 점은 앞에서도 말했지만, 문이재도
설을 내세우던 조선조 도학자들의 삶의 자세, 한시 창작 태도와 그대로
통한다.

3) 고고한 삶의 자세

험난한 세상을 살아가면서도 인간의 威儀를 잃지 않는 모습도 김종
길 시에서 쉽게 볼 수 있는 주제이다. 명리에 몸과 마음을 빼앗기지 않
고, 불의와 타협하지 않는 고고한 삶의 자세는 유가적 선비 정신이라
할 수 있다.

한 떨기 菊花꽃이여,
너 앞에 지금 나는 할 말이 없다.

불붙던 쌀비아는
어느새 잿더미로 식어가고
플라타나스도 반 넘어 잎이 졌는데,

서릿발 싸늘한 이 아침을
홀로 늠름히 피어난 꽃이여,
너 앞에 지금 나는 목이 메인다.

한 떨기 菊花꽃이여,
너를 아끼고 노래한 陶潛과 杜甫,
秋史와 滄江과 그리고 아 우리의 芝薰—

그들의 超俗과 憂愁와 靈感과 氣槪,
그들이 사랑한 詩酒의 意味를 默示하는 꽃이여

216

내 또한 詩와 술을 사랑하고
不義 庸劣을 미워하건만,
내게는 돌아갈 田園도 流謫과 漂泊과 絶叫의 땅도 없어

다만 저 재로 사위어가는 쌀비아 꽃밭과
잎지는 플라타나스의 빈 校庭을
온 아침 넋없이 바라보며,

이 서릿발 속에서도 홀로 오히려 오만한,
한 떨기 끼끗한 菊花꽃 앞에,
잠시 말을 잃고 목이 메일 뿐.

〈국화 앞에서〉,《황사현상》, 71~72면.

김선학은 이 시에서 화자가 국화를 옆과 뒤가 아닌 '앞'에 서서 바라
보려 한다는 점에 주목하고, 대상의 앞이라는 위치는 대상에 대한 경건
함과 엄숙함이 따르는 자리라고 했다.[61] 여기서 덧붙여 생각해 볼 것은
대상을 바라보는 위치에 따라서도 경건함과 엄숙함이 따르지만, 대상
그 자체에서도 경건함과 엄숙함이 따른다는 점이다.
이 시에서 화자가 바라보는 대상은 국화이다. 鍾會는 〈菊花賦〉에서
국화는 다섯 가지 미덕을 가지고 있다 했다.[62]

국화는 다섯 가지 미덕을 지니고 있다. 둥근 꽃이 높게 피어 있는 것은 천
극(天極)을 본딴 것이다. 순수한 황색으로 잡되지 않은 것은 황색이 두꺼운
땅의 빛이기 때문이다. 일찍 심지만 늦게 꽃을 피우는 것은 군자의 덕이라 할
수 있다. 서리를 무릅쓰고 꽃을 피우는 것은 굳세고 곧음을 나타내는 것이다.
술잔 속에 가볍게 떠 있는 것은 신선의 음식이다.

---

61) 김선학, 앞의 글, 247면.
62) "夫菊有五美焉 圓花高懸 準天極也 純黃不雜 后土色也 早植晩登 君子德也 冒霜
吐穎 象勁直也 流中輕體 神仙食也", 鍾會, 〈菊花賦〉,《淵鑑類函》11, 7109면.

이 시에서는 '국화'가 지닌 다섯 가지 미덕 가운데, 무서리를 맞으면서도 피어나는 절개 있는 꽃이라는 점에 주목하고 있다. 서리를 상관하지 않고 피는 국화의 모습에서 고고한 기품과 절개를 지키는 군자의 모습을 발견하고 있다. 물론 이러한 점은 김종길이 처음 발견한 것은 아니다. 이러한 국화의 이미지는 전통 한시에서 흔히 사용된 이미지이다. 전통 한시에서는 여러 꽃들이 다투어 피는 봄·여름을 다 지내고, 날씨가 차가워진 가을에야 비로소 꽃을 피우는 모습에서 고고한 기품과 절개를 지키는 군자의 모습을 발견했다.

여기서 시의 화자가 '국화'를 보면서 느끼는 경건함과 엄숙함은 '국화'가 고고한 기품과 절개를 지니고 있기 때문이다. 뿐만 아니라 이 국화는 도잠·두보·추사·창강·지훈 등 고고한 삶을 살았던 사람들이 좋아했던 꽃이기 때문이기도 하다. 국화를 가볍게 바라보지 못하고 시의 화자는 국화 앞에 마주 서서 자신의 삶에 대한 성찰을 하면서, 자기 스스로도 고고한 삶의 자세와 절개를 잃지 않으려는 다짐을 하면서 옷매무새를 추스리고 있는 것이다.

北漢山이
다시 그 높이를 회복하려면
다음 겨울까지는 기다려야만 한다.

밤 사이 눈이 내린,
그것도 白雲臺나 仁壽峰 같은
높은 봉우리만이 옅은 化粧을 하듯
가볍게 눈을 쓰고

왼 산은 차가운 水墨으로 젖어 있는,
어느 겨울날 이른 아침까지는 기다려야만 한다.

新綠이나 丹楓,
골짜기를 피어오르는 안개로는,
눈이래도 왼 산을 뒤덮는 積雪로는 드러나지 않는,

218

심지어는 薔薇빛 햇살이 와 닿기만 해도 變質하는,
그 孤高한 높이를 회복하려면

白雲臺와 仁壽峰만이 가볍게 눈을 쓰는
어느 겨울날 이른 아침까지는
기다려야만 한다.

〈孤高〉, 《황사현상》, 67면.

이 시에서 화자는 북한산의 빼어난 경관에 관심이 있는 게 아니다.
시의 화자에게는 '新綠이나 丹楓', '피어오르는 안개', '왼 산을 뒤덮는
積雪', '薔薇빛 햇살' 등은 전혀 관심의 대상이 아니다. 그렇다고 하여 북
한산의 경치를 보고 일어난 흥취를 표현하는 데 힘쓴 것도 아니다. 경
치나 흥취를 나타내려는 데 만족하지 않고 있다.

그렇다면 〈孤高〉에서 화자의 관심은 어디에 있는가. 화자의 관심은
온통 '북한산의 높이'에 쏠려 있다. 화자는 '北漢山이 / 다시 그 높이를
회복하려면 / 다음 겨울까지는 기다려야만 한다'고 하여, 북한산의 높이
가 회복되는 데 관심을 쏟고 있음을 보여주고 있다. 실제 북한산의 높
이가 '낮아졌다가 높아졌다가 할 수 있는 것'은 아니지만, 화자는 북한
산의 높이가 회복된다고 했다. '높은 봉우리만이 엷은 化粧을 하듯 / 가
볍게 눈을 쓰고 / 왼 산은 차가운 水墨으로 젖어 있는', '겨울날 이른 아
침'이면 북한산의 높이가 회복된다고 믿고 있는 것이다. 고난의 시간,
극기의 시간 속에서만 '북한산의 높이'가 회복된다는 것이다.[63] 따라서
우리는 화자가 여기서 말하고 있는 북한산의 높이는 실제의 높이가 아

---

63) "子曰 歲寒 然後知松柏之後彫也", 《論語》, 子罕編, 공자는 말하길, "날씨가 추워
진 다음에야 소나무와 잣나무가 늦게 시듦을 알 수 있다"라고 했다. 봄·여름·가
을에는 다른 초목들도 잎이 무성하다. 그러나 날씨가 매우 추운 겨울이 되면, 소
나무와 잣나무만 푸르다. 여기서 소나무와 잣나무는 군자의 절의를 뜻한다. 〈孤
高〉에서 '북한산의 높이'가 겨울에만 제 높이를 회복한다는 것은 북한산의 높이로
상징되는 절의가 고난의 시간 속에서 더욱 빛남을 뜻한다 하겠다.

니라는 점을 알 수 있다. 이것은 '孤高한 높이'이다. '고고한 높이'란 '정
신의 높이'이며, '세속에도 초연한 높이'이다.[64]

이 시에서 화자가 궁극적으로 드러내고자 하는 것은 이와 같이 북한
산의 우뚝 솟은 모양과 자연 풍광을 나타내려는 것이 아니라, 북한산을
매개로 해서 궁극적으로는 '孤高한 높이'에 대해 말하고자 하는 것이다.
이렇게 대상, 즉 세계를 말하는 것이 아니라 대상이나 세계를 통해서
意를 전달하는 방식, 산수 자연의 경치를 그대로 묘사하거나 그것을 보
고 일어난 흥취를 나타내지 않고, 그것을 매개로 하여 어떤 이치를 전
달하려고 하는 것을 이인로는 '託物寓意'라 했다. '物에다 얹어서 意가
나타나게 한다'는 뜻이다. '託物'은 물을 나타내자는 것이 아니고, 물을
매개로 해서 다른 무엇을, 즉 '寓意'를 전달하고자 하는 것이 주목적이
다. '意'란 다른 말로 하면 어떤 이치라 할 수 있다.[65] 〈孤高〉에서는 북

---

64) 최동호는 '고고한 높이'에 대해서 다음과 같이 지적하고 있다. "북한산에서 그
   중 높은 봉우리에 속하는 백운대와 인수봉만이 가볍게 눈을 쓰고 있는 겨울날 이
   른 아침에 볼 수 있는 고고한 높이란 선비적 삶이 지향하는 정신적 늠연함을 머금
   고 있는 것임에 틀림없다." 최동호, 〈유가적 인본주의와 현대적 고고〉, 《삶의 깊
   이와 시적 상상》(서울 : 민음사, 1995), 109면.
      이에 비해, 김흥규는 "여기에서 김종길이 말하는 '높이'—'어느 겨울날 이른 아
   침'이라는, 어둠과 빛 사이의 긴장된 냉랭함으로 충만한 시간에 비로소 가능한 孤
   高가 바로 세계 내적 초월이 달성되는 순간의 높이이다. 그런 의미에서 여기 쓰
   인 산의 이미지는 조선 왕조시대의 사대부들이 즐겨 썼던 그것과 흡사하다. 그것
   은 이 세계 속에 거주하면서 그 순환과 소모를 응시하고 견디어 내는 인내와 초
   월의 이미지이다"라고 했다. 김흥규, 〈세계내적 초월의 비전과 절제〉, 김종길 시
   선, 《하회에서》(서울 : 민음사, 1977), 18면.
65) 이인로가 말한 '託物寓意'란 말은 이규보가 말한 '寓興觸物'과 비슷한 말이긴 하
   나 앞의 것은 "物에다 얹어서 意가 나타나게 한다"는 뜻이고, 뒤의 것은 "興이 나
   고 物에 부딪친다"는 뜻이다. 이인로나 이규보가 말한 物은 세계나 대상이라 할
   수 있어서 시인 자신의 것이 아니다. 그러나 意나 興은 시인 자신이 갖고 있는 것
   이다. 이인로가 말한 '託物寓意'는 物을 나타내자는 것이 아니고, 物을 매개로 해
   서(託物하여) 다른 무엇, 다시 말하면, '寓意'의 意를 전달하자는 뜻이다. 그리고
   그 意는 이미 먹은 마음이고 시인이 우연히 만나게 된 物과는 원칙적으로 무관한
   것이다. 이규보가 말한 '寓興觸物'은 우선 興이 막연하게 떠오르게 되고, 이어서

한산이라는 대상을 매개로 하여 삶의 어떤 이치, 일종의 정신 세계를 나타내려고 함을 볼 수 있다. 삶의 어떤 이치, 정신 세계란 다름 아닌 고고한 삶의 자세를 말한다.

김종길은 자기가 늘 보던 북한산을 두고서 이런 시를 지었다. 우뚝 솟은 인수봉과 백운대, 즉 북한산은 사실 화자 자신의 객관적 상관물이라 할 수 있다. 어려운 시대, 어려운 때일수록 더욱 늠연한 자세를 잃지 않는 북한산의 우뚝 솟은 모습은 화자 자신이 험난한 세태에 휩쓸리지 않겠다는 의연한 자세, 바로 그것이라 하겠다. 氣質之性은 세태나 환경에 따라서 바뀔 수 있지만, 마음의 바른 도리에 근거를 둔 本然之性은 시련이 겹치더라도 바뀌지 않음을 잘 보여주고 있다.

해마다 새해가 되면
매화분에 어김없이 매화가 핀다
올해는 바로 초하룻날 첫 송이가 터진다

새해가 온 것을 알기라도 한 듯,
무슨 약속을 지키기라도 하듯,
설날에 피어난 하얀 꽃송이!

말라 죽은 것만 같은 검은 밑둥걸,
메마르고 가냘픈 잔가지들이
아직 살아 있었노라고,

살아 있는 한 저버릴 수 없는 것을
잊지 않았노라고, 잊지 않았노라고,
매화는 어김없이 피어나는데,

밖에선 눈이 내리고 있다.

物과의 부딪힘이 구체적으로 인식되는 것을 말한다. 조동일, 〈이인로와 이규보의 시론에서 문제된 心과 物〉, 《한국의 문학사와 철학사》(서울 : 지식산업사, 1996), 111~113면.

매화가 핀 것을 알기라도 한 듯,
밖에선 매화빛 눈이 내리고 있다.

〈매화〉, 《달맞이꽃》, 13면.

'매화'는 우리 한시에서도 매우 자주 노래된 꽃이다. 《한국문집총간 1 (1~100)》에는 매화를 읊고 있는 한시가 무려 844수가 수록되어 있다. 우리 문인들에게 '매화'가 무척 사랑받아 왔음을 알 수 있다.

우리 문학사에서 매화시의 본격적인 등장은 고려 중엽부터이다. 李奎報의 〈梅花〉라는 시가 그것이다. 陳澕도 호를 梅湖라 쓰면서 임포가 지은 시와 비슷한 풍격의 〈梅花〉라는 시를 남기고 있으며 李穡·元天錫·韓脩 등 고려 후기의 비중 있는 문인들의 문집에 예외 없이 매화에 대한 관심과 문학적 형상이 나타나 있다. 조선초기의 鄭道傳은 〈詠梅〉라는 5 언 절구 13수를 비롯하여 매화를 소재로 한 〈梅川賦〉를 지었으며, 成三問·金時習·徐居正·金宗直·李行 등도 매화시를 남기고 있다.[66] 특히 조선중기의 퇴계 이황은 매화를 소재로 하여 아예 한 권의 시집을 엮었다. 퇴계 이황의 《梅花詩帖》이 그것이다.[67]

이 시에서 '매화'는 '새해 첫날' 꽃송이를 피움으로써 화자의 눈길을 끌고 있다. 새해 첫날은 모두에게 특별한 날이다. 매화가 피건 말건 새해 첫날이면 대다수의 사람들은 자신의 지난 삶을 돌아보고 새로운 각오와 다짐을 하게 된다. 시의 화자도 새해 첫날을 맞아 자신의 삶을 돌아보고, 올해는 지난해와는 다른 삶을 살아야겠다고 스스로 다짐해 본다. 지난해에도 새해 첫날 아침 계획을 세우고 다짐을 했건만 다짐은 다짐으로만 끝났다. 이런저런 이유를 둘러대라면 못 댈 것도 없지만, 그런 것들은 오히려 구차하다는 것이 화자의 생각이다. 새해 첫날이 되었으니 지난해 실천하지 못했던 것은 잊어버리고 올해는 꼭 계획을 실천

---

66) 윤호진, 《한시와 사계의 화목》(서울 : 교학사, 1997), 23~24면.
67) 홍우흠, 〈퇴계의 《매화시첩》에 대한 연구〉, 《한시론》(경산 : 영남대학교출판부, 1991), 97면.

하겠다는 다짐을 한다. 이렇게 맘먹고 있는 화자의 눈에 '매화'가 띤 것이다. 매화는 한겨울에 피는 꽃이긴 해도, 어쩌면 이렇게 새해 첫날 꽃송이를 피운 것일까. 화자에게 우리 서로 스스로에게 한 약속은 반드시 지키자는 것을 다시 한번 일깨워주기라도 하듯 매화가 피어 있다. '매화'는 시의 화자에게 자기는 어떤 어려움이 있어도 한번 다짐하고 약속한 것은 꼭 지킨다는 것을 보여주고 있다. '말라죽은 것 같던 검은 밑둥걸', '메마르고 가냘픈 잔가지'에서 매화가 피었다는 것은 어려움, 힘듦 가운데서도 약속을 지키기 위해 피었다는 것을 말해 준다. 어떤 어려움이 뒤따르더라도 약속을 지킨다는 것은 결국 고고한 삶의 자세라 할 수 있다.

그런데 이 시에서 '매화'라는 하나의 경물에다 '고고한 삶의 자세'라는 우의를 담아 넣고 있는 것처럼, 하나의 경물을 대상으로 하면서도 그 속에 시인이 寓意를 담아 넣은 시를 詠物詩라 한다. 詠物詩에서도 산과 물과 나무들이 그려지지만, 이때의 산과 나무는 스스로 그렇게 있는 것이 아니라 작자에 의하여 부여된 의미 있는 산과 나무가 된다. 사물의 속성을 그려서 그것이 곧 시인 자신 또는 인간의 삶의 문제와 같은 뜻을 가진다고 노래하는 것이 이러한 작품의 전형적인 수법이다.[68]

전통 한시에서는 '매화'에다 寓意를 담아 넣어 주로 다음 세 가지로 형상화했다. 첫째, 매화는 군자들이 자신의 정신적 지향을 대표하는 상징적 존재로 여겼다. 忍苦守節하는 상태가 사대부들에게 지순 지선한 아름다움으로 인식되었고, 동시에 그들의 지조와 덕을 존양 성찰하는 표상으로 받아들여졌다. 둘째, 매화는 '氷姿玉質의 佳人'으로 형상화되었다. 얼음처럼 차가운 자태와 옥처럼 깨끗하며 귀한 뼈대를 가진 세속 밖의 가인으로 형상화되었다. 다시 말해 미인·가인·군자로 형상화되었다.[69] 셋째는 '봄소식'을 가장 먼저 전해 주는 전령사로 형상화했다. 여

---

68) 민병수, 《한국한문학개론》(서울 : 태학사, 1996), 235면.
69) 윤호진, 《한시와 사계의 화목》(서울 : 교학사, 1997), 16~56면.

기서 '봄소식'이란 佛法을 말한다.[70] 그리고 보면 이 시는 전통 한시에서 매화에다 담아 넣은 우의 가운데서 첫째에 해당하는 우의를 담아 넣었음을 알 수 있다.

새해 첫날을 맞아 이 시처럼 자신의 삶의 자세를 진지하게 성찰한 김종길의 한시도 있다. 〈元朝吟〉이라는 작품이 그것이다.

亂世浮生悔恨多	어지러운 세상 떠도는 인생 회한도 많은데
居然六十數年加	어느덧 육십에 몇 년 더 보태어졌네
夢懸雲外山南月	꿈은 구름 밖 산 남쪽 달에 걸려 있고
身在塵中漢北家	몸은 티끌 속 시내 북쪽 집에 있네
守拙元非霜菊節	진솔함을 지키나 가을 국화의 절개는 아니고
任貧何似雪梅花	가난에 맡긴다 하여 어찌 겨울 매화 같으랴
更聞故里將湮沒	다시 들으니 옛 마을은 장차 없어진다 하니
虛負江湖泛晚槎	강호에서 늘그막에 뗏목 띄우자던 약속 저버리겠네

〈己巳元朝〉 윤동재 譯,《난사시집》, 139면.

이 시에서 시인은 자신이 국화와 매화처럼 지절을 지키고 살아가고 있는지, 오래전의 약속을 지킬 수 있을는지에 대해 새해 첫날 아침 조용히 돌아보고 있다. 이 시는 현대시 〈매화〉와 매우 긴밀한 상관성을 보여주고 있다. 아울러 김종길은 현대시에서 '자신의 고고한 삶의 자세'를 드러내기 위해 한시 전통을 잘 활용하고 있음을 볼 수 있다. 여기서 다시 한번 김종길의 현대시가 한시 주제와 밀접한 상관성을 보여주고 있음을 확인할 수 있다.

김종길의 현대시는 전통 한시에서 볼 수 있는 輓詩 쓰기의 관습을 창조적으로 계승하여 죽음이라는 심각하고 근원적인 문제에 대해서도 개

---

70) 인권환,《고려시대 불교시의 연구》(서울 : 고려대학교 민족문화연구소, 1983),
   121면.

성적이고 참신하게 표현하고 있다. 그런데 '죽음'에 대해 줄기차게 관심을 갖는 일은 결국 삶에 대해서도 마찬가지의 관심을 갖는 일이다. '죽음'과 '삶'은 일견 상반되는 것 같지만, 둘이 아니라 하나이다. '죽음의 문제'가 '삶의 문제'이고, '삶의 문제'가 곧 '죽음의 문제'이다. '죽음'을 엄숙하고 경건하게 대하는 자세는 곧바로 삶을 엄숙하고 경건하게 대하는 자세로 이어진다. 김종길이 '죽음'에 대해 관심을 보이면 보일수록 다른 한편으로는 '진실한 삶의 추구', '고고한 삶의 자세'를 더욱 강렬하게 지향함을 볼 수 있다.

　'죽음과 삶의 문제'를 통하여 진실에 대한 통찰력을 기르며 사람살이의 바른 길을 찾으려고 하는 자세는 전통 한시가 그 본령으로 하고 있는 것이기도 하다. 김종길은 현대 시인 가운데 그 누구보다도 한시 전통을 주체적으로 계승하여 현대시의 지평을 넓혔다고 할 수 있다.

V. 결 론

　이 책은 한국현대시 연구에서 가장 미진한 분야로 남아 있는 현대시와 한시의 상관관계를 살펴본 것이다. 구성은 오일도·조지훈·김종길의 한시 세계, 현대시와 한시의 기법 및 주제 상관관계로 나누어, 그 비교 고찰을 시도했다. 이를 통해 한시를 처음 수용한 이후부터 현대시에 이르기까지 한시가 기본양상을 그대로 유지한 채, 각 시기마다 달라진 민족어시가를 위해 계속 새로운 기여를 한 사실을 밝혀냈다. 다시 말해 공동문어문학인 한시가 우리 시가사 전시기에 걸쳐 민족어시가와 대응하면서, 끊임없이 생성과 극복의 관계를 유지해 오고 있다는 사실을 파악하는 데 이른 것이다. 이를 통하여 한국문학사를 통괄적으로 이해할 수 있게 되었다.

　이 논문에서 다룬 세 시인은 한문학 전통이 비교적 잘 계승된 경상좌도의 영남학파의 후예이다. 세 시인 가운데서도 특히 오일도가 공동문어문학인 한시에서 거둔 성과는 대단하다. 오일도의 경우는 한국한문학사에서 반드시 중요하게 다루어야 할 것이다.

　한국현대시 전반의 판도는 첫째, 공동문어문학인 한시의 전통과 자산을 활용한 경우, 둘째, 민족어시가의 전통과 자산을 활용한 경우, 셋째, 서구시의 자산을 활용한 경우 등으로 이해할 수 있다. 세 시인의 현대시는 한국현대시 전반의 판도에서 볼 때, 공동문어문학인 한시의 전통과 자산을 적극 활용하고 있다는 공통점이 있다. 세 시인의 현대시는 서구 문학의 경험을 현대시 창작의 자산으로 삼지 않고, 한시에서 익힌 작시 원리와 표현 기법을 활용하여 현대시의 짜임을 견고하게 하고, 절제와 함축의 미학, 다채로운 표현으로 음률과 의미가 둘이 아니라 하나로 합치되는 전형을 보여주고 있다. 또한 한시의 정신적 자산인 날카로운 현실인식, 은일의 정신, 매서운 지절과 고고한 삶의 자세, 진실의 추구 등을 현대시에 잘 구현하고 있다.

세 시인의 한국현대시와 한시의 상관관계는 다음과 같이 정리할 수 있다. 오일도는 공동문어문학인 한시가 뛰어나다. 오일도의 한시는 어느 편을 읽어보아도 시에 긴장이 있고, 현실문제에 대한 인식이 깊고 넓을 뿐만 아니라 철저하다. 그의 한시는 남성적인 목소리로 우국적 충정, 일제강점기 현실 모순에 대한 비판과 대결의지를 보여주고 있다. 그러나 민족어시가인 그의 현대시에는 한시에서 보여주고 있는 이런 점들이 상당히 약화되어 있다. 더욱이 어린이와 여성의 목소리로 순수 서정과 개인의 비애를 읊고 있고 긴장감도 많이 풀어져 있다. 한시에서 볼 수 있는 일제 강점기라는 어려운 시대에 대한 역사적 통찰이 거의 보이지 않는다. 문학을 인식과 형상의 복합체라고 한다면, 오일도의 한시는 형상에서는 다소 투박하고 거칠어 보이지만 인식의 철저함이 돋보인다. 그러나 그의 현대시는 인식이나 형상 모두 철저함이 떨어진다.

조지훈은 공동문어문학인 한시와 민족어시가인 현대시가 모두 뛰어나다. 그는 한시를 쓸 때나 현대시를 쓸 때 긴장을 잃지 않았다. 그는 한시를 창작하면서 익힌 역량을 현대시로 고스란히 옮겼다. 그의 한시와 현대시에서는 인식과 형상이 균형을 취하고 있다. 현실문제 인식에 치중하느라 형상을 소홀히 하지도 않았고, 형상에 치중하느라 인식을 소홀히 하지도 않았다. 오일도에 비하여 현실문제 인식이 철저하거나 역사적 통찰이 두드러지지는 않으나, 결코 현실문제의 인식을 소홀히 하지는 않았다. 그는 한시에서나 현대시에서 시어를 골라 쓰고 표현을 다듬었다. 그리고 절제의 미학을 유감없이 보여주고 있다.

　김종길은 민족어시가인 현대시가 뛰어나다. 공동문어문학인 한시를 김종길 문학의 주옥편으로 보기는 어렵다. 김종길은 민족어시가인 현대시를 쓸 때는 긴장을 늦추지 않고 써서 견고한 짜임과, 진실한 생활정감, 고고한 삶의 자세를 보여주고 있다. 그러나 공동문어문학인 한시를 쓸 때는 현대시와는 달리 긴장이 늦추어져 있다. 김종길의 현대시는 인식과 형상의 측면에서 조화로운 일치를 보여주고 있다. 그러나 한시에서는 현실문제의 인식보다는 형상화에 더 많이 치중하고 있다. 그 결과 그의 한시는 역사적 소재의 형상화나 眞景 묘사를 특징으로 하고 있다.

　세 시인의 현대시와 한시의 상관관계에서 볼 수 있는 이러한 특성은 일반적인 의의를 가진다. 오일도의 경우는 일제강점 지배체제에 대한 저항의식을 보여주고 있는 점에서는 金昌淑이 한시에서 보여준 항일의 자세, 불굴의 투지와 맞닿는다고 할 수 있다. 또한 당대 민중이 처한 처절한 삶의 질곡을 투박하게 그려 보여주고 있다는 점에서는 李家源의 한시와 묶어 유형화해서 이해할 수 있다. 현대시인으로는 李陸史, 尹東柱의 저항적 측면과 趙世林, 李庸岳의 서사 지향적인 면과 묶어 일반적인 의의를 부여할 수 있다.

　조지훈의 경우 佛家的 취향을 보여주고 있다는 점에서 朴漢永, 韓龍雲, 徐廷柱와 연관지어 이해할 수 있다. 그리고 여성정감을 보여주고 있는 점에서는 金億, 金素月과, 은일의 정신을 보여주고 있는 산수시는 鄭芝溶과 연관지어 이해할 수 있다. 한시의 작시원리를 활용하여, 절제미학을 보여주고 있는 점에서는 이육사의 시와 묶어 일반적인 의의를 부여할 수 있다.

　김종길의 경우는 생활의 진솔한 체험을 중시하면서도 고고한 삶의 자세를 보여주고 있는 점은 韓龍雲이 한시에서 보여준 생활시로서의 면모, 이육사의 엄격하고 매서운 지절을 보여주고 있는 현대시와 연관지어 이해할 수 있다. 시형에서 볼 수 있는 견고한 짜임과 한시 기법의 활용은 정지용, 이육사 등의 현대시와 연관지어 일반적인 의의를 부여할 수 있다.

한국현대시와 한시의 상관관계를 고찰해 보는 일은 한국문학사의 통괄적 이해를 위해서 반드시 필요한 일이다. 그러나 이 논문에서는 오일도·조지훈·김종길 세 시인에 국한하여 다루어 충분한 고찰이 이루어졌다고는 할 수 없다. 이 논문의 논의를 보완·발전시키기 위해서는 다음과 같은 후속 연구가 있어야 하겠다.

첫째, 세 시인의 경우와 마찬가지로 한시와 현대시를 함께 남기고 있는 시인의 사례를 더 찾아내어 고찰해 보아야 할 것이다.

둘째, 한시 번역에 관심을 두면서 현대시에 한시의 전통을 창조적으로 계승하고 있는 시인들의 사례를 고찰해 보아야 할 것이다.

셋째, 한시를 직접 쓰거나 번역하지는 않았다 하더라도 공동문어문학인 한시의 자산과 전통을 적극 활용하여 현대시를 개척한 시인들의 성과에 대해서도 더욱 치밀한 검토가 뒤따라야 할 것이다.

나아가 중국·일본·월남의 경우도 공동문어문학인 한시와 민족어시가와의 상관관계가 어떻게 나타나고 있는지 비교·연구해 보는 일도 뒤따라야 할 것으로 생각한다. 이렇게 하는 일은 세계문학사 이해의 디딤돌이 될 수 있다는 점에서 필수적이고 매우 긴요한 과제라 할 수 있다.

참 고 문 헌

1. 자료

김용직, 《碧天集》, 서울 : 토우, 1999.

김종길, 《시론》, 서울 : 탐구당, 1965.

———, 《성탄제》, 서울 : 삼애사, 1969.

———, 《진실과 언어》, 서울 : 일지사, 1974.

———, 《하회에서》, 서울 : 민음사, 1977.

———, 《황사현상》, 서울 : 민음사, 1986.

———, 《산문 ― 사회·문화 그리고 대학》, 서울 : 정우사, 1986.

———, 《시에 대하여》, 서울 : 민음사, 1986.

———, 《천지현황》, 서울 : 미래사, 1991.

———, 《시와 시인들》, 서울 : 민음사, 1997.

———, 《달맞이꽃》, 서울 : 민음사, 1998.

———, 《시를 어떻게 읽을 것인가》, 서울 : 고려대학교출판부, 1998.

———, '시서전팸플릿'

蘭社同人, 《蘭社詩集》, 서울 : 토우, 1999.

《논어》

《두보전집》, 상해 : 상해고적출판사, 1996.

《두목전집》, 상해 : 상해고적출판사, 1997.

《맹자》

박목월·조지훈·박두진 공저, 《청록집》, 서울 : 을유문화사, 1946.

———, 《청록집 기타》, 서울 : 현암사, 1968.

———, 《청록집 이후》, 서울 : 현암사, 1968.

선우시회, 《선우시회시집》, 서울 : 을지출판공사, 1991.

《연감유함》

영양문화원, 《영양시선집》, 서울 : 경인문화사, 1988.

오광익, 《无低囊》, 이리 : 원광사, 1993.

오일도, 《저녁놀》, 서울 : 근역서재, 1976.

《이태백전집》, 북경 : 중화서국, 1995.

《임석재전집》 1, 서울 : 평민사, 1987.

정병희 외, 《진양풍월집》, 진주 : 이화문화출판사, 1999.

《조선문단》 제4호, 1925. 1.

조지훈, 《풀잎 단장》, 서울 : 창조사, 1952.

———, 《조지훈시선》, 서울 : 정음사, 1956.

———, 《역사 앞에서》, 서울 : 신구문화사, 1959.

———, 《여운》, 서울 : 일조각, 1964.

———, 《조지훈전집》 1~6, 서울 : 일지사, 1973.

———, 《조지훈전집》 1~9, 서울 : 나남출판, 1996.

최태호, 《만해·지훈의 한시》, 서울 : 은하출판사, 1992.

허범도, 《자연을 느끼며 삶을 생각하며》, 서울 : 이문사, 1998.

2. 논저

김도련·유영희, 《한문이란 무엇인가》, 서울 : 전통문화연구회, 1996.

김도련·정민, 《꽃피자 어데선가 바람불어와》, 서울 : 교학사, 1993.

김병철, 《한국근대문학번역사연구》, 서울 : 을유문화사, 1975.

─────,《한국근대서양문학이입사연구》, 서울 : 을유문화사, 1982.

김상홍,《한국한시론과 실학파문학》, 서울 : 계명문화사, 1989.

─────,《한시의 이론》, 서울 : 고려대학교출판부, 1997.

김영철,《한국 현대시 정수》, 서울 : 박이정, 1997.

─────,《한국근대시론고》, 서울 : 형설출판사, 1988.

김용성,《한국문학사탐방》, 서울 : 현암사, 1984.

김용직,《한국현대시의 이해》, 삼성문화문고 157, 서울 : 삼성미술문
      화재단, 1971.

─────,《한국현대시연구》, 서울 : 일지사, 1974.

─────,《한국근대시사》 제1부, 서울 : 새문사, 1983.

─────,《한국현대시 연구》, 서울 : 일지사, 1985.

─────,《정명의 미학》, 서울 : 지학사, 1986.

─────,《해방기 한국 시문학사》, 서울 : 민음사, 1989.

─────,《한국현대시사》 2, 서울 : 한국문연, 1996.

김우창,《지상의 척도》, 서울 : 민음사, 1981.

김윤식,《한국근대문학의 이해》, 서울 : 일지사, 1973.

─────,《고교생과 함께 하는 김윤식 교수의 특강》 1, 서울 : 한국문
      학사, 1997.

김은전,《한국상징주의시 연구》, 서울 : 한샘출판사, 1991.

김재승,《백낙천시연구》, 서울 : 명문당, 1991.

김재홍,《한용운문학연구》, 서울 : 일지사, 1982.

─────,《한국현대시인연구》, 서울 : 일지사, 1986.

─────,《현대시와 역사의식》, 인천 : 인하대학교출판부, 1988.

김종균,《매천·만해·지훈의 시인의식》, 서울 : 박영사, 1982.

김종철,《시와 역사적 상상력》, 서울 : 문학과지성사, 1978.

김준오,《시론》, 서울 : 문장사, 1982.

김춘수,《김춘수전집》 2, 서울 : 문장사, 1982.

김태준,《조선한문학사》, 서울 : 조선어문학회, 1931.

김학동 외,《김안서연구》, 서울 : 새문사, 1996.

김학동,《한국근대시의 비교문학적 연구》, 서울 : 일조각, 1981.

김학주,《중국문학개론》, 서울 : 신아사, 1977.

──,《중국문학의 이해》, 서울 : 신아사, 1993.

김학주 역저,《고문진보 전집》, 서울 : 명문당, 1986.

──,《고문진보 후집》, 서울 : 명문당, 1994.

김호길,《자연법칙은 신도 바꿀 수 없지요》, 서울 : 동인기획, 1993.

김호웅,《재만조선인문학연구》, 서울 : 국학자료원, 1998.

김흥규,《한국 현대시를 찾아서》 개정증보판, 서울 : 한샘, 1992.

마이클 로이, 이성규 역,《고대중국인의 생사관》, 서울 : 지식산업사, 1988.

문덕수,《현대시의 해석과 감상》, 서울 : 이우출판사, 1982.

민병수,《한국한문학개론》, 서울 : 태학사, 1996.

──,《한국한시감상》, 서울 : 우석, 1996.

──,《한국한시사》, 서울 : 태학사, 1996.

문선규,《한문학사》, 서울 : 정음사, 1961.

민족문학사연구소,《민족문학사 강좌》 상, 서울 : 창작과비평사, 1995.

바슐라르 저, 이가림 역,《촛불의 미학》, 서울 : 문예출판사, 1975.

박수천,《지봉유설 문장부의 비평양상 연구》, 서울 : 태학사, 1995.

박진환,《한국현대시인연구》, 서울 : 자유지성사, 1999.

박철희·김시태 편,《현대시의 이해》, 서울 : 문학과비평사, 1990.

백철,《조선신문학사조사》 전2권, 서울 : 수선사, 1948, 1949.

서익환,《조지훈 시 연구》, 서울 : 우리문학사, 1991.

석지현 역,《선시》, 서울 : 현암사, 1975.

小尾郊一, 윤수영 역,《중국문학 속의 자연관》, 춘천 : 강원대학교출판부, 1988.

송재소,《다산시연구》, 서울 : 창작사, 1986.

송재영,《현대문학의 옹호》, 서울 : 문학과지성사, 1979.

송준호 평석, 《한국명가한시선》 I , 서울 : 문헌과해석사, 1999.

신경림·정희성, 《한국현대시의 이해》, 서울 : 진문출판사, 1981.

신동욱, 《한국현대문학론》, 서울 : 박영사, 1972.

안대회, 《18세기 한국한시사 연구》, 서울 : 소명출판, 1999.

안병국 편저, 《당시개론》, 서울 : 청년사, 1996.

양승국·양승준, 《한국현대시 200선》, 서울 : 도서출판예문, 1992.

엄우, 《창랑시화》

영양군, 《영양군지》, 대구 : 정각당, 1998.

오가와 타마끼, 심경호 옮김, 《당시개설》, 서울 : 이회, 1998.

오세영, 《한국 현대시의 분석적 읽기》, 서울 : 고려대학교출판부, 1998.

오양호, 《한국문학과 간도》, 서울 : 문예출판사, 1988.

───, 《일제강점기 만주조선인 문학연구》, 서울 : 문예출판사, 1996.

오탁번, 《현대문학산고》, 서울 : 고려대학교출판부, 1976.

왕국유, 《인간사화》

원행패, 7인 공역, 《중국시가예술연구》, 서울 : 아세아문화사, 1990.

원행패, 강영순 외 역, 《중국시가예술연구》, 서울 : 아세아문화사, 1990.

유약우, 이장우 역, 《중국시학》, 서울 : 명문당, 1994.

유종호, 《동시대의 시와 진실》, 서울 : 민음사, 1982.

유협·최신호 역, 《문심조룡》, 서울 : 현암사, 1975.

윤영천, 《한국의 유민시》, 서울 : 실천문학사, 1987.

윤호진, 《한시와 사계의 화목》, 서울 : 교학사, 1997.

이가원, 《한국한문학사》, 서울 : 보성문화사, 1979.

이가원, 《조선문학사》 하, 태학사, 1997.

이건청, 《한국전원시 연구》, 서울 : 문학세계사, 1986.

이규호, 《개화기변체한시연구》, 서울 : 형설출판사, 1986.

이기서, 《한국현대시의식연구》, 서울 : 고려대학교 민족문화연구소, 1984.

이명재, 《식민지시대의 한국문학》, 서울 : 중앙대학교출판부, 1991.

이민홍, 《조선중기시가의 이념과 미의식》, 서울 : 성균관대학교출판부, 1993.

이병기·백철, 《국문학전사》, 서울 : 신구문화사, 1957.

이병주, 《한국 한시의 이해》, 서울 : 민음사, 1987.

이병한·이영주, 《당시선》, 서울 : 서울대학교출판부, 1998.

이숭원, 《근대시의 내면구조》, 서울 : 새문사, 1988.

─────, 《한국 현대 시인론》, 서울 : 개문사, 1993.

이종찬, 《한국불가시문학사론》, 서울 : 불광, 1993.

─────, 《허공의 딸국질》, 서울 : 여시아문, 1998.

이진오, 《한국불교문학의 연구》, 서울 : 민족사, 1997.

이창배, 《20세기 영미시의 형성》, 서울 : 민중서관, 1972.

인권환, 《고려시대 불교시의 연구》, 서울 : 고려대학교 민족문화연구소, 1983.

─────, 《꽃피고 물 흐른다》, 서울 : 나남출판, 1999.

─────, 《한국불교문학연구》, 서울 : 고려대학교출판부, 1999.

임형택·최원식 편, 《한국근대문학사론》, 서울 : 한길사, 1982.

임창순, 《당시정해》, 서울 : 소나무, 1999.

전형대·정요일·최웅·정대림, 《한국고전시학사》, 서울 : 기린원, 1988.

정대림, 《한국 고전문학 비평의 이해》, 서울 : 태학사, 1991.

정민, 《한시 미학 산책》, 서울 : 솔출판사, 1996.

정요일·박성규·이연세, 《고전비평용어연구》, 서울 : 태학사, 1998.

정태영, 《한국문학사개설》, 서울 : 대광문화사, 1985.

조동일, 《서사민요연구》, 대구 : 계명대학교출판부, 1971.

─────, 《한국소설의 이론》, 서울 : 지식산업사, 1977.

─────, 《우리 문학과의 만남》, 서울 : 홍성사, 1978.

─────, 《한국문학과 세계문학》, 서울 : 지식산업사, 1992.

─────, 《한국문학통사 4》 제3판, 서울 : 지식산업사, 1994.

─────, 《한국문학통사 5》 제3판, 서울 : 지식산업사, 1994.

——— ,《독서·학문·문화》, 서울 : 서울대학교출판부, 1994.

——— ,《한국민요의 전통과 시가율격》, 서울 : 지식산업사, 1996.

——— ,《한국의 문학사와 철학사》, 서울 : 지식산업사, 1996.

——— ,《동아시아 구비서사시의 양상과 변천》, 서울 : 문학과지성사, 1997.

——— ,《하나이면서 여럿인 동아시아문학》, 서울 : 지식산업사, 1999.

——— ,《공동문어문학과 민족어문학》, 서울 : 지식산업사, 1999.

조두현,《한시의 이해》중국편, 서울 : 일지사, 1976.

조용진,《동양화 읽는 법》, 서울 : 집문당, 1989.

최동호,《불확정 시대의 문학》, 서울 : 문학과지성사, 1987.

——— ,《평정의 시학을 위하여》, 서울 : 민음사, 1991.

——— ,《삶의 깊이와 시적 상상》, 서울 : 민음사, 1995.

——— ,《한국 명시》, 서울 : 한길사, 1996.

최병준,《조지훈 시 연구 — 시와 삶의 미학》, 서울 : 한국문화사, 1997.

최승호,《한국현대시와 동양적 생명사상》, 서울 : 다운샘, 1995.

최재남,《한국애도시연구》, 마산 : 경남대학교출판부, 1997.

최태호,《현대시와 한시 — 만해 지훈의 한시를 중심으로》, 서울 : 은하출판사, 1994.

하문환 집,《역대시화》, 북경 : 중화서국, 1992.

한강희,《한국 현대비평의 인식과 논리》, 서울 : 태학사, 1998.

한계전,《현대시 해설》, 서울 : 관동출판사, 1994.

홍순민,《우리 궁궐 이야기》, 서울 : 청년사, 1999.

홍우흠,《한시론》, 경산 : 영남대학교출판부, 1991.

Kevin O'Rouke,《한국근대시의 영시영향 연구》, 서울 : 새문사, 1984.

한국문화상징사전편찬위원회,《한국문화상징사전》1, 서울 : 두산동아, 1992.

3. 논문류

강남주, 〈한국근대시의 형성과정 연구〉, 부산대 대학원 박사논문, 1983.

강재철, 〈안서 시에 나타난 한시 영향 관계 고찰〉, 《국문학논집》, 서
　　울 : 단국대학교 국어국문학과, 1994.

고형진, 〈날카로운 감각과 격조 높은 시선〉, 《현대시》, 1998. 3.

────, 〈김종길 시의 미학〉, 한국시학회 발제문, 1999.

김광섭, 〈사랑의 信徒 吳一島〉, 《현대문학》 1963년 1월호.

김광원, 〈만해 한용운 연구〉, 원광대학교 대학원 박사논문, 1995.

김용직, 〈현대시와 전통의 계승 ─ 조지훈의 경우〉, 심상, 1973.12.

김용태, 〈조지훈의 선관과 시〉, 김종길 외, 서울 : 고려대학교출판부,
　　1978.

김기중, 〈지훈시의 이미지와 상상적 구조〉, 고려대민족문화연구 22
　　호, 1989년 2월.

────, 〈청록파 시의 대비 연구〉, 고려대학교 대학원 박사논문, 1990.

김동리, 〈조지훈의 선감각〉, 김종길 외, 《조지훈연구》, 서울 : 고려대
　　학교출판부, 1978.

김동욱, 〈죽음의 인식을 통해 본 신라노래의 성격〉, 한국정신문화연
　　구원 부속대학원 석사논문, 성남 : 한국정신문화연구원 부속
　　대학원, 1983.

김명인, 〈심미의식의 시적 전개 ─ 조지훈의 시와 시론을 중심으로〉,
　　경기대논문집 제27집 경기대학교, 1990.

김문주, 〈조지훈 시에 나타난 생명의식 연구〉, 고려대학교 대학원 석
　　사논문, 1998.

김미선, 〈한용운 한시 연구〉, 청주대학교 대학원 석사논문, 1989.

김선학, 〈엄숙함과 경건함과 품격 그리고 어조〉, 《문학과의식》 1998
　　년 가을호, 통권 41호.

김영철, 〈한국 사행시의 변천과정〉, 김영철·박진태·이규호, 《한국시
　　가의 재조명》, 서울 : 형설출판사, 1984.

김용성, 〈문학사 탐방 오일도편〉, 《한국일보》 1973. 2. 18.

김용직, 〈현대시와 전통의 계승 ― 조지훈의 경우〉, 심상, 1973. 12.

김용직 외, 〈김종길 시인의 시력 50년〉, 《현대시학》 1998년 3월호.

―――, 〈형성기 한국 근대문학의 비교문학적 연구〉, 《비교문학》 제
　　14집, 서울 : 한국 비교문학회, 1989.

김용태, 〈조지훈의 선관과 시〉, 김종길 외, 서울 : 고려대학교출판부,
　　1978.

김윤식, 〈한국신문학에 있어서의 타골에 영향에 대하여〉, 《진단학
　　보》 제32호, 1969.

김종균, 〈한국근대 시인의식연구〉, 고려대학교 대학원 박사논문,
　　1980.

―――, 〈조지훈한시연구 ― 《유수집》을 중심으로〉, 한국외국어대학
　　교 논문집 제17집, 1984.

―――, 〈한용운의 한시와 시조 ― 그 옥중작을 중심으로〉, 《어문연
　　구》 제7권 1호.

김종길, 〈중국 시이론에서의 격의 개념〉, 《아세아 연구》 14권 1호,
　　서울 : 고대 아세아문제연구소, 1972.

―――, 〈지훈시의 계보〉, 김종길 외, 《조지훈연구》, 고려대학교출판
　　부, 1978.

―――, 최동호 대담, 〈시적 진실과 시적 밀도를 추구하며〉, 《문학과
　　의식》, 서울 : 문학과의식사, 1988년 가을호.

김종길·김용직·정민 대담, 〈김종길 시인 시력 50년〉, 《현대시학》 1998
　　년 3월호.

김지연, 〈조지훈 시 연구〉, 숙명여자대학교 대학원 박사논문, 1994.

김창원, 〈전통논의의 전개와 의의〉, 김용직 외, 《한국 현대시사의 쟁
　　점》, 서울 : 시와시학사, 1991.

김철범, 〈19세기 고문가의 문학론에 대한 연구 — 홍석주·김매순·홍
　　　길주를 중심으로〉, 성균관대학교 대학원 박사논문, 1990.

김해성, 〈선적 시관고〉, 김종길 외, 서울 : 고려대학교출판부, 1978.

─────, 〈오일도의 시 — 오월의 정한의 시세계〉, 《현대시학》 1973년
　　　8월호.

김혜숙, 〈한국 현대시의 한시적 전통계승에 대한 고찰(其一)〉, 《국어
　　　국문학》 제92호, 서울 : 국어국문학회, 1984. 12.

김흥규, 〈세계내적 초월의 비전과 절제〉, 김종길시선, 《하회에서》,
　　　서울 : 민음사, 1977.

민병기, 〈청록파시의 혈연성〉, 《어문논집》 23, 서울 : 고려대학교 국
　　　어국문학연구회, 1982. 9.

민족문학사연구소, 《민족문학사 강좌》 상, 서울 : 창작과비평사, 1995.

박경혜, 〈조지훈 문학 연구 — 시의 변모과정을 중심으로〉, 연세대학
　　　교 대학원 박사논문, 1992.

박목월, 〈主體性과 수수한 모더니티〉, 《현대시학》 1969. 8.

박영민, 〈사대부 한시에 나타난 여성 정감의 사적 전개와 미적 특
　　　질〉, 고려대학교 대학원 박사논문, 1998.

박원길, 〈한용운 한시 연구〉, 전북대학교 대학원 석사논문, 1988.

박정환, 〈만해 한용운 한시 연구〉, 충남대학교 대학원 박사논문, 1990.

박호영, 〈조지훈 문학 연구〉, 서울대학교 대학원 박사논문, 1988.

박희선, 〈지훈의 초기작품에 나타난 선취〉, 김종길 외, 《조지훈연
　　　구》, 서울 : 고려대학교출판부, 1978.

서준섭, 〈오일도와 윤곤강의 시〉, 김용직 외, 《한국현대시사연구》,
　　　서울 : 일지사, 1983.

성범중, 〈한국 한시의 역사적 소재 수용양상〉, 진단학회, 《진단학
　　　보》 제77호, 1994.

성호경, 〈16세기 국어시가의 연구〉, 서울대학교 대학원 박사논문,
　　　1986.

송명희, 〈한용운 한시론〉, 김열규·신동욱 편, 《한용운연구》, 서울 :
     새문사, 1982.

송재소, 〈연암의 시에 대하여〉, 송재소·김명호·정대림 외, 《이조후
     기 한문학의 재조명》, 서울 : 창작과비평사, 1983.

신동욱, 〈시와 초월의 뜻〉, 김용직 외, 《한국현대시연구》, 서울 : 민
     음사, 1989.

신희교, 《김종길 시 연구》, 고려대학교 대학원 석사논문, 1999.

심경호, 〈한국 한시와 역사〉, 한국한시학회, 《한국한시연구》Ⅰ, 서
     울 : 새문사, 1993.

안대회, 〈한국 한시와 죽음의 문제 — 조선 후기 만시의 예술성과 인
     간미〉, 한국한시학회, 《한국 한시 연구》 3, 서울 : 태학사, 1995.

오승강, 〈일도 오희병 시 연구〉, 한국교원대학교 대학원 석사논문,
     1997. 2.

오탁번, 〈지용시의 환경〉, 《식민지시대의 문학 연구》, 서울 : 깊은샘,
     1980.

우재호, 〈유우석 절구시의 특징〉, 《중국문학》 제28집, 서울 : 한국중
     국문학회, 1997. 10.

유종호·이어령, 〈단절이냐 접합이냐〉, 《사상계》 1962년 5월호.

윤동재, 〈김종길론 — 한시 전통 계승과 주체적 쓰기〉, 《시문학》 1999
     년 12월호.

윤석산, 〈소월시 연구〉, 한양대학교 대학원 박사논문, 1989.

윤석성, 〈조지훈론 — 초기시를 중심으로〉, 홍기삼 외, 《한국현대시
     인연구》, 서울 : 태학사, 1989.

윤석성, 〈조지훈론〉, 동국대학교 대학원 석사논문, 1980.

이광수, 〈금일 아한 청년의 경우〉, 《소년》 3권 6호, 1910.

──, 〈문학의 가치〉, 《대한흥학보》 제11호, 1910.

──, 〈문학이란 하오〉, 매일신보 1916년 11월 10~13일자.

이규호, 〈소월의 한시 번역과정〉, 김영철·박진태·이규호, 《한국시가

의 재조명》, 서울 : 형설출판사, 1984.

──, 〈안서의 한시 번역과정〉, 김영철·박진태·이규호, 《한국시가
　　의 재조명》, 서울 : 형설출판사, 1984.

이남호, 〈명징성과 염결성〉, 《천지현황》, 서울 : 미래사. 1991.

──, 〈김종길 시인의 시 ─ 《달맞이꽃》을 중심으로〉, 《현대시학》
　　1998년 3월호.

이동향, 〈당시의 수사 연구〉, 《중국문학》 제25집, 서울 : 중국문학회,
　　1996.

이동환, 〈지훈시에 있어서의 한시전통〉, 김종길 외, 《조지훈연구》,
　　서울 : 고려대학교출판부, 1978.

이명재, 〈한용운 문학의 연구〉, 《인문·사회과학논문집》 20집, 서울 :
　　중앙대학교, 1976.

──, 〈식민지시대 망명문단에 관한 연구 ─ 광복이전의 간도지방
　　을 중심으로〉, 《인문학연구》 제17집, 서울 : 중앙대학교 인문
　　과학연구소, 1990. 12.

이병주, 〈만해선사의 한시와 그 특성〉, 《한국문학학술회의》, 서울 :
　　동국대학교, 1980.

이성호, 〈이조후기 한시의 서사적 경향과 형상화방법〉, 《성균한문학
　　연구》 제41집, 서울 : 성균관대학교 한국한문학교실, 1992.

이숭원, 〈한국근대시의 자연표상 연구〉, 서울대학교 대학원 박사논
　　문, 1986.

이승훈, 〈윤리성의 자로 문학을 잰 오독〉, 《문학사상》 1978년 8월호.

이영주, 〈두보 오언절구 연구〉, 《중국문학》 제26집, 서울 : 한국중국
　　어문학회, 1996. 12.

이종찬, 〈불교문학론의 검정〉, 《국어국문학》 제105호, 서울 : 국어국
　　문학회, 1991. 5. 31.

이창배, 〈현대영미시가 한국의 현대시에 미친 영향〉, 《한국문학연구》
　　제3집, 서울 : 동국대학교 한국학연구소, 1980.

이하윤, 〈'노변애가'의 시인 오일도 형〉, 《자유문학》, 1959년 3월호.

이형대, 〈조선조 국문시가의 도연명 수용양상과 그 역사적 성격〉, 고려대학교 대학원 석사논문, 1991.

임형택, 〈정약용의 강진 유배시의 교육활동과 그 성과〉, 《한국한문학연구》 제21집, 서울 : 한국한문학회, 1998.

장백일, 〈이육사시의 공간의식과 시간의식〉, 《홍익어문》 제7집, 서울 : 홍익대 사범대 홍익어문연구회, 1988.

정운채, 〈윤선도의 시조와 한시의 대비적 연구〉, 서울대학교 대학원 박사논문, 1993.

정재각, 〈지훈의 인품과 사상〉, 《민족문화연구》 제22호, 서울 : 고려대학교 민족문화연구소, 1989. 2.

정한모, 〈초기작품의 시세계〉, 김종길 외, 《조지훈연구》, 서울 : 고려대학교출판부, 1978.

조기영, 〈귀거래의 수용과 문학적 전개〉, 《연민학지》 제2집, 서울 : 연민학회, 1994.

조동구, 〈안서 김억 연구〉, 연세대학교 대학원 박사논문, 1988.

조상기, 〈조지훈의 시문학 연구〉, 동국대학교 대학원 석사논문, 1975.

조석구, 〈조지훈 문학 연구〉, 세종대학교 대학원 박사논문, 1995.

조지훈, 〈나의 시의 편력〉, 《청록집》, 서울 : 삼중당, 1975.

주승택, 〈개화기 한문학의 변이양상〉, 《관악어문연구》 제10집, 서울 : 서울대학교 국어국문학과, 1985.

─────, 〈전통문화의 지속과 단절이 갖는 문학사적 의미〉, 《한문학논집》 제12집, 서울 : 단국한문학회, 1994.

진재교, 〈조선 후기 현실주의 시문학의 다양한 발전〉, 민족문학사연구소, 《문족문학사 강좌》 상, 서울 : 창작과비평사, 1995.

최경환, 〈한용운 한시의 시적 변모〉, 자산 이상비 박사 회갑기념간행위원회, 《국문학의 사적 조명》, 서울 : 계명문화사, 1994.

최동호, 〈만해 한용운 연구 ― 시적 변모를 중심으로〉, 고려대학교 대학원 석사논문, 1974.

최두석, 〈백석의 시세계와 창작방법〉, 《우리시대의 문학》 제6집, 서울 : 문학과지성사, 1987. 6.

최병우, 〈이육사 시 연구 — 한시 전통 계승 문제를 중심으로〉, 《선청어문》 제14·15합집, 서울 : 서울대학교 사범대학 국어교육학과, 1986.

최순열, 〈김억은 왜 한시를 번역했나〉, 《국어국문학논집》 제16집, 서울 : 동국대학교 국어국문학과, 1993. 12.

한승옥, 〈지훈시연구〉, 고려대학교 대학원 석사논문, 1975.

한창엽, 〈한해 한용운 연구 — 만해의 한시와 《님의 침묵》의 대비적 고찰〉, 서울 : 한양대학교 대학원 석사논문, 1988.

홍신선, 〈이육사론〉, 《동악어문논집》 제9집, 서울 : 동악어문학회, 1976.

홍흥구, 〈1920년대 문학비평에 나타난 시가전통계승론 연구〉, 계명대학교 대학원 박사논문, 1993.

ABSTRACT

Study on Correlation and Comparison among Chinese and Modern Poetry of Ildo Oh, Jihoon Cho, and Chongkil Kim

Dongjai Yoon

Korea University

Study on correlation of Korean modern poetry and Chinese poetry is an essentially required task of Korean modern poetry sphere, but it still remains most unexplored. Broader and deeper study on this correlation can wholly reveal the formative and developmental process of Korean modern poetry, identifying the old co-relationships between communal written language and literature(CWLL) and national language and literature(NLL), Chinese poetry and national language poetry(NLP).

This dissertation explores how the tradition and custom of Chinese poetry influence Korean modern poetry, by virtue of overall-examining Chinese and modern poetry works of Ildo Oh, Jihoon Cho, and Chongkil

Kim, who are all from very conservative Youngnam School of Kyungsang Left-Province, the heart of Toikyeo Sung-Confucianism, where the tradition of Chinese literature was better succeeded than any province.

The significance of Chinese poetry is, in all periods of our history of poetry, that it continuously maintains a position of generating and overcoming itself, competing against traditional oral poetry and Korean language poetry, both of which are national language poetry.

The overall stream of Korean modern poetry is divided into three parts : it employs (1) the tradition and legacy of Chinese poetry, CWLL, (2) the tradition and legacy of national language poetry, (3) the legacy of Western poetry. The three poets explored in this paper are positioned in Korean modern history of poetry as those who positively employed the tradition and legacy of Chinese poetry, CWLL, restlessly contributing to our whole history of poetry while maintaining a competing relationship with national language poetry in overall sphere of Korean modern poetry, whereas not depending on their Western literature experience as a source to produce their modern poetry.

However, these three poets have their own characteristics in exhibiting the correlations between Chinese poetry and modern poetry. Oh is brilliant in producing Chinese poetry, CWLL. In any of his Chinese poetry, we can find poetic tension, deep and broad insight as well as justification, of reality problems. If we say that literature is a complex of recognition and form, Oh's Chinese poetry seems somewhat rude and rough, but it's conspicuous in presenting thorough recognition, while his modern poetry lacks both recognition and form.

Cho is excellent at both Chinese poetry, CWLL and modern poetry, NLP. He didn't lose poetic tension when he writes either Chinese poetry or modern poetry. Both of his Chinese and modern poetry are balanced in recognition and form. He got insight of reality problems, but he didn't lose attention to form. He elaborated form, but he also tried to focus on reality problems as well. He carefully chose poetic expressions in both Chinese and modern poetry and refined them. And he fully showed 'aesthetics of temperance'.

Kim is very familiar with modern poetry, NLP. He does not miss poetic tension in producing modern poetry with solid construction, true life emotion, and proud life attitude. But, when he writes Chinese poetry, CWLL, it seems that he fails to catch sharply poetic tension. Of course, his modern poetry shows a harmonious unity in the aspects of recognition and form. In contrast, his Chinese poetry focuses more on formalization than on recognition toward reality problems. As a result, his Chinese poetry is characterized by formalization of historical stuffs and description of scenic wonders.

These observations that the three poets are showing lead to generalized meanings. In case of Oh, his poetry corresponds to Changsuk Kim's poetry, which exhibits anti-Japan attitude and indomitable spirit, in that Oh shows his spirit of resistance under the forcible domination of Japan. Also, Oh's poetry can be understandably classified as the same class as Kawon Lee's Chinese poetry, in that it roughly pictures various patterns of Korean people's miserable life in those days. As for modern poets, to assign generalized meanings to Oh's poetry, Yuksa Lee and Dongju Yoon can be classified together with Oh, in the respect of resistance, and Serim Cho and Yongak Lee, in their epic-orientation.

246

In case of Cho, he is possibly related to Hanyoung Park, Yongwoon Han, and Chungju Seo, in that his poetry contains Buddhistic images, and to Eok Kim and Sowal Kim, in the sense of feminine emotions. And we can say, to assign generalized meanings, that Cho's landscape poetry, showing reclusive spirit, is rather associated with Jiyong Chung, and that his poetry is also classified in the same group as Yuksa Lee's, in that it stands for 'aesthetics of temperance' by employing the principle of verse-making of Chinese poetry.

In case of Kim, the point that he goes toward proud life attitude and values true life experience is in association with Yongun Han's Chinese poetry showing patterns of life poetry, and with Yuksa Lee's modern poetry pointing to rigorous and sharp constancy. Solid construction and application of technique of Chinese poetry, which can be found in his poetic form, are connected with Jiyong Chung's and Yuksa Lee's modern poetry, shaping a group and supplying generalized meanings.

In particular, Ildo Oh, among the three poets, is greatly distinguished for his achievement in Chinese poetry, CWLL. It is no doubt that his Chinese poetry, with much importance, should be explored in Chinese literature history of Korea.

찾아보기

현대시론의 전개

박인기 편역

《현대시의 이론》을 확대 발전시킨 '시론서'로서 기존의 지배적 개념을 비판하여 새로운 대안적 개념을 모색하는 글들을 모아서 엮은 번역서이다. 언어·심리·역사·문화·존재·신체에 관한 사회전반의 사고와 글쓰기라는 총체적 모습의 '문학이론서'이다. 따라서 어떤 현상이나 논의에 대한 근원적인 본질 추구 방법론 모색이 잘 이루어지지 않는 현재 우리의 문학 풍토에서 이 책은 시사하는 바가 매우 크다고 할 수 있으며, 특히 문학 전공자들에게 좋은 지침서가 될 것으로 기대된다.

현대시의 변증법

미하일 함부르거 지음/이승욱 옮김

《꽃피는 선인장》을 낸 시인이자 탁월한 문학연구가이며 번역가인 미하일 함부르거의 이 책은, 보들레르 이후의 서구시의 쟁점, 詩史的 흐름과 그 본질을 독특한 시각에서 분석하고 있다. 저자는 이 책에서 예술의 윤리적 성격과 미적 성격 사이의 '변증법'적 긴장과 갈등을 통한 현대시 발전과정의 여러 현상들을 풍부한 시와 시론, 개별작가의 이론과 직접적인 논전을 통해 보여주고 있다.

한국구전민요의 세계

김헌선 지음

전국 민요의 현지조사를 통해 민요의 민속적 기반을 중점적으로 다루었다. 우리 선조들은 일을 좀더 쉽게 하기 위해서든 아니면 즐겁기 위해서든 노래와 매우 가까웠다. 따라서 한국구전민요를 총체적으로 보면 우리 민족의 삶을 속속들이 파악할 수 있게 된다. 이 책은 한국구전민요의 기본과제를 확인하는 데서부터, 민요의 지역적 특징, 민요의 핵심적 쟁점과 과제, 현장체험 등을 체계적으로 정리하였다는 점에서 매우 의의가 크다.

제3판 한국문학통사 (전6권)

조동일 지음

지금까지 연구된 모든 갈래의 한국문학 연구성과를 총망라한 뒤에, 독자적인 틀로 새롭게 체계화한 《한국문학통사》가 1982년에 처음 선보인 이래, 최근 1993년 5월까지의 새로운 자료와 연구업적을 포함시켜 문제점을 고찰하고 논의를 가다듬어 대폭적인 내용의 확장과 심화를 가져온 호화판 양장본이다.